JESÚS CARRASCO

Bring mich nach Hause

JESÚS CARRASCO

BRING MICH NACH HAUSE

ROMAN

Übersetzung aus dem Spanischen
von Silke Kleemann

eichborn

Dieser Titel ist auch als E-Book erschienen

Die Bastei Lübbe AG verfolgt eine nachhaltige Buchproduktion.
Wir verwenden Papiere aus nachhaltiger Forstwirtschaft und verzichten darauf, Bücher einzeln in Folie zu verpacken. Wir stellen unsere Bücher in Deutschland und Europa (EU) her und arbeiten mit den Druckereien kontinuierlich an einer positiven Ökobilanz.

FSC www.fsc.org
MIX
Papier aus verantwortungsvollen Quellen
FSC® C014496

Eichborn Verlag

Titel der spanischen Originalausgabe:
»Llévame a casa«

Die Arbeit der Übersetzerin am vorliegenden Text wurde mit einem Stipendium vom Deutschen Übersetzerfonds gefördert.

Diese Übersetzung wurde gefördert von
Acción Cultural Española, AC/E.

AC/E
ACCIÓN CULTURAL
ESPAÑOLA

Umschlaggestaltung: Massimo Peter-Bille
Einband-/Umschlagmotiv: © Panimoni/shutterstock
Satz: two-up, Düsseldorf
Gesetzt aus der Utopia
Druck und Einband: GGP Media GmbH, Pößneck

Printed in Germany
ISBN 978-3-8479-0120-4

1 3 5 4 2

Sie finden uns im Internet unter eichborn.de

1

In der Nacht, in der sein Vater starb, hätte er bei ihm sein können, aber in gewisser Hinsicht war es Juan Álvarez anders lieber. Nicht dass er es sich ausgesucht hätte, in diesem entscheidenden Moment so weit weg von ihm zu sein. Er machte nur einfach mit dem weiter, womit er gerade beschäftigt war, ohne die beständig eintreffenden Hinweise als dringlich zu erachten, die seine Schwester Isabel ihm in den vorangehenden Wochen immer wieder geschickt hatte – bis sie ihn irgendwann gar nicht mehr informierte. Juan, berauscht vom Duft des frischen Torfs, deutete diese Stille als Zeichen dafür, dass die Dinge sich zum Besseren statt in die Gegenrichtung gewandt hatten, und erledigte weiter seinen Job: Er kümmerte sich um die Rhododendron-Sammlung des Botanischen Gartens in Edinburgh. Sein Vater lag in einem öffentlichen Krankenhaus in Toledo, von seinem Zimmergefährten getrennt durch einen behelfsmäßigen Vorhang aus starrem Stoff, und er las, zweitausendvierhundert Kilometer nördlich von diesem Bett, heruntergefallene Blütenblätter vom dunklen Boden auf.

2

Ende der Sechziger warfen die Felder immer weniger ab, die Fabriken suchten fortwährend nach Arbeitskräften, und von einem Tag auf den anderen wurde aus dem Maultiertreiber einer, der an der Fräsmaschine stand. Juans Vater verließ das Ackerland und sein Dorf, Cruces, für eine Faserzement-Fabrik in Getafe südlich von Madrid. Seine Mutter wiederum tauschte den steingefliesten Boden der Mühle, in der sie zur Welt gekommen war, gegen die lackierten Dielen einer gutbürgerlichen Wohnung im Zentrum der Hauptstadt ein. Hinten im Lichthof führte für sie eine Dienstbotentreppe direkt in die Küche. Am Haupteingang öffnete ein Concierge den Herrschaften die Tür. So lernten die beiden sich kennen, durch den Concierge, der ein Freund des Vaters war. Eines Sonntagnachmittags stellte er sie einander vor, als sie aus dem Kino kamen. Sie setzten sich in ein Straßencafé in der Nähe, wo sie ihm erzählte, dass sie aus Aldeanueva de la Vera kam, in Cáceres, und hierhergekommen sei, weil kaum noch mit Wasserkraft Mehl gemahlen wurde. Er mochte ihre schüchterne Art zu lachen. Ihr fiel die wettergegerbte Haut seiner Hände auf und so was wie ein Weizenduft, als sie einander zum Abschied auf die Wange küssten. Sie waren zwei Jahre verlobt, bevor sie heirateten. Kurz nach Isabels Geburt zahlten sie die erste Rate für eine winzige, dunkle Wohnung im Arbeiterviertel Las Margaritas, gleich dort in Getafe, wo sie auch den Großvater väterlicherseits nach dem Tod seiner Frau aufnahmen. Als Juan geboren wurde, ersetzten sie den kleinen Seat 600 durch einen Renault 4. Jedes Wochenende stiegen sie ins Auto und fuhren mit dem Großvater zurück nach Cruces, um im Haus dort die Fenster aufzureißen und ihn mit auf die Felder zu nehmen, denn in Getafe hatte es den Anschein, als wollten die Ziegelsteine den alten Mann ersticken, was dann letztlich auch geschah. Nachdem der Vater von der Fabrik in Frührente geschickt worden war, zogen sie schließlich dauerhaft nach Cruces. Juan war sechs Jahre alt und seine Schwester zehn. Der Großvater kehrte nicht mit ihnen zurück.

Obwohl der Vater nicht arbeiten sollte, verbrachte er die ersten Monate damit, das Land zurückzuerobern – damals ein Gemüsegarten mit Geräteschuppen und künstlich angelegtem Wasserbecken, Mandelbäume, einige wenige Getreidefelder und eine Stallung, in der die Familie früher einmal Zicklein gezogen hatte. Mit dem Geld, das er in Getafe als Abfindung erhalten hatte, erwarb er die Maschinen einer gerade in Illescas pleitegegangenen Türenwerkstatt, brachte sie nach Cruces und stellte sie in den alten Stall. Elf Monate, nachdem er aufgehört hatte, Asbest einzuatmen, begann er Sägemehl einzuatmen.

Dritter August. Neunundzwanzig Stunden nach dem Tod seines Vaters setzt ihn ein Linienbus in Cruces ab. Laut Krankenhausbericht war Todesursache eine Lungenentzündung in Verbindung mit einem Pleuramesotheliom. Ein Krebs, den er nicht in der Lotterie der Genetik abbekommen, sondern Tag für Tag selbst eingeatmet hat in seinen dreizehn Jahren in der Fabrik für Faserzement. Mehr als ein Jahrzehnt der Vergiftung mit Asbest, acht Stunden pro Tag, fünf Tage die Woche. Die Arbeit schenkt euch Freiheit, diese hier vergiftet euch aber zudem für alle Zeiten. Euer Opfer wird eure Familien ernähren, und nebenbei Tausende weitere Familien mit den kleinen Todesfasern bestäuben. Die Alten werden Dachziegel zersägen, wenn es gilt, die Saubohnen in den Gärten vor dem Wind zu schützen. Die Kinder werden in den Feldern mit Steinen auf die weggeschmissenen alten Rohre werfen. Der Wind wird die Fasern verteilen.

Juan steigt vor Ángelas Bar aus dem Bus. Über die leere Straße macht er sich auf den Weg zum Haus der Familie. Auf dem Rücken hat er einen kleinen blauen Rucksack, darin das Nötigste: Sommerkleidung, um etwas mehr als eine heiße Woche in Spanien zu verbringen, Waschzeug, das Buch, das er gerade gelesen hat, als die Nachricht kam, und wenig mehr. Auf dem Platz begegnet er einer Nachbarin, die ihm ihr Beileid ausspricht und sagt: So ein Jammer mit deinem Vater, was der durchgemacht hat. Und deine Mutter, man muss die Frau sehen, der Anblick tut einem in der Seele weh. Juan versucht erfolglos, ihren Monolog zu unterbrechen, denn jedes Mal, wenn er Anstalten macht, weiterzugehen, packt die Frau ihn am Arm und schüttet eine neue Ladung Unglücksnachrichten über ihn aus. Eine andere Nachbarin, Dolores, die die Szene aus der Ferne beobachtet hat, muss ihn retten kommen. Los, Angustias, sagt sie zu der Alten. Lass den Jungen, er ist sicher müde und hat noch viel vor sich. Seine Retterin wirft ihm einen Blick zu, den er als verschwörerisch deutet. Ein Blick, der besagt: Diese Frau ist aber auch geschwätzig! Und auch: Ich bin auf deiner Seite, weil ich weiß, dass du schon deine Gründe haben wirst, warum du aus dem Dorf weggegangen bist, obwohl dein Vater krank ist, obwohl deine Schwester in Barcelona lebt und deine Mutter so alt geworden ist. Die verständnisvolle Nachbarin weiß, dass er von einer langen Reise kommt, auch wenn sie – wie alle anderen – glaubt, dass Juan in England ist, obwohl er eigentlich in Schottland lebt. Sie weiß auch, dass man seinen Vater seit seinem Tod in den frühen Morgenstunden des vergangenen Tages im Bestattungsinstitut von Torrijos aufgebahrt hat, in Erwartung seiner Rückkehr. Mit ihrem »er hat noch viel vor sich« sagt Dolores ihm: Mach dich bereit. Egal wie müde du bist, wie viele Stunden du gereist bist, ob du geschlafen hast oder nicht, ob du gegessen hast oder nicht, ob du Lust hast oder nicht ... jetzt hast du nach Hause zu gehen, dich zu rasieren, zu duschen und mit deiner Schwester und deiner Mutter zur Trauerhalle zu fahren, um dort die Beileidsbekundungen in Empfang zu nehmen und alles fürs Begräbnis vorzubereiten. Und das ist nur das, was kurzfristig vor ihm liegt. Dolores meint auch zu wissen, was ihn mittel- und langfristig erwartet, aber das wird sie ihm nicht sagen, denn dann würde sie zu jener anderen Nachbarin, von der sie ihn doch gerade befreit hat.

Juan ist dankbar, dass er die alte Frau losgeworden ist. Er ist nicht in Stimmung für Höflichkeiten, und wenn Dolores nicht gekommen wäre, hätte er die Alte einfach auf dem Platz stehen gelassen. Er sieht die Frauen sich entfernen, sie versuchen sich innerhalb des knappen Schattens zu bewegen, den die Vordächer auf den Gehsteig werfen. Dolores führt Angustias am Arm, vielleicht schimpft sie mit ihr, weil sie sich in einem solchen Moment in das Leben des jungen Burschen eingemischt hat. Juan überquert den Platz auf dem Weg zum Haus seiner Eltern. Über dem Eisentor, durch das man in den vorderen Hof gelangt, wuchert die Bougainvillea. Die fuchsiaroten Blütenstände drängen sich vorn an den Zweigen und lassen sie schwer herunterhängen. Am ungeordneten Wachstum der Bougainvillea kann man die Hilflosigkeit des Vaters in den letzten Wochen ablesen.

Juan geht zum Tor und steckt die Hand durch die Gitterstäbe, um das Schloss zu öffnen. Das Quietschen des Bolzens schallt durch die Mittagsruhe. Er weiß, was als Nächstes kommt, daher hockt er sich hin, sobald er das Tor hinter sich geschlossen hat, setzt den Rucksack ab und wartet ein paar Sekunden. Der Stoff seiner Jeans spannt an den Oberschenkeln. Aus dem überdachten Vorbau, ganz hinten auf dem langen, engen Weg zur Tür, sieht er Laika herbeistürmen, die Familienhündin. Das Tier stürzt sich auf ihn, stellt ihm die Pfoten auf die Brust, leckt ihm das Gesicht und wedelt mit dem Schwanz. Hunde haben ein gutes Gedächtnis. Er nimmt den Rucksack, steht auf, und mit Laika, die um ihn herumspringt, geht er zum Haus. Der vordere Hof ist wie immer ganz von Pflanzen eingenommen. Neben der großen Bougainvillea am Tor wachsen seitlich in Blumenbeeten Papyrus, Rosenstöcke, Jasmine und sogar eine Zwergpalme. An den Wänden hängen dunkle Töpfe mit Geranien und bilden einen Kontrast zum Kalkweiß. Auf der Veranda stehen ein Korbstuhl und Schattenpflanzen, am auffälligsten eine Monstera, die irgendwer mit Draht an der Wand befestigt hat. Rechts in einer Nische der alte Brunnen.

Über dem Brunnenrand erhebt sich ein schmiedeeiserner Bogen, auf dem mit kleinen weißen Blüten betupft ein Jasmin sprießt.

Die Tür ist wie bei den meisten Häusern hier nicht abgeschlossen, was den wenigen Touristen sehr gut gefällt, die in dem einzigen zu mietenden Landhaus, das es im Dorf gibt, Quartier beziehen. Sie sehen die angelehnten Türflügel, die von einem Haken oder einem Stein verschlossen gehalten werden, und fühlen sich mit etwas Urtümlichem verbunden, das sie in ihrem Stadtleben verloren zu haben meinen. Diese ländlichen Siedlungen, die sie aus Fernsehserien kennen, sei es nun in Alaska oder in Asturien, das ist einerlei, wo sich das Malerische durchsetzt; wo Streitereien durch Wendungen im Drehbuch überwunden werden und die Figuren fortwährend gezwungen sind, unangenehme Situationen zu durchleben, und die einzige Lösung der geschwisterliche Zusammenhalt ist. Bei den seltenen Gelegenheiten, zu denen die Touristen ihr Landhaus verlassen, vom privaten Pool im Sommer und dem Kamin im Winter Abschied nehmen und einen Spaziergang durch die Straßen machen, lächeln sie, wenn sie die alten Frauen vor den Türen sehen, an der frischen Luft. Sie lächeln, wenn sie auf den Plätzen die Fußball spielenden Kinder erblicken. Sie lächeln, wenn sie auf ein Auto stoßen, bei dem der Schlüssel im Zündschloss baumelt. Und sie atmen erleichtert auf, weil es so wenige Kilometer von ihrem Wohnort entfernt noch Dörfer gibt, die dagegenhalten, obwohl die Äcker planiert worden sind, um Reihenhäuser darauf hochzuziehen. Und falls es ein Paar mit Kindern ist, blicken sie sich verzückt an, wenn sie den letzten Heuschober sehen, den es im Dorf noch gibt, und sagen sich, dass sie ihn kaufen und in ein Haus umbauen werden, damit die Kinder an einem zementfreien Ort Wurzeln schlagen können.

Juan drückt den Holzgriff der Tür herunter und öffnet sie. Aus dem Haus dringt ein spezieller Geruch, den man nur wahrnimmt, wenn man einige Zeit fort war und die äußeren Eindrücke das Innere erneuert haben. Es ist ein fader und einzigartiger Geruch nach Zeit. Eine trainierte Nase würde sagen, dass hier jahrzehntelang Blumenkohl gekocht worden ist. Es gibt oder gab einen Holzofen, Mottenkugeln in den Schränken, Pökelfleisch, das nach dem Schlachten zum Trocknen an einem Balken hängt, Chorizos, die Paprika auf einem Blechtablett ausschwitzen; hier ist die Wäsche mit aus Soda und gebrauchtem Öl hergestellter Seife gewaschen worden. Literweise Ammoniak hat über Jahre Bakterien vernichtet. Überreste von Kinderexkrementen, die irgendwer, eine Frau, von Baumwolltüchern gewischt hat, die sie anschließend gewaschen, ausgewrungen und im Hof aufgehängt hat. Ein uralter Mief von einer hinter einen Schrank gefallenen Hasenpfote. Nuancen von Wasserstoffperoxid, wie Tierpräparatoren es zum Bleichen der Schädel verwenden. In dieses Haus kommen Meeresfrüchte nur an Weihnachten, und sie sind nicht sonderlich guter Qualität. Es riecht nach Schweiß, nach Fett an den Händen, nach alten Narben, nach Parfüm zum Literpreis, nach stoffumwickelter Verkabelung, nach durchgebrannten Sicherungen, nach 125-Volt-Transformator, nach Schlägen auf einen Schwarz-Weiß-Fernseher.

Er senkt den Blick. Der Terrazzoboden im Eingangsbereich versetzt ihn zurück in seine Kindheit. Er kommt aus einem Apartment, dem in Edinburgh, wo sogar die Küche mit Teppich ausgelegt ist. Ein leiser, weicher, warmer Boden, nicht besonders hygienisch, aber es gibt eine chemische Reaktion in Juans Kopf, jetzt wo er die Platten vor sich hat, über die er schon als kleiner Junge gelaufen ist. Die Granulierung der Bodenfliesen ist unterschiedlich. Es gibt grobe und winzig kleine Kiesel darin, rötliche und hellere Farbtöne. Stellenweise sind Blasen im Zement, der die Steine miteinander verbindet. Nur der Schliff gleicht die Fliesen einander an. Vor ihm liegt der Flur, der als Verteiler dient. Links die Tür zum Wohnzimmer, zugleich das Esszimmer, als sie noch alle im Haus wohnten. Rechts eine Anrichte, auf der eine Glasschale mit losen Schlüsseln steht. Darüber eine Kuckucksuhr, deren Vogel keiner je aus seinem Häuschen hat kommen sehen. Neben dem Möbel die Tür zum Salon für Besucher, stets geschlossen, stets im Halbdunkel. Darauf folgt die Küchentür, und ganz hinten die zu den drei Schlafzimmern und dem Bad. Die Türen stammen alle aus der Werkstatt des Vaters. Es waren wohl die ersten, die er hergestellt hat, er nutzte sein eigenes Haus als Versuchsfeld. Hohle, leichte, billige Türen. Ein Kiefernrahmen mit Türblättern aus Sperrholz.

Er schaut ins Esszimmer. Der Kamin ist sauber; der Ohrensessel leer. Er muss nicht laut fragen, ob jemand zu Hause ist. Automatisch wendet er sich zu seinem alten Zimmer. Das Zimmer ist noch genau so, wie er es bei seinem Weggang zurückgelassen hat. Das schmale Bett an der Wand, der Schreibtisch aus Resopal mit einer Schreibtischlampe mit Gelenkarm darauf, die dort steht, solange er denken kann. In ihrem Licht hat er mit Autos gespielt, hat die Vokale gelernt, einen Uniabschluss gemacht. An der Wand hängt eine kleine Korktafel, an der mit Reißzwecken noch immer einige der Meilensteine seiner Jugend festgepinnt sind, unter anderem eine Eintrittskarte für ein Konzert von Kiko Veneno in der Stierkampfarena von Torrijos: Fiestas de la Sementera, September 1993. Auf dem Bett liegt dieselbe Überdecke wie immer. Im Regal eine unvollständige Sammlung Jugendliteratur. Jeder Buchrücken mit einer winzigen Illustration. Als Jugendlicher las er, ohne dass irgendwer ihn dazu angespornt hätte. Abgehalten hat ihn auch keiner. Später hörte er damit auf, bis er nach Schottland ging, wo er sich schließlich eine kleine Bibliothek zusammengestellt hat. Es gibt auch Sporttrophäen, gewonnen bei den Volksläufen in den umliegenden Ortschaften. Er stellt den Rucksack auf den Boden und nimmt eine davon in die Hand. Es ist ein kleiner Pokal aus vergoldetem Metall, am Fuß verziert mit plumpen Lorbeerblättern. Die Gravur besagt, dass er Dritter in der Kategorie »Kinder« war bei einem Lauf in einem Ort namens Almorox, Patronatsfest für San Roque und die Virgen de la Piedad. Der Pokal ist, wie alles andere auch, immer hier in diesem Raum gewesen und erinnert ihn jetzt daran, dass er während der langen Winter auf der Meseta mit einer Gruppe von Kindern aus Torrijos trainierte, wo er aufs Gymnasium ging. Drei Tage pro Woche blieb er nach Schulschluss dort, aß in der Mensa und ging dann trainieren. An diesen Tagen kehrte er erst am Abend zurück nach Cruces, in demselben Linienbus, der ihn heute hergebracht hat. Beim Training gab Raúl, ein Übungsleiter aus dem Nachbarort, ihnen Anweisungen, was sie zu tun hatten. Er erinnert sich an die Kälte, die Wege, über die sie liefen und auf denen es zu früh dunkel geworden war, die Härte des überfrorenen Bodens.

Er hat nur vier Jahre außer Landes verbracht, aber in dieser Zeit hat er so viel erlebt, dass sein Blick sich mitbewegt hat. Die Decke, die Pokale, die Lampe. Alles war schon dort gewesen, am selben Platz wie heute, aber unsichtbar gemacht durch die Gewohnheit. Doch jetzt führen ihn diese Gegenstände zu vergangenen Momenten seines Lebens, an die er seit Jahren nicht gedacht hat. Er erinnert sich an dieses Rennen in Almorox, weil es sein Vater war, und nicht dessen Freund Germán, der ihn hinfuhr. Er erinnert sich an kein anderes Rennen, bei dem sein Vater dabei gewesen wäre. An jenem Samstagmorgen hatte er das Auto genommen und sein gelassen, was er gerade machte, um seinen jüngsten Sohn zur Teilnahme an einem Volkslauf zu fahren. Es war kein Provinzwettkampf und gehörte auch nicht zur offiziellen Crosslauf-Saison. Wenn es so etwas gewesen wäre, dann hätte er jetzt nicht diesen Pokal in der Hand, denn diese Rennen gewann immer derselbe Junge: der Zurdo. Er sah ihn jeden Samstag wie einen Halbgott im Miniaturformat, stets umgeben von einer Prätorianergarde, die ihm den Weg zwischen den anderen Kindern freimachte und ihn vor dem Abklatschen seiner kleinen Bewunderer bewahrte. Sonntags, wenn der Schiedsrichter die Pistole hob und in die Luft schoss, sah Juan die Rücken seiner Konkurrenten, wie sie ihm davonliefen, alle hinter dem Zurdo her.

An dem Platz, wo der Pokal stand, ist jetzt ein staubfreies Quadrat. Das ist vielleicht die einzige Veränderung. Seine von Sauberkeit und Ordnung besessene Mutter hat die letzten Tage damit zugebracht, immer wieder ins Krankenhaus zu fahren. Bis dahin war sie jeden Morgen ins

Schlafzimmer gekommen, um mit dem Staubtuch über die Möbel zu gehen und diese winzigen Fremdkörper diskret wegzuwischen, als wäre ihr Sohn nicht von zu Hause ausgezogen, als hielte er sich nur eine Zeit lang woanders auf, mit ein paar Freunden. Uhren sollten nicht mit Sand gefüllt werden, sondern mit Staub. Der Staub hilft uns, wirklich zu begreifen, wie die Zeit vergeht. Staub ist als Phänomen ebenso beständig wie die Schwerkraft, aber ohne deren wissenschaftliches Prestige, ohne Newton, ohne in einem Pariser Museum verwahrte Maßeinheit. Wenn man einen Körper einen Meter hoch über den Boden hält und loslässt, fällt er. Wenn man Zeit vergehen lässt und nichts angefasst oder weggeräumt wird, fällt der Staub ebenfalls. Man weiß nicht, wo er ist, aber er ist da. Er lagert sich auf den ebenen Flächen ab, und auch auf den abschüssigen. Er mischt sich mit dem Fett auf den Abzugshauben in der Küche und bildet einen Schmodder, der schließlich verkrustet. Metaphorisch senkt sich der Staub auch auf das Schweigen. Zwischen ihm und seinem Vater gab es kiloweise Staub. Auch in dem Raum, der ihn von seiner Mutter trennt, und in geringerem Maß, zwischen ihm und seiner Schwester.

3

Irgendwo im Haus sagt jemand seinen Namen. Juan? Bist du da? Es ist die Stimme seiner Schwester Isabel. Juan stellt den Pokal an seinen Platz und schaut in den Flur. Isabel zieht der Mutter die Strickjacke aus, die Tür zur Straße steht noch offen. Die Helligkeit, die vom Hof hereindringt, lässt die Silhouette der beiden Frauen flimmern. Obwohl Juan schon vor mehreren Stunden gelandet ist, fühlen sich seine Ohren noch immer verstopft an von der Druckatmosphäre im Flugzeug. Er betrachtet die beiden still. Isabel müht sich, den verklemmten Reißverschluss an der Jacke herunterzuziehen. Sie ändert die Position, zieht am unteren Ende der Jacke, um sie zu straffen, doch das bringt auch nichts. Es ist das Futter, sagt die Mutter, die Naht ist aufgegangen und darin verhakt er sich. Die Tochter schnauft und zerrt immer wilder. Muss das auch sein mit der Jacke, sagt sie. Was ist denn damit? Na, die trägst du schon seit dreißig Jahren. Eine Strickjacke mit Futter, wo gibt's denn so was? Und mitten im Sommer, Mama, du erstickst noch. Sie ist wie *nigelnagelneu*, sagt die Mutter. Nigelnagelneu ist ein Wort, das nur seine Mutter gebraucht. Klar, seh ich ja, dass sie wie *nigelnagelneu* ist. Deshalb zerre ich hier jetzt schon ewig dran herum. Ihre Umrisse verwischen miteinander vor dem strahlenden Licht von draußen. Zwei Kämpferinnen von Goya. Sie bilden einen einzigen Fleck, dessen phosphoreszierende Gestalt sich wandelt wie die eines Mikroorganismus in einer Wasserkultur. Ja, Mama, sie ist echt wie neu. Seit ich angekommen bin, jammerst du darüber, dass du Münzen verlierst, weil du Löcher in den Taschen hast. Ich kaufe dir in Barcelona eine neue und bringe sie dir beim nächsten Mal mit, ob du willst oder nicht. Mach das bloß nicht! Kauf mir bloß keine andere Jacke, die hier ist wunderbar. Man muss nur das Futter nähen. Oder es rausreißen, sagt die Tochter. Isabel verzweifelt bei dem Versuch, den Futterstoff aus den Metallzähnen des Reißverschlusses zu befreien. Wenn sie zu fest zieht, reißt sie ihn am Ende ein, das weiß sie. Die Finger immer noch in die Jacke verklammert, ruft sie wieder: Juan? Bist du da? Juan weicht seitlich einen Schritt zurück. Halb steht er im Flur, halb im Zimmer. Eine Zukunftsvision, die Juan nicht ganz mit sich zusammenbringt: mit der Kleidung seiner Mutter kämpfen. Sie zum Spazierengehen mit rausnehmen, Kreuzworträtsel für sie suchen, den Anislikör verstecken, sie unter die Dusche stellen, ihr die Zähne putzen. Er schiebt diese Gedanken beiseite. Seine Mutter ist nicht diese Sorte Mutter. Seine Mutter ist noch jung, und Beweis dafür ist, dass sie bis vor einigen Stunden ihren Mann gepflegt hat. In sieben Tagen will er nach Edinburgh zurückkehren. Das steht auf dem Flugticket, das in seiner Jeanstasche steckt. Eine Woche, um – gemeinsam mit seiner Schwester – die Zukunft seiner Mutter zu regeln, und dann wird man schon sehen.

Ist Juan nicht da?, fragt die Mutter. Scheint noch nicht da zu sein, der … Isabel beißt sich auf die Lippen. Der Arsch, rutscht ihr raus. Die alte Frau erstarrt und löst sich brüsk von ihrer Tochter. Sag nicht so was, sagt sie. Sag nicht so was über deinen Bruder. Isabel hantiert weiter mit der undefinierbaren Masse aus Futter, Frau und Jacke. Selbst aus einiger Entfernung, die Arme komplett ausgestreckt, müht sie sich weiter, den Reißverschluss aufzubekommen. Nur nicht nachlassen. Sie darf die körperliche Spannung ihrer Mutter nicht erwidern, indem sie das gemeinsam gebildete Ungetüm auflöst. Das käme dem Eingeständnis gleich, dass ihre Anstrengung, ihr aus der Jacke zu helfen, nur dazu dienen soll, ihren Ärger zu verdecken. Solange sie weiter in diese Bemühung verstrickt ist, wird sie nicht durch das Haus laufen und laut gegen ihren Bruder wettern.

Das ist er aber nun mal, Mama. Dafür gibt's kein anderes Wort. Dass er sich nicht bequemt hat zu erscheinen. Er lebt weit weg, schneidet die Mutter ihr das Wort ab. Ich lebe auch weit weg und bin hier. Schweigen.

Auf Juan wirken beide alt. Zwei Frauen, entsprungen aus einer Burleske und augenscheinlich mit der Nichtigkeit beschäftigt, die Jacke auszuziehen, doch ihre Körper verschießen Messer. Juan zögert, ob er sich zeigen soll, mit dem Risiko, von den Messern getroffen zu werden, oder lieber zurück ins Zimmer.

Er müsste schon hier sein. Er ist vor fünf oder sechs Stunden gelandet, sagt Isabel.

Ihm ist sicher was passiert.

Wir können das nicht länger hinauszögern. Papa liegt schon viele Stunden in der Trauerhalle. Morgen früh begraben wir ihn.

Und jeder kümmert sich um seinen Kram, murmelt die Mutter, den Blick gesenkt, zum Kinn ihrer Tochter hin.

4

Bäuchlings auf der Matratze ausgestreckt hört er, wie die müden Schritte seiner Mutter sich durch den Flur nähern. Er schließt die Augen, versucht, regelmäßig durch die Nase zu atmen. Lange Atemzüge, um tiefen Schlaf vorzutäuschen. Das Klackern der Absätze rückt langsam, unregelmäßig näher. Ein ebenso einzigartiges Muster wie ein Fingerabdruck oder die Farben der Iris. Nur die Mitglieder des Clans können bestimmte Zeichen entschlüsseln. Die Frau beobachtet ihn von der Schlafzimmertür aus. Ihr Sohn in voller Montur, die Schuhe noch an, liegt lang ausgestreckt auf dem nicht aufgedeckten Bett. Er könnte ein betrunkener Jugendlicher sein, der den Alkohol von der letzten Party ausdünstet, aber im Zimmer riecht es nur genau wie immer: Kleider im Schrank, altes Papier, Triumphe bei wenig glorreichen Rennen, aus der Zeit gefallene Gegenstände. Juan spürt ihren Blick. Mit geschlossenen, aber nicht zusammengekniffenen Augen stellt er sie sich an den Türrahmen gelehnt vor, sie weiß nicht, was sie machen soll, ob sie ihn wecken oder weiterschlafen lassen soll. Der Arme ist nach einer so langen Reise sicher völlig geschafft, wird sie wohl denken. Die unterwürfige Haltung der Mutter, die er so gut kennt und im Lauf seines Lebens so oft ausgenutzt hat. Er hört, wie ihre Schritte näher ans Bett kommen, spürt ihre Nähe. Sie versucht nicht herauszufinden, ob er schläft, das scheint offensichtlich, sondern ob ihr Sohn lebt. Diese Gewissheit brauchen Eltern mehr als alles andere, dass ihre Kinder sie überleben. Das größte Grauen hat die Form eines kleinen weißen Sargs. Holz so rein wie die Seele, die vorzeitig von uns gegangen ist. Der weiße Anstrich betont die Idee von feinem Schliff und Makellosigkeit. Darauf bleiben weder die von den Bäumen fallenden Blätter liegen, noch lagert sich der vom Wind aufgewirbelte Dreck ab. Daran heften sich auch die Sünden nicht, oder Gewalt. Auf dem Weiß kann man auf gar keinen Fall Boshaftigkeit oder Schlampigkeit verbergen. Die Kinderseelen sind so weiß, bis sie irgendwann grau werden. Der Tag, an dem sie einen Teller kaputt machen und es verheimlichen. Das ist der Tag, an dem die Kinder nicht mehr länger in ihre kleinen Särge passen.

Juan atmet betont tief und erlaubt sich sogar ein leichtes Schnarchen. Jetzt, wo seine Mutter weiß, dass er lebt, muss sie sich vergewissern, dass das Gesicht am richtigen Fleck sitzt. Sie muss einfach sichergehen, dass dem Jungen nicht die Nase fehlt, dass die Haare da sind, wo sie hingehören, dass er zwei Ohren hat, prüfen, ob es auf der Haut irgendeine Narbe gibt oder Anzeichen irgendeiner Krankheit. Die Frau sieht das Gesicht ihres schlafenden Sohnes, seine vom Schlaf entspannten Züge, den langen Weg, den er zurücklegen musste, um nach Hause zu kommen, in das Haus, das nicht nur ihr, der Witwe und Mutter, sondern auch ihm gehört. Denn wenn der Junge weder das Sakrament der Ehe erhalten noch eine Stelle als Beamter ergattert hat, dann ist er weiterhin ein Geschöpf, das nicht imstande ist, ein eigenes Zuhause zu schaffen. Solange es keine kirchliche Trauung oder eine großzügig mit vierzehn Monatsgehältern ausgestattete Anstellung gibt, ist das hier weiterhin auch das Haus desjenigen, der da gerade vorgibt zu schlafen. Egal, dass er seit vier Jahren in Schottland lebt. Er liegt auf dem Bauch, die Zehen ragen über die Matratze hinaus, was seit seinem fünfzehnten oder sechzehnten Lebensjahr so ist. Daran denkt Juan, die Mutter wie ein Satellit seines Körpers: dass er schon seit der späten Jugend so schläft und nie ein Wort über diese Matratze verloren hat, die mit seinem Wachsen nicht Schritt hielt. Vielleicht war er überzeugt, dass sie ihm keine neue kaufen würden, oder vielleicht bemerkte er die Unbequemlichkeit nicht einmal, die schließlich Jahre anhalten würde. Er tat, was es zu tun galt: Er kam irgendwie damit zurecht. Jetzt hingegen erinnert er sich an die kalten Nächte. Wie er sich einrollen musste, um unter die Decke zu passen. Jahrelang konnte er sich im Winter im Bett nicht ausstrecken.

Seine Mutter betastet seine Schuhe, versucht, sie ihm auszuziehen. Er spürt, wie sie vorsichtig seine Fersen fasst, nach einem Weg sucht, die Schuhe abzubekommen, ohne ihn zu wecken. Da zieht Juan die Füße zurück und holt sie innerhalb der Grenzen der Matratze, so wie er es als Jugendlicher gemacht hat. Erschreckt von der reflexartigen Reaktion löst die Mutter sich, gibt ihre Absicht auf und müht sich nach Kräften, beim Anblick ihres Sohns auf der Matratze nicht zu verzweifeln, wie er da liegt, komplett angezogen und mit Schuhen. Ihr Impuls ist, ihn schlafen zu lassen, obwohl das ganze Dorf seit einem Tag auf ihn wartet, um seinen Vater zu begraben. Die Pyramide der Prioritäten scheint sich umzukehren angesichts der Gestalt eines Sohns, der von der Erschöpfung einer langen Reise niedergestreckt ist. Sie hat nie so richtig verstanden, was ihr Sohn im Ausland genau macht. Hat nichts davon erfahren, oder wollte es lieber nicht wissen, dass Juan, der in Madrid Forstwirtschaft studiert hatte, sich in Schottland jahrelang als Tellerwäscher verdingte und später als Gärtnergehilfe.

Die Frau ist benommen von den vielen Dringlichkeiten, die der Tod mit sich bringt, sie ist sich ihres Zustands als Witwe noch nicht vollends bewusst, jedoch in vollem Gebrauch ihrer mütterlichen Fähigkeiten. Sie betrachtet ihren Sohn, der auf dem Bett liegend gleichmäßig atmet, und lässt ihn in Ruhe.

Vom Flur kommt Isabel und fragt, wo die Mutter die Kleiderbürste verwahrt. Ob sie die wohl nicht etwa in irgendeiner Schublade versteckt hat. Ich weiß nicht, wie du so leben kannst, sagt sie gerade, als sie ins Zimmer ihres Bruders tritt. Sie trifft auf ihre Mutter, die vor dem schlafenden Körper steht. Ihre Blicke treffen sich. Die Mutter senkt den Kopf. Keine Zeit nachzudenken, der aus Isabel strömende Zorn füllt das Zimmer mit dampfenden Flammen. Man muss fliehen, bloß dort raus, bevor es irgendwem einfällt, ein Streichholz anzuzünden. Die alte Frau macht einen schüchternen Schritt zurück, es ist unklar, ob sie zur Tür zurückgehen und ihre Kinder sich selbst überlassen will, einander zerfleischend, oder einfach nur den Weg freimachen. Mit drei langen Schritten ist Isabel beim Bett. Sie beugt sich vor, legt ihm die Hand auf die Schulter und schüttelt ihn, sagt dabei laut seinen Namen. Sie zerreißt die Blase der Stille, die den schlafenden Sohn schützt. Juan zögert das Aufwachen ein wenig hinaus. Es muss so aussehen, als wäre der Schlaf, dem er sich hingegeben hat, ein Gebot der Natur. Er murmelt »Was?«, lässt Spucke aus den Mundwinkeln rinnen, presst die Lider zusammen, bevor er sie übertrieben weit aufreißt, tut so, als würde er die umliegende Realität in den Fokus nehmen, als dauerte es einige Sekunden, bis er die beiden Personen scharf sieht, die vor ihm stehen: eine alte Frau in Schwarz, und eine jüngere, mit Augenringen und einem kurzen Pferdeschwanz, aus dem Haare ausbrechen, was ihre Züge noch entgleister aussehen lässt.

5

Der Abend färbt den Himmel gelblich. Die Felder rund um das Dorf sind noch nicht abgeerntet. Die Ähren erwarten hochgereckt die Ankunft der Maschinen, keine Brise wiegt sie. Nur Insekten schwirren in der brennenden Trübheit der Luft. Ein Auto fährt durch das stille Dorf. Ein Schwarm Rebhühner verkriecht sich unter dem trockenen Stroh einer Brache.

Die drei sitzen um den Küchentisch. Auf der abgenutzten Wachstischdecke steht eine La-Casera-Flasche mit frischem Wasser. Unterhalb der Flüssigkeitsgrenze wirkt das Glas matt. Drei halb gefüllte Gläser, in denen einmal Nuss-Nougat-Creme verkauft wurde. Nur die Mutter hat etwas getrunken. Sie schweigen, jeder für sich verloren an einem unbestimmten Ort. Gemeinsam haben sie nur, dass sie sich nicht in die Augen sehen wollen. Oder keine Kraft dazu haben. Den anderen direkt anzusehen – selbst versehentlich –, das muss vermieden werden.

»Wir haben dich früher erwartet«, sagt schließlich die Schwester.

Aus dem Eingangsbereich ist das Ticken der Kuckucksuhr zu hören.

»Ich bin mit dem ersten möglichen Flug gekommen.«

»Papa ist am Freitag ins Krankenhaus gebracht worden, und heute ist Dienstag.«

Die Mutter sitzt zusammengesunken da und greift nach ihrem Glas.

»Es ist alles sehr schnell gegangen.«

»Nein, Juan. So schnell ist es nicht gegangen. Papa hat die Krebsdiagnose vor einem Jahr und vier Monaten bekommen.«

»Damals bin ich ja auch gekommen.«

Die Mutter greift ihr Glas ein bisschen fester. Isabel bläst die Backen auf und prustet die Luft kräftig aus. Er ist ein Idiot, denkt sie. Mein Bruder ist ein Idiot. Ich werde ihm das Essen vorkauen müssen, bis es Brei ist und er es schlucken kann.

»Papa hatte sich nicht sehr verändert seit dem letzten Mal, als ich hier war«, spricht Juan weiter.

»War nicht schlechter dran, meinst du?«

»Genau.«

»Das liegt daran, dass du in diesen anderthalb Jahren nur dieses eine Mal hier warst. Du bist zu spät gekommen, als Papa seine Diagnose bekommen hat, bist schnell wieder abgezischt und bis heute nicht zurückgekehrt.«

Juan hebt den Finger, als wolle er andeuten, dass er etwas sagen will, aber seine Schwester lässt ihn nicht.

»Wie oft habe ich dich in dieser Zeit wohl angerufen?«, fragt Isabel. »Zwei, drei Mal pro Woche? Wie oft bist du ans Telefon gegangen? Ein, zwei Mal pro Monat? Und wozu, nur um mir immer zu sagen, dass du gerade Pause hast und nicht viel Zeit. Als wäre die Arbeit als Gärtner so was wie das Fahren von einem Schulbus. Du willst mir doch nicht erzählen, dass du bei einem Arbeitstag von acht Stunden nicht mal einen Moment lang hinter eine Hecke gehen konntest, um mit mir zu sprechen. Oder als du im Restaurant gearbeitet hast. Du hast die Anrufe genau dann angenommen, wenn du neben einem laufenden Rührgerät standest, oder mitten im größten Trubel am Freitagabend. Und ich höre die Kellner, die in die Küche kommen und Kommandos auf Englisch brüllen, und der Koch brüllt zurück und sonst was für ein Getöse von Geräten, und das Telefon schubbert gegen den Kragen deiner Tellerwäscherjacke.«

Juan zieht eine Augenbraue hoch, und durch Anheben des Fingers signalisiert er erneut, eine vergebliche Klarstellung bei seiner Schwester zu platzieren, denn im letzten Jahr war er eben genau kein Tellerwäscher mehr, sondern Küchenjunge. Und wenn er nicht im Botanischen Garten angefangen hätte, wäre er zum Küchengehilfen aufgestiegen und, wer weiß, in zwei oder drei Jahren zum Küchenleiter. Denn in seiner paradiesischen Zuflucht im Norden funktioniert alles sehr zuverlässig, und wer etwas taugt, steigt auf, und wer nicht, der nicht. Und er ist gut mit Bäumen, das ist schließlich, was er gelernt hat, aber er war auch gut in der Küche, was das Einzige war, das sie ihn machen ließen, als er nach Schottland kam, nichts als ein paar Worte radebrechend, unter großer Peinlichkeit. Er nimmt sich vor, Isabels Monolog mit einer ebenso schwachen wie zutreffenden Rechtfertigung zu zerlegen: dass er nicht früher habe kommen können, weil die Personalleitung des Botanischen Gartens ihn für einen Kurs über Rhododendren eingeschrieben hatte, den eine aus Neuseeland eingeflogene internationale Koryphäe hielt. Auf einer Waagschale, sein dahinsiechender Vater in einem Krankenhaus in Toledo. Auf der anderen, ein Schulungsraum mit großen Fenstern und Blick auf ein Gewächshaus aus dem neunzehnten Jahrhundert, Pulte im nordischen Design und eine südliche Eminenz.

Juan glaubt, Gründe zu haben, um seiner Schwester etwas zu entgegnen, aber sogar er merkt, wie lächerlich es wäre, die beiden Waagschalen ins Gleichgewicht bringen zu wollen, deshalb behält er einige Argumente für sich, die er für gewichtig hält, die aber in dieser Küche und in diesem Moment feuchtes Pulver sind.

Er war erst seit sechs Monaten im Botanischen Garten, als er mit diesem Kurs belohnt wurde, der für die Pfleger eines der Schmuckstücke der Sammlung bestimmt war: eine Rhododendronsammlung mit mehreren Hundert verschiedenen Arten. Und das war, wenngleich es in Anbetracht der Umstände auch unwesentlich erscheinen mochte, für Juan von höchster Bedeutung, denn die vorherigen drei Jahre hatte er eingesperrt in einer Küche verbracht und das Besteck derart sorgfältig auf Hochglanz gebracht, dass es in dieser Kaschemme mit billigem Fraß schon fast anstößig gewirkt hatte. Er tat das nicht, weil er gern abwusch oder gern in einem fensterlosen Keller arbeitete, sondern weil er kein Englisch sprach. Und in der Küche lernte er kein Wort, weil er nicht aus der Kammer rauskam, in der die Spülbecken standen. Dort kamen die Gäste nicht hin, um ihn zuzuquatschen, und auch nicht die Kellner oder das sonstige Personal. Das Leben in Edinburgh war sehr teuer, er war nicht bereit, nach Cruces zurückzukehren, und er würde weder seine Eltern noch seine Schwester um Geld bitten. Er würde es allein zu etwas bringen, selbst wenn er alle Teller Schottlands abwaschen müsste. Als ihm klar wurde, dass er ohne Englisch nie aus diesem Loch herauskommen würde, schrieb er sich für Gratisstunden ein, die eine Schule als Teil der Ausbildung für ihr Lehrpersonal anbot. Zwei Stunden sehr unausgewogenen Unterrichts im Gegenzug dafür, als Versuchskaninchen für angehende Lehrer zu dienen. Und als er ein bisschen was gespart hatte, schrieb er sich an einem College ein, wo er ein Jahr lang sein Englisch verbesserte, um sich für die erste freie Stelle zu bewerben, die der Königliche Botanische Garten ausschrieb. Als man ihm, kurz nachdem er dort angefangen hatte, den Rhododendron-Kurs anbot, hatte er das Gefühl, es sei seine Pflicht, diese Gelegenheit zu nutzen. Das bedeutete sehr viel mehr, als die Teller durch Bäume zu ersetzen. Dieser Kurs läutete seine Zukunft ein.

Der Zustand seines Vaters hatte sich in den anderthalb Jahren seit der Diagnose nicht so sehr verschlechtert. Das möchte er schon sagen, dass nämlich nichts darauf hinzuweisen schien, dass die Ereignisse sich derart überschlagen würden, wie es dann innerhalb einer Woche geschah. Und er hebt wieder den Zeigefinger, um zu seiner Replik anzusetzen, aber wieder senkt Isabel seine Fingerspitze mit dem Blick und drückt sie Richtung Boden mit ihrem Zorn und ihren Gründen, die viele sind, und sehr gewichtig in dieser Küche, sie sind äußerst verdichtet durch die letzten Tage im Krankenhaus, die letzten sechzehn Monate des ständigen Hin und Hers von Barcelona aus, wo sie mit ihrer Familie lebt, und die letzten Jahre der Sorgen um die Zukunft der Eltern, die in einem kleinen Dorf in der Meseta allmählich älter werden. Ihr Dorf. Ihre Eltern.

Isabel legt einen Finger an die Lippen und dreht die Augen zur Decke, mimt einen konzentrierten Gesichtsausdruck. An der anderen Hand tippt sie mit jedem Finger an die Fingerkuppe des Daumens. Sie sagt nichts, sie murmelt nur. Juan ist der Einzige, der die Pantomime verfolgt. Die Mutter ist in ihrem Wasserglas verloren. Der Moment dehnt sich aus, Isabel macht mit ihrer Vorführung einfach nicht Schluss. Juan windet sich insgeheim, spannt sich an. Er brennt darauf, etwas zu sagen, aber ohne einen Blick zu ihm hält seine Schwester ihn mit der Hand dazu an, still zu sein, sie braucht noch etwas mehr Zeit, um ihre Rechnung abzuschließen. Also, Juan, sagt sie endlich. Wenn ich mich nicht irre, bist du im Sommer 2006 weggegangen. Heute ist der dritte August 2010. Du bist seit vier Jahren im Ausland. In dieser Zeit bist du drei Mal gekommen. Das erste Mal vier Tage an Weihnachten, ich weiß nicht mehr, welches Jahr das war. Das zweite Mal, als bei Papa der Krebs diagnostiziert wurde, und jetzt. Insgesamt drei verdammte Male, und immer zu spät. Die Mutter schnaubt, als sie den Kraftausdruck hört. Juan quillt heißer Dampf aus dem Nacken, steigt nach oben. Er würde gern etwas sagen, und sei es nur, um seiner Schwester die Initiative zu nehmen. Er muss sie vom Lenkrad wegbekommen. Aber er tut es nicht, denn im Grunde sind die Zahlen, die sie ihm vorhält, zutreffend: drei elende Besuche in vier Jahren. Zwei davon jeweils erzwungen durch Krankenhauseinweisungen seines Vaters.

Mit dir zu sprechen war für mich unmöglich. Meinem Eindruck nach warst du immer mit der Arbeit beschäftigt, warst nie mal nur so unterwegs, freizeitmäßig, du wirst ja wohl in diesen Jahren in Schottland auch mal nur so unterwegs gewesen sein, nehme ich an. Juan nickt schweigend mit dem Kopf, noch hält er sich zurück. Er weiß nicht, ob aus Respekt vor seiner Mutter, die bei ihnen sitzt, oder weil er meint, seine Schwester habe das Recht, ihm gewisse Dinge an den Kopf zu werfen. Während Isabel von Barcelona aus ins Dorf reiste, wobei zwischen beiden Orten nicht gerade eine sonderlich gute Verbindung besteht, konzentrierte er sich ganz auf seine Arbeit, sein Englisch, seine Lektüren und auch auf Streifzüge durch die elegante Stadt Edinburgh. Und nun, wo seine Schwester es sagt: Er war dort tatsächlich viel unterwegs, nur so. Denn die Parks laden zu Spaziergängen ein, mit ihren großen Rasenflächen ohne ein einziges Unkraut oder kahle Stellen, abgesehen von denen, die am Wochenende die Wegwerfgrills verursachen. Seit er in der Stadt ist, glaubt er, sie alle abgelaufen zu haben, oder fast alle. Besonders gern mag er den am Fuß vom Arthur's Seat, dem verloschenen alten Vulkan, von dessen Gipfel aus man die ganze Stadt und die umliegende Gegend betrachten kann. Überall gibt es Parks, wie Fenster in die Vergangenheit, in die Zeit, als es noch keine Stadt gab, nur Basaltfelsen, Bäume und Wiesen. Die Gärten sind so zahlreich, dass es schon den einen oder anderen geben mag, ganz hinten in irgendeinem Viertel mit Sozialwohnungen, den er noch nicht besucht hat. Er hat diese Viertel wie aus einem Film von Ken Loach kennengelernt, und obwohl er nicht oft hingeht, bewundert er auch sie. Denn in seinem nördlichen Paradies hat alles eine neue Bedeutung für ihn, und sogar die Armut glänzt. Er erinnert sich an Spaziergänge durch die Bezirke mit Blick auf die Wasserzunge, welche die Nordsee nach Schottland hineinstreckt; vom alten Hafen in Leith bis ganz im Westen zur Mündung des Flusses Almond zieht sie sich durch mehrere Viertel hintereinander. Er sieht sich durch den Stadtteil Trinity laufen, zwischen den riesigen Häusern mit Gärten und Zedern; alte protestantische Kirchen umgebaut zu Designeranwesen. Aus dieser Gegend mit ihren aristokratischen Aromen raus und – durch Überqueren einer einzigen Straße – rein in ein Arbeiterviertel, nun unumzäunte Gärten, in denen die Wäsche an Leinen hängt, festgezurrt an in den Rasen geschlagenen Pfählen. Die Wände dieser Sozialbauten sind immer mit einem rauen Spritzmörtel aus Zement und Kieselsteinen verputzt. Die Fenster dieser Häuser sind nicht vergittert, wie es bei den Reichen der Fall ist, das Glas, das das Innere von der Straße trennt, ist dafür dünner. Manchmal aus Acrylglas. Hinter diesen Fenstern gibt es immer Vorhänge mit Spitzenbesatz und Zierfigürchen aus falschem Porzellan, Teppichböden und Sessel mit Kunstlederbezug, solche, die sich weit zurücklehnen lassen und einem die Füße hochheben. Ein großer Fernseher und ein ebenfalls falscher Kamin, in dem ein Ventilator rot und orange beleuchtete Stofffetzen herumwirbeln lässt. Die Arbeiter haben ebenfalls das Recht auf einen Feierabend erster Klasse. So gut wie jeder hat ein Trampolin im Garten, damit die Kinder sich austoben können. An den Zäunen lehnen Fahrräder, und mal steht ein halb verkohltes Sofa zwischen den vollen Müllcontainern. Selbst diese Armut wirkt anheimelnd auf ihn, denn er hat sie im Kino gesehen, die Leinwand als Mittler, und das hebt ihre Kategorie, weil sie nicht seine eigene ist. Die Armut, die er erkennt und vor der er zu flüchten versucht hat, hat die Textur von Wachstuchtischdecken, die Form von Nuss-Nougat-Creme-Gläsern und staubigen Wegen, die vom Dorf wegführen und wo jedermann seinen Schutt, alte Möbel und Pornozeitschriften ablädt. Die Armut, die er kennt und von der er nichts wissen möchte, sitzt neben ihm.

Isabel macht mit ihren Vorwürfen weiter, zielt auf

Juans Leber, wie ein gewiefter Boxer. Aus dem Schweigen ihres Bruders schließt sie, dass es stimmt, dass er, wenn sie ihn – mal ruhig, mal ängstlich – anrief, teils arbeitete und teils seine Familie ignorierte.

»Weißt du, was ich gemacht habe, während du herumspaziert bist?«

»Nein«, antwortet Juan trocken.

»Ich habe mich um Papa und Mama gekümmert.«

Die Mutter steht auf und geht aus der Küche. Juan folgt ihr mit dem Blick, Isabel richtet ihren Stuhl nach der Position ihres Bruders neu aus. Sie hat ihn in der Mangel und wird nicht aufhören, bis sie ihr Innerstes nach außen gekehrt und ihm vor die Füße geworfen hat.

»Ich habe keine Ahnung, was du gemacht hast«, fährt sie fort, »denn wir haben nichts von dir gehört. Bei mir bist du nicht ans Telefon gegangen, aber ich weiß von Mama, dass du sie auch nicht angerufen hast. Ja, an Weihnachten und vielleicht zwischendrin noch mal. Aber das war's dann auch.«

»Seit ich weg bin, habe ich jeden Monat mit Mama gesprochen.«

»Ich sage nicht, dass du nicht mit ihr gesprochen hast, sondern dass du nicht angerufen hast. Das ist ein Unterschied.«

»Den sehe ich nicht.«

»Natürlich siehst du den nicht, du schaust ja nur auf dich selbst.«

Juan räuspert sich. Er beginnt zu überlegen, ob er seiner Schwester eine scheuern soll.

»Ich erzähle dir nichts Neues, wenn ich dir sage, wie die Beziehung zwischen Mama und Papa war.«

Juan blickt zur Tür, durch die seine Mutter hinausgegangen ist, er will herausfinden, ob sie nah genug ist, um zu hören, was Isabel da gerade anfängt zu sagen. Er macht seiner Schwester Zeichen, dass sie leiser sprechen soll. Isabel macht unbeirrt weiter.

»Du weißt ja, wie er war und wie sie ist. Du weißt, was jeder von ihnen braucht. Papa brauchte es nicht, dass du ihn anrufst. Ganz im Gegenteil, er war sicher dankbar, dass er sonntagnachmittags nach der Siesta nicht mit seinem Sohn sprechen musste. Sicher war ihm das genauso unangenehm wie dir. Mach dir keine Sorgen, daran trägst nicht du die Schuld. Mit mir wollte er auch nicht sprechen. Wenn Mama ihm den Hörer weitergereicht hat, dauerte das Gespräch dreißig Sekunden. Das war Papa, aber mit Mama ist es etwas anderes. Sie braucht es, mit uns zu sprechen, aber vor allem braucht sie es, dass wir sie anrufen. Konkret, dass du sie anrufst.«

»Denn du machst das eh schon, schon klar.«

»Ganz genau. Das mache ich. Das habe ich gemacht und werde es weiterhin machen. Genau so, wie ich dich die ganzen Jahre über angerufen habe. Wenn du ans Telefon gegangen wärst, hätte ich dir Sachen erzählt, das kannst du dir gar nicht vorstellen.«

»Nur zu.«

»Verpiss dich, Juan.«

»Jetzt ist der Moment, erzähl mir, was du willst.«

»Du verstehst gar nichts.«

Juan steht auf und geht aus der Küche. Isabel bleibt allein. Sie packt ihr Glas, wie vorher ihre Mutter, und hält es fest in der Hand. Würde gern das machen, was sie so oft in Filmen gesehen hat: es gegen eine Wand schmettern. Ihr ganzes Unbehagen soll mit dem Glas zersplittern. Aber in den Filmen wird nach dem Wurf »Schnitt« gesagt und die Schauspielerin entspannt sich und die Kollegen am Set applaudieren und irgendwer kommt und macht ihr die Haare und legt ihr einen cremefarbenen Morgenmantel um die Schultern. Dann setzt sie sich in einen Stuhl mit ihrem Namen darauf, und der Schauspieler, der den Bruder spielt, kommt von hinter den Kulissen zurück, kommt zu ihr und sie beglückwünschen sich gegenseitig und kommentieren, wie gefasst die alte Schauspielerin doch war, die die Mutter spielt. Und währenddessen kehrt eine Frau, die vermutlich im Abspann nicht genannt werden wird, unauffällig die Glasscherben zusammen und wischt mit einem Lappen über die Fliesen und den Boden und hinterlässt das Set, als wäre dort nichts geschehen – nicht, dass sich irgendwer schneidet oder der Regisseur die Einstellung wiederholen möchte, weil er nicht sicher ist, ob er in den Augen der Schauspielerin, die die Tochter spielt, genug Müdigkeit und Verzweiflung gesehen hat.

Auch wenn sie sich sehr danach sehnt, hat Isabel mindestens zwei Gründe, um das Glas nicht gegen die Wand zu schmettern. Der erste ist, dass es ihre Mutter noch mehr leiden ließe, was ihr manchmal egal ist und manchmal nicht. Aber diesmal macht es ihr etwas aus, weil ihr Mann gerade gestorben ist und sein Leichnam weiter darauf wartet, beerdigt zu werden. Genug für eine Frau in ihrem Alter, und erst recht in ihrem Zustand. Andererseits ist die Wut, die sie empfindet, nicht von ihrer Mutter verursacht worden, sondern von ihrem Bruder, den sie im Geist *den Idiot* nennt. So sitzt sie allein in der Küche, die Finger um das Glas gekrallt, und eine fortwährende Leier setzt sich in ihrem Kopf fest: *Idiot, Idiot, Idiot.*

Der zweite Grund, warum sie das Glas nicht wirft, ist, dass sie es wäre, die die Glassplitter aufkehren müsste. Worauf sie ganz einfach keine Lust hat, denn sie ist am Ende ihrer Kräfte.

6

Es ist acht, als alle drei ins Auto steigen, um nach Torrijos zu fahren. Es ist ein Neuwagen, das Innere riecht nach Autohaus. Isabel und die Mutter sitzen vorn und er hinten. Juan hat sich frisch gemacht, hat sich ein Hemd angezogen, das im Schrank hing, und trägt dieselbe Hose, die er schon vorher anhatte. Die Mutter hat ihr Kleid gegen ein anderes eingetauscht, das exakt gleich ist: derselbe Schnitt, dieselbe Art, dieses ist noch etwas intensiver schwarz. Auf ihrem Schoß liegt ordentlich gefaltet eine schwarze Wollstrickjacke, ohne Futter oder Taschen. Spanische Frauen ihres Alters haben in ihren Schränken schwarze Kleidung für den Fall der Fälle, und der kommt immer.

Die Straße zwischen Cruces und Torrijos ist eine acht Kilometer lange Gerade. Juan ist sie Hunderte Male gefahren oder entlanggelaufen. Mit seinen Eltern, er selbst in dem alten R4 der Familie, auf dem Fahrrad, zu Fuß, joggend. Nach Torrijos musste man, um einen Telefonanschluss zu beantragen, um den Diebstahl eines landwirtschaftlichen Geräts anzuzeigen, für den Monatseinkauf, um sich für Feiertage oder für einen Trauerfall oder mit Sportsachen einzukleiden. Nach Torrijos muss man fahren, um den Zug zu nehmen, der regelmäßig nach Extremadura oder nach Madrid fährt. Samstagvormittags gibt es einen Markt. Dort sind das Obst, die Baumwollunterhosen, die Kochtöpfe billiger. Dort sind auch die Bars für die jungen Leute. In einer davon, El Portón, lernte Juan wie alle anderen aus der Gegend Bier aus der Literflasche kennen. Es war Anfang der Neunziger, und bis dahin wurde das Bier in Stangen- oder Weingläsern serviert. Immer mit ein paar Oliven oder einigen Stücken Chorizo auf einer trockenen Scheibe Baguette. Nie zuvor in einer gemeinschaftlich geteilten Plastikflasche.

Juan hat sich gegen die Rückbank gelehnt, den Kopf auf Höhe der unteren Fensterkante, weshalb er nur einen Streifen Landschaft und viel Himmel sieht. Da oben gibt es keine Wolken. Nur blau und ab und an einen Spatz. Er sieht den Horizont, die Kapelle auf der Anhöhe, das Dach des Hühnerhofs, die sich über die sanften Hügel erstreckenden Olivenhaine. Er sieht sich auch selbst vorbeikommen, vor vielen Jahren, im Auto von irgendwem aus dem Dorf, der ihn beim Trampen mitgenommen hat. Wie viele Stunden seiner Jugend hat er damit verbracht, den Fahrern Richtung Torrijos den Daumen zu zeigen? Der Tag mit dem Konzert von Kiko Veneno war einer davon. Den Rückweg hingegen legte er im Auto von Fermín zurück, einem Freund, mit dem er im Leichtathletikverein trainierte. Vom Konzert gingen sie ins El Portón, wo die Party noch stundenlang weiterging, bis Juan schließlich zwischen den Beinen der jungen Leute, die noch durchhielten, zu Boden rutschte. Fermín, der weder trank noch einen Führerschein hatte, riskierte es, den Mercedes seines Vaters zu nehmen, hievte Juan auf den Rücksitz und fuhr ihn zurück nach Cruces, wo sie mit der Morgendämmerung ankamen. Er zog ihn aus dem Auto und führte ihn durch den Hof bis in sein Zimmer. Stille im Haus.

Die Eltern und die Schwester schliefen (oder sie war vielleicht auch mit ihren Freundinnen in Torrijos). Er legte ihn aufs Bett, zog ihm die Turnschuhe aus, und bevor er das Schlafzimmer verließ, musste er noch ganz schnell einen Topf aus der Küche holen, um das Erbrochene aufzufangen, das Juan hochkam, sobald er sich hinlegte.

Den Rest des Wochenendes verbrachte Juan auf dem Sofa im Wohnzimmer, halb konvaleszent, halb beschämt. Er rechnete damit, dass er eine Standpauke bekommen würde, eine von denen, die Eltern mehr von Amts wegen denn aus Überzeugung halten: Alkohol ist schlecht, Tabak ist schlecht, nicht gehorchen ist schlecht. Standpauken, die im Übrigen den Abstand zwischen den Generationen betonen, weil sie nicht auf die wahren Gefahren der jeweiligen Zeit hinzuweisen vermögen. Vorsicht mit dem Bier, wurde ihnen gesagt, ohne Ecstasy oder Aids auch nur zu erwähnen. Es war eine bloß pflichtschuldig vorgebrachte Zurechtweisung, denn nach dem Besäufnis und dem darauffolgenden heftigen Kater zählte Juan zum ersten Mal so richtig zu den Großen. Er hatte sich gerade auf dem Altar seiner Vorfahren berauscht, und daher kam als Nächstes, nachdem das Theater erst einmal vorbei war, eine ganze Prozession von Nachbarn ins Haus, sie fragten nach Salz oder was auch immer und landeten letztlich, geführt von der Mutter, an der Wohnzimmertür, von wo aus sie ihn wie ein Häufchen Elend auf dem Sofa liegen sahen. Leises Lachen, Ellbogenstöße, joviale Ermahnungen des einen oder der anderen, die sich tribal beglückwünschten, weil sie sahen, dass der Junge ganz wie es sich gehört in die Gemeinschaft eingetreten war: mit brummendem Schädel.

7

Das Bestattungsinstitut ist in einem Gewerbegebiet am Ortsausgang von Torrijos, zwischen einem freien Feld und einer Fabrik für Leuchtschilder. Ödnis, Tod und Neonschrift. Gegenüber eine Gärtnerei und ein Düngemittelverkauf. Sie fahren am Eingang des Bestattungsinstituts vorbei, daneben erkennt die Mutter einen Nachbarn aus Cruces. Sie fahren weiter, bis sie eine freie Parklücke finden. BOSCH CAR SERVICE steht auf dem blauen Schild der geschlossenen Werkstatt. Juan kann sich nicht erinnern, dass es Begräbniseinrichtungen dieser Art in Torrijos gab. Es hat immer irgendwelche Unternehmen gegeben, die sich um die Todesfälle kümmerten, aber keine Bestattungsinstitute.

Der Motor geht aus, Juan setzt sich auf und schnallt sich ab, um auszusteigen. Isabels Kopf taucht zwischen den Vordersitzen auf.

»Juan, wir müssen reden.«

»Wir haben schon in der Küche geredet.«

»Das ist kein Reden.«

»Das ist Reden.«

»Du hast nichts gesagt.«

»Ich habe nichts zu sagen.«

Die Mutter sitzt stumm auf ihrem Sitz, wartet darauf, dass Isabel sie von ihrem Gurt befreit. Die Schwester atmet mehrmals tief und langsam ein. Das hat sie in ihren Yogastunden gelernt. Tief atmen, denn so kommt unter anderem mehr Sauerstoff ins Blut. Und je mehr Sauerstoff, desto besser.

»Aber ich bin noch nicht fertig mit Reden. Jetzt gehen wir erst mal in das Bestattungsinstitut und kümmern uns um die Leute, morgen beerdigen wir Papa auf dem Friedhof in Cruces, und danach gehen wir zurück nach Hause, machen die Tür hinter uns zu, und du wirst dir anhören, was ich dir zu sagen habe.«

Die Aufbahrung ist in einem rechteckigen Raum vorbereitet worden, von dem ein Teil für den Verstorbenen abgetrennt worden ist. Wer möchte, kann ihn durch eine Glasscheibe sehen. Juan geht nicht hin. Er erfüllt seine Gastgeberpflichten wie ein wohlerzogener Junge, strengt sich bewusst an, freundlich und verbindlich zu sein, selbst denen gegenüber, die er nicht kennt. Seine kurzen Wege durch den Raum gleichen denen eines Roboters, dessen Bewegungen durch zwei einfache Programmierungen vorgegeben sind: den Bereich meiden, von dem aus er seinen Vater sehen könnte, und seiner Schwester aus dem Weg gehen.

In den sich bildenden Grüppchen nimmt er das Beileid entgegen, wobei er nicht genau weiß, was das eigentlich heißt, die Floskel ist so abgedroschen, dass sie kaum mehr den kleinsten Funken echten Gefühls zu vermitteln vermag. Meine aufrichtige Anteilnahme, sagen sie einer nach dem anderen zu ihm. Manche Männer kommen schnurstracks auf ihn zu, strecken ihm die Hand entgegen, mit festem Blick. Das Beileid der Männer ist eine weitere Demonstration der Männlichkeit. Sie kommen entschlossen, erfüllen einen Auftrag, den sie nicht delegieren können, weil es eben genau darum geht, dass der Trauernde sie erkennt. Das ist alles, sich ins Gesicht blicken und den Schmerz des Augenblicks mit irgendeiner gemeinsam erlebten Episode aus der Vergangenheit verknüpfen. Sie drücken ihm entschlossen die Hand, sehen ihm in die Augen. Von jetzt an wirst du Kraft brauchen, sagen diese Hände, die seine drücken, diese Augen, die sich in seine bohren mit einer Heuchelei, die nicht einmal sie selbst bemerken.

Manche der Frauen nähern sich ihm auf andere Weise. Sie tun das weniger entschlossen als die Männer, und schon von dem Moment an, in dem ihnen der erste Blickkontakt gelingt, beginnen sie sich auf die Unterlippe zu beißen und den Kopf als Zeichen der Trauer und der Fassungslosigkeit zu wiegen, er war so ein guter Mann und, das muss man sagen, er hat so hart gearbeitet. Aber mach dir keine Sorgen, Juan, Gott hat ihn schon bei sich in seinem Himmelreich, und da werden wir alle eines Tages landen. Die meisten von ihnen beklagen, dass die Nachricht vom Tod seines Vaters ihn so weit weg ereilt hat. Denn sie nehmen an, wenn der Junge in *England* ist, dann weil er hier keine Stelle gefunden hat. Nicht einmal in Toledo oder in Talavera. Dass du so weit weggehen musstest, um Arbeit zu finden, Juan. So sieht es aus mit Spanien. Aber gut, wenn wir hier schon einen Tag lang auf dich warten, dann wohl, weil das, was auch immer du dort machst, sehr wichtig ist, und dann auch noch auf Englisch. Juan nickt stumm, und aus reiner Nachahmung beißt er sich ebenfalls auf die Unterlippe, als wollte er seinem weiblichen Gegenüber signalisieren, dass er es versteht und dass er die Vorstellung von Gottes

Himmelreich und dem Ende aller Zeiten teilt. Was soll er sonst schon sagen. Dass es schon Arbeit gegeben hätte in Toledo und in Talavera. Sogar in Cruces, im Geschäft seines Vaters. Oder dass man nicht so weit weggehen müsste, um dann schließlich Teller zu waschen oder Mist mit einer Schubkarre zu fahren. Juan nutzt die typischen Ausdrucksformen einer Trauerfeier, um alles auf einer höflichen Ebene zu belassen. Doch wenn dem nicht so wäre, wenn ihn in genau diesem Moment der Blitz der Wahrheit träfe, der den Kopf und das Innerste löst, würde er die Dame mit in eine Ecke nehmen, wo eine Plastikpalme ganz allein gegen den *horror vacui* ankämpft, und würde sie dort auf einen der herumstehenden Stühle setzen. Liebe Frau, würde er sagen, ich danke Ihnen sehr für Ihr Beileid, auch wenn Sie überhaupt nichts von mir wissen. Ich verstehe vollkommen, wie so eine Beerdigung funktioniert, und werde Ihnen die Feier nicht vermiesen. Ich verstehe, dass Sie zu mir gekommen sind und den Tod meines Vaters und den Zustand, in dem meine Familie nun zurückbleibt, sehr bedauern, wie auch das Unglück, dass ich im Ausland lebe und aufgrund einer Arbeit, die Sie für sehr wichtig halten, meine Verpflichtungen als guter Sohn nicht voll erfüllen konnte. Aber ich werde Ihnen etwas sagen, liebe Frau. In Schottland habe ich bis vor ein paar Monaten nichts wirklich Wichtiges gemacht. Zweifellos hat meine Mutter Sie falsch informiert. Sie denkt oder möchte gern denken, dass mich dort etwas Entscheidendes zurückhält, denn andernfalls hätte ich ja hier sein müssen. Aber in Wirklichkeit bin ich Helfer in einem Garten. Einem besonderen Garten, ja, aber letztlich doch ein Garten. Ich ziehe mir meine khakifarbene Uniform mit Emblemen darauf an und sammle die Reste des Beschnitts auf, den mein Chef am Fuß der Bäume liegen lässt. Ich kümmere mich um den Dünger und lade die Pflanztöpfe von den Lastwagen ab, bereite die Schläuche vor und solche Dinge. Davor habe ich viele Teller und Besteck und Formen für Blätterteigpasteten abgewaschen. Das waren die ersten Jahre. Im Restaurant ließen sie mich wenigstens, wenn nicht viel los war und nur wenige Gäste da waren, die Salate zubereiten. Im Botanischen Garten erlauben sie mir, da es eine öffentliche wissenschaftliche Einrichtung ist und die Schotten sehr ernsthafte Menschen sind, nicht um einen Fingerbreit von dem abzuweichen, was in meinem Vertrag steht, es sei denn, ich erhalte die spezifische Ausbildung, die mich dazu befähigt. Rhododendren zum Beispiel. Die sind wirklich wichtig. Aber momentan darf ich nicht mal einen wilden Spross an einer Stechpalme abnehmen. Manchmal hat sogar mein Vorgesetzter Zweifel und lässt einen der Forscher aus dem Labor rufen, damit der sein Okay gibt oder auch nicht. Ich warte, bis die Befehlskette entscheidet, und am Ende kümmere ich mich darum, die Reste von was auch immer wegzukarren. Vor allem bin ich ein Lastarbeiter. Bislang hat man mich für meine Fähigkeit geschätzt, Dinge von einem Ort zum anderen zu transportieren. Das könnte ich, wie man sich leicht vorstellen kann, auch in Cruces machen. Tatsächlich habe ich mich, während ich für meinen verstorbenen Vater – zu sehen hinter dieser Trennwand hier – gearbeitet habe, damit abgerackert, Bretter aus Kiefernholz herbei- und wegzutragen, Sägemehl wegzufegen und Kanister mit Klebstoffen und Lack herumzuschleppen. Wenn ich so weit weg lebe, liebe Frau, dann, weil ich nicht hier sein will. So einfach ist das. Ich habe beschlossen, meine Verpflichtungen als Sohn aufzugeben. Jetzt bin ich heimatlos, was die Familie betrifft. Oder um es auf eine uns eher geläufige Art zu sagen: Ich bin ein Abtrünniger. Und, meine liebe Frau, ich verstehe, warum Sie mich so anblicken, denn Sie wollten mir ja lediglich sagen, dass ich nicht allein auf der Welt bin. Dass ich außer meinen Lieben auch noch Sie habe. Und glauben Sie mir, ich danke Ihnen dafür, meine liebe Frau, aber wir Abtrünnigen sind egozentrisch und stellen unseren eigenen Vorteil und Genuss über die Verpflichtungen der Kaste. Darum geht es. Deshalb werde ich in sieben Tagen, wenn Sie alle wieder mit Ihren Dingen beschäftigt sind und das hier Ihnen wie ein lang zurückliegendes Ereignis vorkommt, wenn mein Vater seinen Grabstein hat und ich das Haus meiner Mutter für ihr neues Leben vorbereitet habe, zurück in mein eigenes fliegen, die Verhältnisse werden geklärt sein, denn meine Schwester Isabel hat mit mir schon Klartext gesprochen. Das sage ich so spöttisch, obwohl ich im Grunde weiß, dass sie recht hat und ich mich wegen der Nachlässigkeit schäme, die ich meiner Familie gegenüber an den Tag gelegt habe. Das macht nichts. Sobald all das vorüber ist und ich wieder an meinem Platz bin, wird die Litanei, die mir eingeprügelt worden ist – pardon für die starken Worte –, ihre Wirkung entfalten und ich werde mich telefonisch um meine Mutter kümmern und werde an Weihnachten kommen und im Sommer auch und werde alles nur Mögliche tun, um für ihre körperliche und emotionale Gesundheit Sorge zu tragen. Das werde ich tun. Und ich werde auch versuchen, Isabel zuvorzukommen, wenn wir nach dem Begräbnis nach Hause kommen, ich werde die Initiative ergreifen und ihr all das sagen, aber auf gewandtere Art und Weise. Damit sie versteht, dass ich, auch wenn sie das lächerlich finden mag, meine Gründe hatte und habe, um dort zu leben, wo ich lebe, und sogar dafür, warum ich erst so spät hierhergekommen bin. Und damit sie sieht, dass ich die Lektion nicht nur begriffen habe, sondern mich auch demütig und dankbar zeige angesichts ihrer Weisheit. Nebenbei soll sie mitbekommen, dass ich immer der Sohn meiner Mutter und ihr Bruder sein werde. Dass sie beruhigt nach Barcelona zurückfahren kann, in dem Wissen, dass ich *da sein* werde, wenn nötig. Dass ich ans Telefon gehen werde, wenn sie anruft, und jedes Mal herfliegen werde, wenn es wirklich erforderlich ist. Und wer weiß, vielleicht fahre ich sie sogar einmal in Barcelona besuchen, es gibt einen Direktflug. An irgendeinem Wochenende zu Frühlingsbeginn schlage ich dort auf und genieße ihre Gesellschaft und die meiner Neffen, ich weiß ja nicht mal, wie groß die inzwischen schon sind. Und ich werde mit Andreu sprechen, meinem Schwager, mit dem ich kaum ein paar Tage verbracht habe, seit er Isabel geheiratet hat. Aber ich bleibe dabei, auch wenn ich auf Sie jetzt vielleicht etwas zynisch wirke, ich gebe meine Sünden zu und werde mich bessern.

Das hätte Juan gesagt, wenn ihn der Blitz der Wahrheit getroffen hätte. Aber an der mit falschem Stuck verputzten Decke sind solche Blitze durch Leuchtstoffröhren ersetzt worden, deren Licht nicht zur Katharsis einlädt. Deshalb dankt Juan der Frau für ihre Beileidsbekundung und macht sich bereit, den Nächsten zu begrüßen, diesmal einen Mann.

Er hat ihn ganz hinten im Saal gesehen, neben der Plastikpalme wartet er auf seine Gelegenheit. In diesem Moment sitzt die Mutter halb versunken in dem Sofa aus Lederimitat in einer Ecke, Isabel neben sich, sie hält ihre Hand. Einige Grüppchen stehen im Raum verteilt, ein paar Personen sitzen auf den wenigen vorhandenen Stühlen, Leute kommen und gehen, Bekannte blicken auf ihre Telefone. Sein Vater ruft ihn aus seinem verglasten Kühlschrank. Er ruft ihn, seit sie den Trauerraum betreten haben. Dort, in einer Ecke versteckt. Die Designer von Bestattungseinrichtungen entwerfen die Räumlichkeiten so, damit der Anblick des Todes optional ist. Damit jeder Einzelne sich, ganz nach freiem Willen und Belieben, von Angesicht zu Angesicht dem Verstorbenen gegenübersehen kann, falls er das braucht oder wünscht. Dieser Platz ist normalerweise leer. Nur Isabel tritt von Zeit zu Zeit dorthin und bleibt eine Weile, an die Wand gelehnt blickt sie ins Innere des Aquariums. Ihr Gesicht wird von demselben sanften Licht erhellt, das auf den Sarg fällt.

Der Mann von der Pflanze nähert sich. Germán, sagt Juan, und zum ersten Mal an diesem Abend ist ihm nach einer spontanen Umarmung. Keine Umarmung wie unter Geschwistern, sie verschmelzen nicht darin. Sie drücken sich, wie manche Männer sich drücken, und zum Abschluss klopfen sie sich gegenseitig auf den Rücken. Als sie sich voneinander lösen, nickt Juan verständnisvoll, als er Germáns feuchte Augen sieht. Er wirkt müde. Hat ein Doppelkinn, unter den Augen quellen Tränensäcke hervor, und die grauen Haare sind den dunklen schon zahlenmäßig überlegen.

»Ist lange her, Juanito«, sagt Germán.

»Sehr lange, ja.«

»Ich fühle mit dir.«

»Danke.«

»Es tut mir wirklich sehr leid.«

Germán muss schon an die sechzig sein. Er hat den gleichen Bart wie immer. Ganz egal, ob er sich jeden Morgen rasiert. Er seufzt kräftig und greift sich mit Daumen und Zeigefinger ins Gesicht, drückt die Lider zusammen. Die Schluchzer erschüttern das Doppelkinn. Er wischt sich die Tränen mit den Fingerkuppen weg. Sein Blick ist gesenkt. Er erzählt ihm, dass er seinen Vater sehr vermissen wird. Die Arbeit ohne ihn zu machen, wird sehr anstrengend für ihn werden.

»Mal sehen, was deine Mutter damit machen will.«

Damit meint die Türenfabrik. Unter sich nennen sie sie Fabrik, vielleicht wegen der überproportionalen Größe der alten Stallung, in der sie sich befindet, aber es ist nichts weiter als ein Familienbetrieb, in dem – irgendwann einmal, als sie viele Aufträge hatten – nie mehr als maximal vier oder fünf Personen gearbeitet haben. *Damit*, denkt Juan automatisch, ist ein Klotz, den er mit seinem Weggang nach Schottland abzuschütteln geschafft hat und dessen Zukunft, nun, da sein Vater nicht mehr da ist, nichts anderes als die Schließung sein kann.

Germán war bei seinem Vater angestellt, seit der das Geschäft aufgebaut hat, und er ist immer da gewesen, wenn er gebraucht wurde. Beim Schlachten hat er das Schwein festgehalten. Bei der Weinlese die Gruppen eingeteilt. Jeden Winter die Oliven von den Bäumen geschlagen. Hat die Fabrik auf- und zugesperrt. Germán, der Hasen und Rebhühner von seinen Jagdtagen mitbrachte und der Mutter zum Kochen gab. Er kam, überreichte sie ihr und ging wieder. Weder sagte sie ihm, er solle zum Essen bleiben, noch deutete er so was an. Wenn es das Haus zu weißeln galt, wenn man nach Torrijos musste, um ein Medikament abzuholen, wenn Juan zu den Wettkämpfen oder Isabel zum Privatunterricht gefahren werden musste. Juanito und Isabelilla. Nur er erlaubte sich, bei der Aussprache ihrer Namen verschwenderisch mit den Silben zu sein. Juan hatte immer gedacht, dass die Zuneigung, die er für sie empfand, daher kam, dass er alleinstehend war. Ein Mann ohne irgendwen, dem er seine Gefühle schenken kann, ist ein Mann, der zu viel davon hat.

Die Zeit vergeht für Juan mit Händeschütteln und höflichem Small Talk. Manchmal setzt er sich neben seine Mutter und schweigt, während er zusieht, wie seine Schwester die einen oder anderen begrüßt, sie macht das schon mit innigen, verschmelzenden Umarmungen. Die Mutter neben ihm, eingefallen, klein geworden durch die eigene Trauer. Ihre Nähe ist ein schwarzes Loch, das seine Energie frisst. Neben ihr sitzend fällt ihm wieder die Szene mit der Jacke von vor ein paar Stunden ein. Isabel, die mit seiner Mutter ringt, an ihr klebt. Wie sie versucht, ihr zu helfen, aber zugleich wütend ist und sie wütend macht. Was soll man mit einem schwarzen Loch machen, das anlockt und verzehrt? Er möchte nicht daran denken, was passieren wird, wenn sie am nächsten Tag nach Hause zurückkehren, nach der Beerdigung, und zu dritt allein bleiben. Mit Isabel, die auf ihn wartet, und ihm, wie er versucht, sich ihr zu entziehen. Niemand sonst wird dort sein, und vor ihnen eine Zukunft so schwarz wie das Kleid seiner Mutter. Aber er möchte daran nicht denken, wie er auch nicht glauben möchte, dass der Leichnam seines Vaters links von ihm auf der anderen Seite der Trennwand liegt. Er steht auf, läuft, den Anwesenden ausweichend, durch den Saal, tritt auf den Gang und dann auf die Straße, um die warme Abendluft einzuatmen. Eine Luft, die Gerüche von den ausgedörrten Getreidefeldern rundum herüberträgt. Wenn er rauchen würde, wäre das der geeignete Moment für eine Zigarette. Den Tabakrauch tief einatmen, sich die Lunge damit füllen und dann die Wolke durch Mund und Nase wieder ausstoßen. Daran denkt er gerade, als er jemanden auf dem Bürgersteig näher kommen sieht. Um diese Zeit kann er nur zum Bestattungsinstitut gehen. Er kann nur zu ihnen unterwegs sein.

Es ist Fermín, sein Kindheitsfreund, sein Gefährte beim Training und später bei jugendlichen Streichen. Mit ihm hat er, mal abgesehen vom Training, den Ball beim Pelota-Spielen gegen die Wand der Schule prallen lassen, er hat Melonen aus den nahe gelegenen Gärten geklaut, hat so getan, als würde er Zigaretten rauchen, die nichts weiter waren als zusammengerolltes Papier. Sie wollten verwegen wirken, hatten aber nicht mal Geld für Tabak. Fermín trägt immer noch die Tolle von damals, als er Rocker wurde. Dieselbe mit Gel in Form gebrachte Frisur. Sie haben sich kaum gesehen, seit Juan vor über fünfzehn Jahren zum Studieren nach Madrid gegangen ist. Sie waren ein Herz und eine Seele, bis ihre Wege sich trennten. Das neue Uni-Leben vereinnahmte Juan komplett. Er kam an den Wochenenden nicht länger nach Cruces, und die seltenen Male, wenn er doch kam, blieb er zu Hause. Zur Zeit, als er Forstwirtschaft zu studieren begann, trat Fermín in die Bilderrahmenfabrik seiner Familie ein. Das war eine echte Fabrik: über vierzig Angestellte, Exporthandel, internationale Messen, Sicherheits- und Hygienenormen, Arbeitsrechte.

Sie umarmen sich kurz, vielleicht zum ersten Mal in ihrem Leben. Beileid, Antwort auf Beileidsbekundung, Zustimmung, zusammengedrückte Lippen, verneinendes Kopfschütteln, Schweigen mit Grillen und Zikaden im Hintergrund. Den Tod kann man nicht verstehen, und deshalb hat der Mensch dieses kümmerliche, verschwommene Gebärdenrepertoire entwickelt. Nachdem die theatralische Phase überwunden ist, beginnt das Update. Fermín fragt nach Schottland, und Juan dankt es ihm. Er gibt ihm in bürokratischem Ton eine Zusammenfassung der letzten Jahre dort: Arbeit, Wohnung, Gesundheit, Liebschaften. Nichts Episches in der Erzählung. Und du?, fragt Juan. Auch Fermín erzählt ohne Umschweife: Hochzeit, zwei Kinder, die Bilderrahmenfabrik schloss nach einigen Jahren des Niedergangs. Fast alle Fabriken, die es im Ort gegeben hatte, und das waren viele, waren vor seiner pleitegegangen. Wer lässt schon noch etwas rahmen?, fragt er sich laut. Früher rahmten die Leute alles ein: das Abiturzeugnis oder die Hochzeitsfotos. Er erspart ihm die Details des schmerzhaften Prozesses zur Abwicklung des Unternehmens, um den er sich allein kümmern musste, weil sein Vater nach einem völlig dem Geschäft gewidmeten Leben die Schließung nicht verwinden konnte. Nachdem die Fabrik aufgelöst und die Schulden bezahlt waren, erzählt er, hat er Arbeit als Mechanikerlehrling in derselben Werkstatt gefunden, in der sie immer die Wagen der Familie und des Unternehmens haben reparieren lassen. Die da drüben, sagt er und zeigt mit dem Kinn auf das blaue Schild von BOSCH CAR SERVICE. Zum Glück kennen wir uns hier im Ort alle. Sie haben mir nicht nur Arbeit gegeben, sondern uns auch die Lieferwagen des Unternehmens abgekauft, und sogar den Mercedes von meinem Vater. Früher hatte ich ihn jedes Frühjahr zur Inspektion hingebracht, nun machte ich selbst für den halben Ort den Ölwechsel. Nach langer Zeit in der Werkstatt wollte er eine Veränderung und eröffnete eine Cocktailbar, erlitt einen Herzinfarkt und schloss die Bar. Das war im vergangenen Jahr gewesen. Juan legt ihm die Hand auf die Schulter, kehrt für einen Moment die Rollen um. Sein Arm ist eine Brücke, über die seine Unterstützung und auch das Schuldgefühl fließen. Seit er im Ausland ist, hat er sich kaum für Fermín interessiert. Der Norden hat seine ganze Aufmerksamkeit und Energie absorbiert, und er hat nichts dagegen unternommen. Im Gegenteil, er ist in jene Richtung gerudert, denn nur indem er sich von seinem Ursprung entfernte, so empfand er es, konnte er sich ein eigenes Leben schaffen.

Nach einem Herzinfarkt im Alter von dreiunddreißig Jahren, erzählt Fermín, ist er wieder zum Joggen zurückgekehrt, und zu einer gesunden Ernährung. Zum Glück, sagt er, habe er nicht mal, als er die Bar hatte, Alkohol getrunken. Jetzt verdient er sich seinen Lebensunterhalt damit, dass er hier im Landkreis Wi-Fi-Netzwerke installiert. Abgelegene Fincas und halb bewohnte Siedlungen aus der Zeit des Baubooms, wo es sich für die großen Anbieter nicht lohnt, ihre Dienste anzubieten. Außerdem hat er in seiner Garage eine kleine Werkstatt eingerichtet, in der er Motorräder für die Leute aus dem Ort repariert. Ein Zubrot, sagt er. Fermín fragt nach der Mutter. Juan winkt ab. Er fragt nach der Schwester, besser nicht davon sprechen. Er fragt nach dem Vater, und Juan erinnert sich, dass der weiter da drinnen liegt und das auch so bleiben wird, bis sie ihn zum Friedhof bringen.

»Hast du ihn angesehen?«, interessiert sich Fermín.

»Nein.«
»Machst du das noch?«
»Ich weiß nicht.«

Juan schlägt vor, beim Reden ein Stück auf und ab zu laufen. Er muss sich die Beine vertreten. Fermín erzählt ihm, wie gern er Juans Familie immer gemocht hat. Unter den gegebenen Umständen erlaubt er sich dieses Geständnis. Eine Zuneigung, gewachsen in den Sommern im Garten von Cruces, aus den Wurstbroten, die Juans Mutter für sie zubereitete, aus verbotenen Bädern im Wasserbecken und den Münzen, die der Vater ihm fürs Helfen oder das Pflücken der Trauben gab. Er erzählt ihm, dass er seine Mutter mehrmals auf dem Samstagsmarkt getroffen und von ihr gehört hat, wie es ihm ging und wie es an dem Tag gewesen war, als er ihnen verkündete, dass er nach Schottland gehen würde. Jedes Mal, wenn ich sie getroffen habe, erzählt Fermín, hat sie mir von dem Tag erzählt und von dem Streit, den du mit deinem Vater hattest. Juan gibt es zu. Sein letztes Bild von seinem gesunden Vater ist ein Bild der Gewalt. Wenn sie rauchen würden, würde er Fermín eine Zigarette anbieten, aber weil sie nicht rauchen und Fermín außerdem herzkrank ist, tastet Juan seine Taschen ab und zieht ein vierfach gefaltetes Blatt Papier heraus. Er faltet es auf, es ist die Reservierung für den Rückflug. IB3690, Madrid-Edinburgh, 10. August 2010, 08.35 h. Kommenden Dienstag, in sechs Tagen. Er faltet es an der mittleren Falzlinie wieder zusammen, streicht sorgfältig mit dem Nagel darüber und zerreißt das Blatt in zwei Hälften. Die obere, mit den Daten des Flugs, steckt er ein, den Rest zerteilt er in zwei weitere Hälften. Eins der Stücke streckt er seinem Freund hin, das andere behält er, und ohne ein Wort zu sagen, rollt jeder für sich eine Kippe und steckt sie sich in den Mund. Anschließend tut Juan so, als zünde er ein Feuerzeug an, und gibt Fermín Feuer, der die inexistente Flamme vor einem Wind, der nicht weht, schützt. Er tut so, als ob seine Zigarette nur schlecht angeht, einer Liturgie folgend, die auf ihre gemeinsame Jugend zurückgeht. Als Fermín seine Kippe für angezündet erklärt, macht Juan seine eigene an. Eine Weile tun sie so, als ob sie rauchen würden, beide stumm, beide der warmen Luft und den Erinnerungen hingegeben, sie lassen sich vom Rauch umhüllen. Beide füllen ihre Lunge mit tiefen Zügen, denn in solchen Situationen gilt, je mehr Sauerstoff, desto besser.

Als sie in den Trauerraum zurückkehren, sind weder seine Mutter noch seine Schwester da. Nur ein älteres Ehepaar, das Juan nicht erkennt. Die beiden kommen auf sie zu. Du erinnerst dich nicht an uns, stimmt's?, fragen sie Juan, der den Kopf schüttelt. Fermín drückt dem Mann die Hand und gibt der Frau zwei Wangenküsse, dann erklärt er Juan, dass der Mann Don Nicolás ist, der Lehrer, und sie Carmen, seine Frau. Eine Zeit lang hatten wir viel Kontakt mit deinen Eltern, aber dann haben wir uns nicht mehr so oft gesehen, sagt der Mann. Wir haben ihnen einmal ein Zelt geliehen, damit ihr in Urlaub fahren konntet, fügt die Frau hinzu, aber ich glaube nicht, dass du dich erinnerst. Juan nickt. Er weiß noch immer nicht, wer sie sind, aber dank des Details mit dem Zelt kann er sie zeitlich einordnen. Carmen teilt ihnen mit, dass die Mutter und die Schwester kurz in das Café eines Hotels in der Nähe rübergegangen sind, weil sie noch nicht zu Abend gegessen hatten und es schon nach elf Uhr ist.

Wir warten noch auf sie, um uns zu verabschieden. Juan weiß, diese Unachtsamkeit, dass er nicht an die Bedürfnisse seiner Mutter gedacht hat, wird ebenfalls auf der Rechnung stehen, die seine Schwester ihm am nächsten Tag präsentieren wird. Fermín schlägt ihm vor, auch eine Kleinigkeit essen zu gehen, aber Juan lehnt die Einladung ab, weil er nicht Isabel über den Weg laufen will. Er wird essen, wenn er nach Hause kommt, sagt er.

Isabel und die Mutter kommen herein. Als sie das Ehepaar sehen, führt Isabel ihre Mutter zu ihnen, Juan ignoriert sie dabei. Sie reden ein Weilchen, verabschieden sich und Isabel begleitet sie zur Tür. Fermín nutzt die Gelegenheit und geht ebenfalls. Er gibt der Mutter zwei Küsse und wendet sich dann an Juan, sagt ihm, dass sie sich am nächsten Tag sehen, auf dem Friedhof. Um zwölf Uhr, nicht wahr? Juan weiß nicht, was er antworten soll. Um eins, korrigiert Isabel, die gerade von der Tür zurückkommt. Bevor er rausgeht, sagt Fermín irgendwas zu Isabel, gibt ihr zwei Küsse und geht.

Juan knurrt der Magen. Eine der in die Decke eingelassenen Leuchtstoffröhren surrt. Sie sind jetzt allein. Hier drinnen weder Zikaden noch Grillen.

Also, wenn ihr wollt, fahren wir, sagt Juan. Stille, die das Surren und das hungrige Magengrummeln schluckt. Zum ersten Mal an diesem Tag blickt die Mutter auf und sagt: Aber wir können Papa doch nicht allein lassen? Nein, wirklich nicht. Ich bleibe. Ihr könnt nach Hause fahren und euch ein bisschen ausruhen, und morgen früh kommt ihr mich abholen. Aber was redest du da, Mama?, fällt Isabel ihr ins Wort. Du Dummerchen. Es liegt keine Verachtung in diesem *Dummerchen*, denn es bedeutet nicht mangelnde Intelligenz, sondern momentane Abwesenheit von Urteilsvermögen. Dieses »du Dummerchen« bedeutet auch »Mama, hör auf, die Mutter zu spielen. Du musst dich nicht den ganzen Tag aufopfern, weder für uns noch für deinen toten Mann. Die Aufopferung gehört zu deiner Rolle und der fast aller spanischer Frauen deiner Generation. Aber die Idee, dass du heute Nacht allein im Bestattungsinstitut bleibst, ist lächerlich. Und nicht nur das: dass wir dich hierlassen, während wir uns ausruhen fahren, das wäre wirklich eine Schweinerei.« Isabel dreht den Kopf zur Seite und sucht den Blick ihres Bruders, der ganz in sich versunken ist. Isabels angespannte Schultern stoßen fast an ihre Ohren. Sie bleibt beharrlich, schnaubt kräftig wie ein Walross. Wach auf, Juan. Anscheinend hat der Junge die Dummheit der Mutter nicht gehört, denn offensichtlich ist er sehr müde von der langen Reise.

»Nein, Mama, wir fahren nach Hause«, sagt Isabel.

»Und Papa? Wird keiner bei ihm wachen? Wo hat man so was schon gesehen.«

»Nirgendwo«, schneidet Isabel ihr das Wort ab.

»Ich bleibe«, sagt die Mutter.

Isabel seufzt. Noch ein bisschen mehr Zeit, damit Juan reagieren kann, was er aber nicht tut. Und weil sie sieht, dass der Junge nicht in die Gänge kommt, legt Isabel als Nächstes ihrer Mutter dar, was Juan hören muss.

»Mutter, wir sind schon seit Tagen ununterbrochen auf Achse. Du musst nach Hause, schlafen, duschen und morgen fit für die Beerdigung sein.«

Juans Magen knurrt.

»Ich bleibe«, sagt er.

8

An diesem Abend gibt es keine weiteren Verstorbenen. Am Empfang des Bestattungsinstituts fragt er nach der Kantine. Geschlossen. Etwas zu essen? Der Empfangsmitarbeiter zeigt auf einen Snackautomaten am anderen Ende des Foyers. Als Abendessen verzehrt Juan ein Tütchen Chips mit Schinkengeschmack, noch eins mit frittierter Schweinekruste, zwei Schokoriegel und eine Dose Coca-Cola. Während er die Chips isst, denkt er darüber nach, dass in dem Gebäude nur der Empfangsmitarbeiter und er selbst sind. Er fragt sich, wie viele Tote sich wohl unter demselben Dach befinden, ob es hier drinnen Kühlkammern gibt. Er beendet sein Mahl, kippt die Cola herunter und wirft den Verpackungsmüll in den Papierkorb in der Ecke. Um Mitternacht dimmt der Empfangsmitarbeiter die Beleuchtung runter, wofür Juan dankbar ist. Er zieht sich die Schuhe aus und legt sich aufs Sofa.

Mitten in der Nacht wacht er schweißgebadet auf. Der Bezug des Sofas glänzt vor Feuchtigkeit. Alles ist genau so, wie es war, als er sich hingelegt hat. Die Plastikpalme, die angelehnte Tür, die Intensität des Lichts. Er weiß nicht, ob er viel oder wenig geschlafen hat, oder auch nur, ob er überhaupt geschlafen hat. Alles, was er in seinem

Kopf gesehen hat, hat sich in Edinburgh abgespielt. Aber nicht in der Stadt, aus der er gerade zurückgekehrt ist. Sein Traum hatte die Beschaffenheit von erotischen Fantasien, in denen das Begehrte eine Intensität annimmt, die in der realen Welt nicht vorkommt. Er ging unterhalb vom Schloss spazieren, durch die Princess Street Gardens, und fühlte sich einzigartig, spürte das frische Gras unter den Füßen wie ein Privileg, das nur einem einzigen Menschen zugänglich war: ihm selbst.

Er steht auf, reckt sich. Er ist noch halb verschlafen und weiß nicht genau, wo er sich befindet. Geht drei oder vier Schritte in eine Richtung, dann in die andere und merkt schlagartig, wo er ist und was er hier tut. Hinter einer Glasscheibe sieht er einen offenen, mit weißem Satin ausgeschlagenen Sarg. Darin liegt sein Vater.

Er geht zurück zum Sofa und setzt sich. Obwohl er nur so wenig geschlafen hat, ist er hellwach. Die Überraschung, seinen Vater auf der anderen Seite der Scheibe zu sehen, wirkt in seinem Körper wie ein aufputschendes Hormon, das ihn vom Schlafen abhält. Der Anblick des leblos daliegenden Körpers seines Vaters hätte wie eine scharfe Axt in sein Herz schlagen sollen. Er hätte vor der Scheibe zusammenbrechen sollen, hat das aber nicht getan. Er sitzt da und denkt an den Tag, als ihre Beziehung endgültig einen tiefen Riss bekommen hat.

Juan hatte einen Sonntag Ende März gewählt, um seinen Eltern zu sagen, dass er nach Edinburgh ziehen würde. Und das tat er mit einer Lüge. Im Hof blühten schon die Margeriten und die Geranien, und im Brunnen war noch Wasser. Sie hatten Reis mit Rebhuhn gegessen, ein typisches lokales Gericht, das seine Mutter schon ihr ganzes Leben lang zubereitete und bei dem man zwischen den Reiskörnern leicht auf kleine Bleikugeln stoßen konnte. Nach dem Nachtisch schickte der Vater sich schon an, vor dem Fernseher einzudösen, als Juan das Abräumen des Tisches unterbrach und seine Aufmerksamkeit verlangte. Er log, denn er sagte ihnen, er habe ein einjähriges Stipendium bekommen, um in Schottland *in seinem Bereich* zu arbeiten, und dass er das Ticket bereits gekauft habe. Das Stipendium vergebe der Königliche Botanische Garten der Stadt Edinburgh, und zu den verlangten Abschlüssen gehöre auch seiner, Ingenieur der Forstwirtschaft. Die Mutter hörte auf, in der Küche zu werkeln, und der Vater löste einen Moment lang den Blick vom Bildschirm und drehte sich zu ihm. Er sagte nicht, dass er mal von ihnen wegmusste oder dass er schon fast dreißig Jahre alt war und dass er, falls er nicht bald aus dem Dorf rauskam, in der Türenfabrik hängenbleiben würde, in den Erntezyklen und den vielen Bindungen, die das Land und die Familie mit sich bringen. Seine Mutter schwieg. Es war der Vater, der, herausgezwungen aus der Schlaftrunkenheit, der er sich schon hingegeben hatte, auftauchte und sprach. Im ersten Augenblick schenkte er den dicksten Brocken dessen, was sein Sohn ihnen da sagte, gar keine Beachtung: ein fremdes Land, eine Sprache, die er nicht beherrschte, ein Beruf, den er bisher noch nie ausgeübt hatte.

»Ein Jahr ist eine lange Zeit«, sagte er.

»So lange geht das Stipendium«, log Juan wieder.

»Du hast uns gar nichts davon gesagt, im Ausland arbeiten zu wollen.«

»Ich habe darauf gewartet, dass ich die Bestätigung bekomme.«

Der Vater wandte das Gesicht wieder zum Fernseher. Auf dem Bildschirm sprach ein Reiter mit dunklem Cowboyhut, den Gewehrkolben auf den Oberschenkel gestützt, vom Pferd aus mit jemandem, der neben einem Bretterzaun stand. Es stimmte, er hatte ihnen nichts gesagt. Seit dem Augenblick, als er die Anzeige in einem Forum für Alumni seiner früheren Fakultät gesehen hatte, hatte er die Sache geheim gehalten. Gesucht wurden Hochschulabsolventen der Umweltwissenschaften, Biologie oder Forstwissenschaft. Man musste auch ein C1-Niveau für Englisch nachweisen, was er nicht konnte. Trotzdem klammerte er sich an diese Anzeige wie ein Schiffbrüchiger an ein Stück Holz. Er sagte ihnen, dass er ein Ticket für den vierten September habe, dass es bis dahin noch über fünf Monate waren und noch viel Zeit, um in der Fabrik alles gut zu regeln. Was der Vater als Nächstes sagte, hatte ebenfalls nichts mit seinem Wohlergehen zu tun, und auch nicht mit seiner Entscheidung wegzugehen oder damit, dass er diese geheim gehalten hatte.

»Du wirst zur Weinlese nicht da sein«, sagte er.

»Nein.«

»Wer wird dann machen, was du machst?«

Der Vater erinnerte ihn daran, dass er selbst das nicht tun konnte, weil er beim Traktor sein und die Trauben zur Kooperative hin und zurück fahren musste. Seine Sorge war demnach logistischer Natur. Juan schlug ihm vor, jemanden aus dem Ort einzustellen, oder dass Germán es machen solle, und daraufhin ließ der Vater die erste seiner Breitseiten los: ob er glaube, das Geld quelle nur so aus den Schubladen. Juan sagte nichts. Sehr schlecht, sagte der Vater und richtete den Blick wieder auf den Fernseher. Sehr schlecht, wiederholte er, während er vor dem Mann mit dem Cowboyhut den Kopf schüttelte. Und er murmelte: Auf dem Feld zu arbeiten ist auch, *in deinem Bereich* zu arbeiten. Es war auffällig, dass er ihn offenbar mehr bei den landwirtschaftlichen Tätigkeiten vermissen würde, die sich alle auf einige Wochenenden konzentrierten, und nicht so sehr bei der täglichen Arbeit in der Fabrik. Und das, obwohl er in den drei Jahren, seit er dort dabei war, ebenso viele Stunden geschuftet hatte wie Germán oder der Vater selbst. Juan blieb still, spürte sein Herz wummern wie eine heftig geschlagene Trommel. Diese Art von Herzrasen rief nur sein Vater bei ihm hervor, und das war genau der Grund, warum er das Geheimnis bewahrt hatte, bis alles sicher unter Dach und Fach war. Er sparte sich die Bemerkung, dass es ihm nicht so sehr darauf ankam, eine Arbeit zu machen, für die er studiert hatte, sondern vor allem von dort wegzukommen. Aus dem Haus, dem Dorf, der Dorfbar. Er beging aber doch den Fehler zu sagen, dass es ihm guttun würde, aus Cruces rauszukommen. Der Vater wandte das Gesicht abrupt zu Juan. Zweite Breitseite: Mir würde es auch guttun, aus dem Dorf rauszukommen, antwortete er, aber hier gibt es viel zu tun. Im September ist die Weinlese zu machen. Er blickte seinen Sohn an, als wollte er sagen »du musst die Weinlese machen«. Der Alte hatte Stück für Stück Boden gutgemacht, er zog die Kette kürzer, die Juan an sie band. Es half, dass Juan sich nie groß bemüht hatte, nach seinem Studium Arbeit als Forstwirt zu finden. Er arbeitete lieber als Kellner in Madrider Bars und genoss das schnelle Geld. Als er dann nicht mal mehr mit dem Kellnern seine Ausgaben in der Stadt decken konnte, beschloss er, für eine kurze Zeit ins Dorf zurückzukehren, sich wieder zu berappeln und es dann erneut irgendwo anders zu versuchen. Er überlegte sogar, diesen Zwischenstopp zu nutzen, um sich für die Auswahlprüfungen für den öffentlichen Dienst vorzubereiten. Doch bevor er es so recht merkte, ließ sein Vater ihn schon Vollzeit in der Fabrik arbeiten. Hier ein Notfall, da ein kurzfristiger Auftrag, hier dass Germán nicht alles schaffte, und was für einige Monate hatte sein sollen, wurden schließlich drei Jahre, eins nach dem anderen.

Rechne diesen September also nicht mit mir, Vater, antwortete Juan. Wieder Schweigen. Er nannte ihn nur selten Vater. Die Mutter trocknete sich die Hände ab, stand an den Türrahmen gelehnt da. Sie sah aus wie ein Schiedsrichter beim Billard. Es ist unser Fehler, weil wir euch immer alles ermöglicht haben. Du möchtest in Madrid studieren, hier, nimm. Er machte eine Handbewegung wie jemand, der Geld auf den Tisch wirft. Du möchtest in Sommerurlaub fahren, da, bitte schön. Ins Kino nach Torrijos, Biertrinken, kann ich das Auto haben. Das stimmt nicht, protestierte Juan. Ich habe immer weiter zu Hause geholfen. Ist Isabel vielleicht hier und fährt den Traktor? Deine Schwester ist verheiratet und lebt in Barcelona, gab der Vater zurück. Weder Juan noch seine Mutter oder sein Vater erwähnten auch nur mit einer Silbe die häufigen Besuche der Tochter. Der Vater brachte auch nicht ein, dass sie es gewesen war, die ihnen finanziell unter die Arme gegriffen hatte, als sie es brauchten. Na, dann mach dir mal keine Sorgen, sagte Juan. Wenn das Stipendium vorbei ist, gehe ich auch nach Barcelona, oder ich bleibe in Edinburgh oder in Madrid oder wo auch immer. Und was glaubst du, was dich in diesem *Burgos* erwartet? Der Vater versucht, den aristokratischen Klang des ausländischen Städtenamens runterzuspielen, will ihm das

Exotische und das Neue nehmen. Eine Stadt im Norden, deren Namen er vielleicht irgendwann in seinem Leben schon mal gehört hat, die er auf einer Landkarte aber nicht korrekt verorten könnte. *Dieses Burgos da*, spricht er weiter, als wäre der Ort, an den Juan gehen wollte, eine billige Imitation der kastilischen Stadt, die er sehr wohl kannte. Ein Ort, ähnlich, aber schlechter als der von ihm genannte. Ohne würzig duftende Blutwürste, ohne diese gotische Kathedrale mit den unvergleichlichen Glasfenstern, ohne Camino de Santiago, ohne den Río Arlanzón, ohne den berühmten Ritter Cid Campeador. Er – dabei zeigte er mit dem Finger auf Juan – solle bloß nicht glauben, was ihn dort erwarte, sei besser als das, was er in Cruces habe, was für ihn dasselbe bedeutete, als wenn er Spanien sagen würde. Natürlich kam nichts von dem, was er ihm vorhielt, für Juan überraschend. Als Grund für seine Ablehnung kam Zuneigung nicht infrage, dass sein Vater sich etwa gegen die Reise stellte, weil er ihn liebte. Juan glaubte eher, dass es ihm darum ging, dass sein Erstgeborener ihn verließ. In seinen Genen war eine solche Abfolge der Ereignisse nicht vorgesehen: Er hatte das Land von seinem Vater geerbt, vergrößerte es, indem er einige benachbarte Parzellen kaufte, ertränkte den Boden mit Dünger und Pestiziden und wollte, dass Juan sich um das Vermächtnis kümmerte und die Erde weiter mit Nitraten vergiftete. Sie waren nicht auf die Welt gekommen, um ihre individuelle Persönlichkeit zu entfalten, sondern um einen Staffelstab weiterzugeben. Von Juan wurde erwartet, dass er ihn entgegennahm und wiederum seinen Kindern übergab, die dasselbe machen und so ihr Bauerngeschlecht in eine abstrakte Zukunft fortführen würden, die jedoch für den Vater und die Mutter als gegeben galt. Und dann kam Juan, ohne Kinder in Sicht, und sagte ihnen, sie sollten den Staffelstab behalten. Oder ihn an die kleinen Xavi und Oriol weitergeben, Isabels Kinder. Und falls die ihn auch nicht haben wollten, sollten sie ihn auf den Fernseher legen, auf ein gehäkeltes Deckchen. Sie sollten mit dem Staffelstab machen, was sie nur wollten, er jedenfalls werde gehen. Er hatte bis nach Schottland fahren und dann wieder zurückkehren müssen, um zu verstehen, was in Wahrheit hinter dem Widerstand des Vaters steckte.

Sein Vater wiederum brauchte Wochen, bis er begriff, was das einfache Hinflugticket seines Sohns bedeutete. Es öffnete sich eine Tür mit – mindestens – zwei Wegen: sein Sohn würde nach Ablauf des einen Jahrs zurückkehren (der Mann hatte ja keine Ahnung, dass das mit dem einen Jahr nur ein Märchen war), zufrieden mit der gemachten Erfahrung, oder er würde Dinge entdecken, die ihn auf Abwege führten, bis er seiner Familie abschwor. Er hatte Angst, dass sein Sohn womöglich für immer weggehen würde, wie seine Schwester Isabel es schon getan hatte, während er zugleich spürte, dass seine Kräfte allmählich nachließen. Ohne einen Sohn, dem er die Fabrik vermachen konnte, müsste er sie loswerden, nach und nach Landstücke verkaufen oder verpachten, was, zumindest für den Vater, die größte vorstellbare Beschämung war, und das Vorzimmer des Todes.

Solange der Alte noch lebte, war jener Tag nur die schlechte Erinnerung an einen gewaltvollen Zusammenprall, die die Zeit am Ende verblassen lassen würde. Doch der Tod des Vaters hat diesen Streit zu einer Wunde gemacht, die nun nicht mehr genäht werden kann.

Als Juan seinen Eltern erzählte, dass er weggehen

würde, schloss er die Liebe aus der Gleichung aus. Jetzt kann er sagen, dass er nicht gerecht mit ihnen war. Auch bis zu dieser Erkenntnis hat es gedauert. Er hatte sie immer als emotional verkümmert angesehen. Kinder des Kriegs und des Hungers. Ganz der Arbeit verschrieben, in den Fabriken, auf den Feldern und im Haushalt, als einzige Daseinsart in der Welt, kein Raum für irgendetwas anderes, das nicht an erster Stelle das täglich Brot und in zweiter Linie ein wenig Erbe sicherte. Unablässig rackernd und schwitzend, Knappheit selbst dann leidend, als es nicht mehr nötig war. Es waren das Leben oder die Zeit, in der sie es lebten, die ihnen die Erfahrung der Liebe nahmen. Isabel und Juan, eine andere Generation, hatten in den – wenngleich fiktiven – amerikanischen Serien andere Arten von Beziehungen gesehen. Familien in der Küche rund um einen großen, hell beleuchteten Tisch. Nie Tische, die an einer Wand standen wie bei ihnen. Nein, runde Tische, die einen zwingen, einander ins Gesicht zu sehen. Der kleine Fernseher neben der Küchenmaschine mag laufen, doch die Akteure sind fähig, sich seinem Zauber zu entziehen und mit ihren gesunden familiären Debatten weiterzumachen. Platten mit gegrilltem Mais und Gurkensalsa, Erdnussbutter, Pizzen, Kühlschränke mit Doppeltüren. Junge Eltern mit vollem Haar und strahlendem Lächeln. Sie trinken kohlesäurehaltige Erfrischungsgetränke, lachen und streiten, in diesem alltäglichen, gut ausgestatteten Raum mit dem ganzen Repertoire von Teenie-Problemen in der Ersten Welt: das ist ein Kondom / du hast ja wohl nicht geraucht / um neun Uhr bist du wieder zu Hause / ich gehe bei Jennifer vorbei / ich hab niemandem, mit dem ich zu dem verflixten Abschlussball gehen kann / ich muss mal ein ernstes Wörtchen mit dir reden, Fräulein / wenn du mir am Freitag das Auto nicht gibst, wird mein Leben zur Hölle, bitte, Mama. Sogar dieses *bitte* zwischen Eltern und Kindern hörten sie zum ersten Mal im Fernsehen. Jugendliche, die ein Telefon in einem privaten Bereich zur Verfügung haben, unter einer viktorianischen Treppe, auf einem Dachboden. Sie reden stundenlang über ihre Probleme. Beschweren sich über Eltern, die sie verstehen und ihnen erlauben, sich per Telefon mit einem fünf Meter langen Spiralkabel bei ihren Freunden auszuheulen, und die sie höflich um Sachen bitten, ihre eigenen Kinder, die nicht wie Lakaien behandelt werden und auch nicht wie Möbelstücke. Kinder, die nicht als Glieder einer Kette auf die Welt gekommen sind. Die Eltern gehen sie vom Dachboden holen, oder suchen sie unter der viktorianischen Treppe, wenn der Mais gleich kalt wird oder der Super Bowl losgeht. Aber ohne sauertöpfische Miene und ohne dabei auf eine imaginäre Uhr am Handgelenk zu klopfen. Wo kommt das Geld her? Sie vermachen der nächsten Generation nicht den Staub unter ihren selbst gemachten Schlappen, weil sie gar keine Schlappen tragen. Anscheinend ist in den amerikanischen Serien die Liebe zwischen Eltern und Kindern so hell leuchtend wie das Licht in der Küche, und das Geld quillt aus den Wasserhähnen. Bei Juan hatten sie jahrelang nicht einmal Telefon zu Hause. Vielleicht aus diesem Grund, und weil sie diesen blonden Kindern ähneln wollten, bastelten seine Schwester und er sich sogar ein Telefon aus einem Holzblock und einer langen Schnur. Wenn sie nach der Schule in der Küche einen Happen aßen, spielten sie, dass sie einander anriefen, und einer von ihnen nahm den Hörer ab, zog die Schnur lang und verschwand in der Vorratskammer, um mit dem Holz zu sprechen.

Aber wie sollten seine Eltern auch jenen Eltern gleichen? Er sah sie sich nie küssen und hörte auch nicht, wie sie »Ich liebe dich« zueinander sagten, sie sprachen nie über Sex, auch nicht über Drogen oder irgendwas, das – auch nur oberflächlich – an der Kruste aus Schmerz, Entsagung und Dreck jenes Spaniens kratzen könnte. Allenfalls mal ein »pass mit dem Bier auf«. Jetzt spürt er, dass im Widerstand seines Vaters gegen seinen Weggang die Liebe versteckt war. Keine sehr nach außen getragene natürlich, und losgelöst vom wirtschaftlichen Wohlergehen. Eine zurückhaltende Liebe. Eine Verbundenheit mit ihnen, die einmal Kinder gewesen waren und die ihnen den ganzen Strom Liebe hatten zufließen lassen, den Kinder nun mal in sich haben. Und vielleicht, ganz sicher, hatten die Eltern sie liebkost und auf dem Arm getragen und ihnen ins Ohr geflüstert. Und das ist keine bloße Mutmaßung. Juan hat es auf den alten Familienfotos gesehen. Die Eltern, jung, auf einem Volksfest am ersten Mai. Sie posieren zusammen, Arm in Arm. Seine Schwester und er verstecken sich hinter den Beinen des Vaters, dessen freie Hand auf Juans Haaren ruht. Auf diesem Foto lächeln sie noch, und Juan fragt sich, wann ihnen die Lust vergangen ist, zu lachen und ihnen über den Kopf zu streichen. Aus irgendeinem perversen Mechanismus heraus, denkt er, haben sie genau in dem Moment damit aufgehört, als das Gedächtnis ihrer Kinder anfing, Erinnerungen zu speichern.

9

Morgens um zehn nach sieben weckt ihn Germán. Juan ist im Sofa in sich zusammnengesunken. Er spürt Feuchtigkeit am Rücken, und der Mann kommt ihm im Gegenlicht vor wie eine Erscheinung. Germán informiert ihn, dass er ihn ablösen kommt, damit er nach Hause fahren und sich für die Beerdigung frischmachen kann. Er sagt ihm, dass er für die Fahrt nach Cruces sein Auto nehmen kann, es parkt vor der Tür, und dass er im Bestattungsinstitut bleiben wird, bis sie alle zusammen zum Friedhof fahren.

Germáns Auto ist noch derselbe Kastenwagen, ein C15, den er schon sein ganzes Leben lang gehabt hat. Während Juan damit über die leere Landstraße fährt, fühlt er sich gut aufgehoben vom jämmerlichen Zustand des Wageninneren. Endlich einmal harmoniert das Außen mit dem Innen. Das Armaturenbrett ist beschädigt, die Sitzpolster zerkratzt und ausgefranst. Überall Gipsstaub und Sägespäne. Beim Handschuhfach fehlt die Klappe. Darin liegen die Wagenpapiere, aber auch Werkzeuge und diverse Gegenstände. Es überrascht ihn, dass ein solches Gefährt überhaupt eine Fahrerlaubnis hat.

Laika empfängt ihn am Eingangstor. Juan bückt sich, um sie unterm Kinn zu kraulen. Hockend betrachtet er das Haus. Alles ist ruhig, als wäre nichts geschehen. Es ist ein wichtiger Tag für die Familie. Es fehlt noch das geschäftige Kommen und Gehen der Leute, genau wie bei Hochzeiten. Von überall herbeigeströmte Verwandte, die den Tag zusammen mit den Trauernden beginnen wollen und gleich frühmorgens ins Haus kommen und für alle Kaffee kochen, mit Zustimmung und Dank der Witwe, die nicht dazu aufgelegt ist, Zucker zu holen oder noch kleine Löffel rauszusuchen. Eine Cousine der Mutter oder eine Schwester oder eine Schwägerin oder eine Schwiegertochter hat alles im Blick und kümmert sich. Die Frauen betreten das Haus mit wachen Augen und offenen Händen, nehmen es überfallartig ein und verteilen sich auf die Posten, damit niemand aus der Familie Energie auf alltägliche Verrichtungen vergeuden muss. Die Männer beschränken sich aufs Fahren und halten sich nahe der Wände.

Er richtet sich auf und geht zum Haus. Beim Eintreten bemerkt er den Kaffeeduft. Alles ist ruhig. Durch die Türen, die auf den Flur gehen, scheint das Morgenlicht hinein. Niemand im Wohnzimmer, auch nicht im hinteren Hof, und auch nicht in den Schlafzimmern. In der Küche steht die Kaffeekanne auf dem ausgeschalteten Herd. Auf dem Abtropfgestell der Spüle finden sich zwei Teller, zwei Messer, zwei kleine Löffel, ein Glas und eine weiße Tasse mit rotem Blümchenmuster. Auf einem Holzbrett liegt Brot, daneben ein Ölkännchen. Er schneidet sich eine Scheibe ab, steckt sie in den Toaster, gießt sich einen Kaffee in eines der Gläser von der Spüle und setzt sich auf denselben Stuhl, auf dem er am Vortag die Vorwürfe seiner Schwester angehört hat. Alles um ihn herum ist von geradezu genetischer Vertrautheit. Als gehörten die

Gegenstände, die Möbelstücke, die Fliesen, ja sogar der Geruch der Küche zu einer Kultur, aus der sich seine Familie bis zu ihrer heutigen Form entwickelt hat.

Das Wachstischtuch ist verrutscht und offenbart, dass eine der Ecken am Tisch kaputt ist. An der Holzplatte sind seitlich die winzigen Späne der Pressmasse zu erkennen. Kleine, vom Bratdampf dunkel gefärbte Zähne, die sich im Lauf der Jahre lösen. Die Tischplatte kam auch aus der Familienwerkstatt. Irgendwann in der guten Phase beschloss der Vater, dass sie das Sortiment, zusätzlich zu den hohlen Türen aus Sperrholz, mit solideren und ebenso billigen Stücken erweitern könnten. Einige Jahre lang kaufte er die Bretter dafür lastwagenweise, bis irgendwer ihn überzeugte, dass er die Reste aus der Holzfabrik zur Herstellung seiner eigenen Bretter verwenden könnte. Damals beschaffte er sich eine sauteure Maschine der Marke Indianapolis, die er nie wirklich gewinnbringend nutzen konnte und die schließlich ausrangiert wurde. Die *India* nannten sie sie untereinander.

Die Ecke ist seit dem Tag kaputt, an dem der Tisch in die Küche kam. An dieser Beschädigung kann man die Nachgiebigkeit der Mutter ablesen. Dinge können kaputt gehen, und wenn das geschieht, ist es nicht immer leicht, eine Lösung zu finden. Diese Ecke hätte in dem Moment repariert werden sollen, als der Tisch kaputt ging, aber die Mutter – die Einzige im Haus, die dieser Makel ihr ganzes Leben lang gestört hat – sagte nie etwas. Um ihrem Mann keine Umstände zu machen, der schon genug mit der Arbeit zu tun hatte. Und damit der Mann nicht sah, dass diese von ihm selbst hergestellte Platte mangelhaft war. Besser die Situation anderswie verdauen. Die kaputte Stelle hinnehmen, wie man Tag und Nacht hinnimmt. Etwas, das einfach geschehen muss, weshalb es sich nicht lohnt, sich dem entgegenzustellen.

Isabel wiederum wird von einem Gegenstand repräsentiert. Die Blümchentasse, die neben der Spüle abtropft und aus einem unkaputtbaren porzellanartigen Material ist. Die hat seine Schwester schon als kleines Mädchen beim Frühstück benutzt, und von ihr scheint sie einige ihrer typischen Eigenschaften übernommen zu haben. Von der weißen Farbe die Offenheit. Vom strapazierfähigen Material ihr eigenes Durchhaltevermögen. Die roten Blumen stehen für das Feurige ihres Charakters. Der Griff ist ihr Sinn fürs Praktische.

Er trinkt den lauwarmen Kaffee in kleinen Schlucken und spürt sofort die belebende Wirkung. Juan denkt, dass er auf der Landstraße an seiner Schwester und seiner Mutter vorbeigefahren sein muss und es nicht gemerkt hat. Er fährt die Strecke im Geiste ab, vom Bestattungsinstitut bis nach Hause. Möglicherweise haben sie unterschiedliche Routen genommen, um in einen der beiden Orte hinein- oder daraus hinauszufahren, oder es kann auch sein, dass Juan ganz in Gedanken gefahren ist, so wird es wohl gewesen sein. Er findet in seinem Gedächtnis keine Eindrücke der jüngsten Geschehnisse. Ein angeschrammtes Verkehrsschild oder ein Auto, das bei durchgezogener Linie überholt. Er weiß nicht, wie er die Entfernung zwischen Torrijos und Cruces zurückgelegt hat. Wenn er sich aber nicht bewusst war, wo er entlanggefahren ist oder an welchen Autos vorbei, wer ist dann eigentlich gefahren?, fragt er sich. Welcher Teil seines Gehirns hat gesteuert? Beim Fahren ist es nicht unbedingt erforderlich, auf alles zu achten, was rundum geschieht. Gleiches gilt für das Leben. Seit seiner Ankunft hier ist das seine größte Schwierigkeit gewesen – sich dessen voll bewusst zu sein, was sich um ihn herum abspielt. Nicht seinen eigenen Hunger zu bemerken, sondern den Hunger seiner Mutter.

10

Er parkt den C15 in einer Parklücke vor dem Laden für Leuchtreklamen. Die Uhr im Wagen zeigt elf Uhr zwanzig. Zwei Kinder spielen auf dem freien Feld neben dem Bestattungsinstitut. Sie tragen Sonntagskleidung. Der Trauerraum ist wieder voll. Ein Rauschen wie von einem Kühlkompressor liegt in der Luft zwischen Köpfen und Decke. Juan kommt es unglaublich vor, dass dies derselbe unwirtliche Ort ist, an dem er die Nacht verbracht hat. Er begrüßt Germán, der ihm entgegenkommt und ihn fragt, ob er gut gefrühstückt hat, Juan nickt und gibt ihm die Schlüssel des C15 zurück, ohne ein Wort des Danks.

Er nähert sich dem Sofa, setzt sich und gibt seiner Mutter zwei lustlose Küsse. Ihre Wangen sind schlaff, sie riecht nach Cremes und Make-up. Die Haut ist weiß und durchscheinend. Sie fragt ihn, wie er geschlafen hat, und er lügt und sagt, er sei gut ausgeruht, dabei klopft er auf die Sitzfläche. Isabel, mit dem Rücken zu ihm, spricht an einem Ende des Saals mit einem großen blonden Mann. Der Mann ist teils hinter einer Pflanze verborgen, und Juan kann nicht erkennen, wer das ist. Die Mutter informiert ihn mit leiser Stimme, dass die Bestatter den Sarg schon vorbereitet haben, um den Leichnam zurück nach Cruces zu bringen. Zum Glück, sagt sie, gibt es Bestattungsunternehmen. Ganz nebenbei unterstreicht ihr

Kommentar, dass sie auf ihn warten mussten. Dass die Anwesenden übermäßig erschöpft sind, insbesondere Mutter und Tochter, und dass das seine Verantwortung ist. Der Kommentar lässt auch durchklingen, was sonst gewesen wäre: Wo hätten der Vater und die Trauernden auf seine Ankunft warten sollen? In der Leichenhalle des Krankenhauses, wo er gestorben ist, oder, wie es Tradition ist, bei ihnen zu Hause? Plötzlich formt sich in Juans Kopf das Bild seines Vaters, wie er aufgebahrt auf dem Wohnzimmertisch liegt, umgeben von schwarzgekleideten Schaulustigen. Er liegt nicht in seinem Bett oder irgendeinem anderen Bett im Haus, sondern auf dem Tisch, als wäre er der Patient des Doktor Tulp. Juan antwortet ihr, Ja, wirklich ein Glück. Es ist das längste Gespräch, das er seit seiner Ankunft am Vortag mit der Mutter geführt hat. Als wäre er Öl, und das Paar aus seiner Mutter und seiner Schwester ist Wasser. Wenn er kommt, machen sie eine Kehrtwendung, und umgekehrt. Der Tonfall der Mutter steht im Kontrast zu ihrem ausgezehrten Äußeren. Einerseits verrät ihr Körper die Erschöpfung nach dem Krankenhaus, das Unglück und das Alter. Ihre Stimme hingegen klingt kräftig. Juan fällt etwas ein, was er über das viktorianische England gelesen hat. Anscheinend wurde mit der Entwicklung der Anatomie als Wissenschaft die Nachfrage nach Leichen zum Sezieren so groß, dass die tagsüber frisch Beigesetzten häufig am Abend wieder ausgegraben und die Leichen an die medizinischen Fakultäten verkauft wurden. Es gab viele Familien, die es vorzogen, die toten Körper ihrer Lieben eine Woche oder länger zu Hause zu behalten, damit ihr Verwesungszustand sie für die Ärzte – und damit auch für die Leichenräuber – unbrauchbar machte. Sein Vater jedoch ruht bei kontrollierter Temperatur, gedämpftem Licht und von fein gefälteltem weißen Satin eingefasst im Sarg, als wäre er ein Schmuckstück von Tiffany's.

Er sieht Isabel näher kommen. Der Mann, mit dem sie gesprochen hat, kommt mit ihr, hat den Arm um ihre Taille gelegt. Juan steht auf. Andreu, sagt er. Der streckt ihm die Hand entgegen, und Juan nimmt sie. Das ist keine Beileidsbekundung wie all die anderen. Irgendetwas an ihm macht es anders. Der Intensität von Isabels Vorwürfen zufolge muss sein Schwager mittlerweile ein schreckliches Bild von ihm haben, was Juan an der kaum merklichen Laxheit des Händedrucks zu erkennen meint. Andreu war sicher der Einzige, bei dem seine Schwester sich dort in Barcelona ausheulen konnte. Zu ihm ist sie jeden Abend nach den Telefonaten mit ihrer Mutter gerannt, um darüber zu klagen, was diese ihr wieder alles vorgejammert hat. Tochter, du denkst ja schon gar nicht mehr an deine Mutter. Ich denke an dich, Mutter. Du rufst mich schon seit wer weiß wie langem nicht mehr an. Seit zwei Tagen, Mutter. Wann kommt ihr denn. Wenn die Kinder Ferien haben und ich nicht beruflich unterwegs bin. Natürlich, deine Arbeit ist wichtiger als wir. Isabel streckt den Arm aus, um das Handy von ihrem Ohr wegzuhalten. In der Ferne, am anderen Ende ihres Arms, hört sie das Murmeln ihrer Mutter, und als sie merkt, dass Stille eingetreten ist, nimmt sie das Telefon wieder ans Ohr und sagt Ja oder Nein oder das, was sie für passend hält. Ich sehe die Kinder ja gar nicht aufwachsen, meine eigenen Enkel. Wir leben in Barcelona, Mutter. Keiner von euch liebt mich mehr. Ich schon, Mutter. Und Juan liebt dich auch, nehme ich an, obwohl du ihm sicher nicht mit diesen Klagen kommst. Und wo wir schon von Liebe sprechen, Andreu, den du nie mit einschließt, wenn du deine Familienmitglieder aufzählst, tut, was er kann, das hat er schon immer getan, um sich dir gegenüber liebevoll zu zeigen, aber du hast es ihm nie leicht gemacht. Und was ist mit den Kindern?, fragt die Frau. Mit Andreus Mutter verstehen sie sich sicher blendend. Aber ja, hätte ihre Tochter ihr gern erwidert. Mit ihr verstehen sie sich gut, weil sie sie nicht den ganzen Tag mit anderen Kindern vergleicht oder miteinander. Weil sie nicht gegen die langen Haare des Großen wettert und ihm auch nicht sagt, dass er aussieht wie ein Mädchen, und ihm auch nicht einen Euro gibt und dann darauf hinweist, dass er den bloß nicht ausgeben, sondern in die Sparbüchse stecken soll. Bis wann denn, Oma? Bis du viel gespart hast. Sparen? Ja, Javier, *Chavier, Chavi,* Geld verdienen ist sehr schwer, daher ist es am besten, wenn du es aufbewahrst. Das verstehe ich nicht, Oma. Das kommt davon, dass deine Eltern Verschwender sind. Andreus Mutter ist Katalanin, also sag mir nicht, dass sie den Kindern nicht rät zu sparen. Ja, Mutter, damit hast du Recht, aber sie zwingt sie nicht, Kalbsleber zu essen, und ja, die enthält viel Eisen, aber du könntest ein bisschen mehr Fingerspitzengefühl haben und mal etwas anderes kochen als dein verdammtes Menü, das du seit deiner Hochzeit abspulst. Und wenn wir an einem Freitag völlig erschöpft aus Barcelona ankommen, sollte es nicht so schwer für dich sein, die Leber durch ein paar Spiegeleier mit Bratkartoffeln und ein bisschen Schinken zu ersetzen, es sind schließlich Kinder und sie sind durch halb Spanien gereist, um zwei Tage mit dir zu verbringen.

Andreu sieht müde aus. Es ist halb zwölf. Juan rechnet. Sein Schwager hat gegen sieben Uhr einen Flug in Barcelona genommen. Etwa um acht Ankunft in Barajas. Taxi und Zug, oder Taxi und Bus, oder Metro und Zug oder was auch immer. Eine ganz schöne Plackerei, um zum Begräbnis eines Schwiegervaters zu gelangen, der ihn letzten Endes nie völlig akzeptiert und ihn zu Lebzeiten tatsächlich ziemlich übel behandelt hat. Juan erinnert sich an das erste Mal, als Isabel ihn nach Hause mitbrachte, damit seine Eltern und er selbst ihn kennenlernten. *Andrés* nannte ihn der Vater das ganze Wochenende. Andrés dies, Andrés jenes. Und Isabel kochte innerlich und äußerlich, schämte sich dafür, dass ihr Vater außerstande war, ein paar Tage lang seine Vorurteile beiseitezulassen und ihm auch nur ein Mindestmaß an Höflichkeit, wenn schon nicht Zuneigung, entgegenzubringen. Auch außerstande zu bemerken, wie sehr dieser junge Mann sie liebte, wie brillant er als Wissenschaftler war, seine Gutmütigkeit und Großherzigkeit. Er war Katalane, und das reichte dem Vater. Mehr musste er nicht wissen. Er machte sich vor Germán – oder wer auch immer gerade im Haus war – über seinen Akzent lustig. Ahmte Andreu auf ungeschickte Art nach, halb im Spaß, halb ernst, und immer klopfte er ihm zum Schluss auf den Rücken, als wollte er betonen, dass alles, so verletzend es auch wirkte, nichts weiter sei als ein rustikaler Witz, so einer, die mit regionalen Klischees spielen, und lud den Jungen ein, bei seiner eigenen Quälerei wohlgefällig und mit guter Miene mitzumachen. Generell führte er sich ihm gegenüber auf wie ein eifersüchtiges Alphatier, das ein anderes Männchen in sein Gebiet eindringen sieht, um eins seiner Weibchen zu stehlen. Vielleicht hatte er für seine Tochter sehr intensive Empfindungen, war aber unfähig, sie in Worte zu fassen oder auch nur zu begreifen. Vielleicht verbarg sich hinter seinen geschmacklosen Witzen ein derart reines Gefühl, dass er es nicht zu identifizieren wusste und, wäre er in der Lage gewesen, es zu benennen, sich dies nicht erlaubt hätte. Die Art und Weise, wie der Mann sich durch sein Nachäffen selbst demütigte, konnte keiner anderen Emotion entspringen als der Kehrseite der Liebe – der Angst.

Isabel kommt zu ihrer Mutter und sagt ihr etwas ins Ohr. Juan nutzt die Gelegenheit, um sich von ihnen zu lösen, Wasser und Öl, und schafft es so unbeabsichtigt, Andreu in die Arme zu laufen. Plötzlich stehen die beiden getrennt vom Rest, bilden ihren eigenen Kreis. Sie lassen ein paar Sekunden verstreichen, in denen jeder sich umsieht, über die Schulter des anderen hinweg, als würden sie jemanden suchen. Andreu holt sein Mobiltelefon heraus und schaut nach der Uhrzeit. Juan streicht sich mit der Hand über den Mund, fasst sich ans Kinn. Fermín taucht in der Tür des Trauersaals auf. Er sieht sich suchend nach Juan um, sie bekommen Blickkontakt und schon will Juan sich an diesen Rettungsring klammern und sich bei Andreu entschuldigen, weil jemand seine Aufmerksamkeit verlangt, doch da nimmt sein Schwager ihn am Arm. Juan wirft Fermín einen mitleidheischenden Blick zu. Juan, sagt Andreu und drückt seinen Arm, es tut mir sehr leid, dass dein Vater gestorben ist. Danke, Andreu. Der Schwager sucht seinen Blick, und als er ihn erwidert, betont er: Es tut mir wirklich leid. Juan versteht die Betonung nicht ganz. Er betrachtet seinen Schwager als eine Art Bekannten, der alle ein oder zwei Jahre in seinem Leben auftaucht, immer nur für kurze Zeit. Obwohl er ihn sympathisch findet, hat er ihm nie wirklich Beachtung geschenkt. Wenn seine Schwester und er für ein Wochenende ins Dorf kamen, auch wenn es nur einmal im Jahr war, bemühte Juan sich nie sonderlich, dann zu Hause zu sein. Nicht, weil er sie nicht hätte sehen wollen, ihre Leben hatten einfach nichts mit seinem zu tun und er dachte eher, dass sie ins Dorf kamen, um seine Eltern zu besuchen, nicht ihn. Daher beschränkte er sich darauf, bei den Mahlzeiten anwesend zu sein, und der Rest war Sache der Erwachsenen.

Andreu ist seit elf Jahren mit seiner Schwester verheiratet. Sie haben sich kennengelernt, als Isabel einen Vertrag als Postdoc-Forscherin am Europäischen Laboratorium für Molekularbiologie in Barcelona bekam, wo Andreu eine Gruppe leitete, die zu Viruskapsiden arbeitete, dem Fachgebiet, in dem Isabel an der Autonomen Universität Madrid promoviert hatte. Dass sie sich verliebten, hatte viel mit der Wissenschaft zu tun. Der Ansatz, den Isabel in ihrer Doktorarbeit formulierte, war identisch mit dem, den Andreu bei seiner Arbeit mit den Viren verwendete. Als sie sich kennenlernten, wussten sie sofort, dass sie ein gutes Team bilden würden. So gut, dass sie nach ein paar Jahren feststellten, dass die praktische Anwendung ihrer Forschungsarbeit in unmittelbarer Reichweite lag. Sie meldeten ein Patent für ein biotechnologisches Werkzeug zur Modifikation von Viren an, für das die öffentliche Verwaltung sich nicht interessierte; das Labor, aus dem es hervorgegangen war, hatte sie jedoch sehr wohl finanziert. So gründeten die beiden BioKapsid, ein Unternehmen, das sich ausschließlich damit beschäftigte, den maximalen Nutzen aus diesem

Werkzeug zu schlagen. Nachdem das Patent veröffentlicht worden war, dauerte es nicht lange, bis interessierte Unternehmen bei ihnen anklopften. Isabel und Andreu waren sich der enormen Möglichkeiten ihres Patents bewusst, daher ließen sie sich umwerben, bis ein amerikanisches Labor einen Scheck mit so vielen Nullen hinten dran auf den Tisch legte, dass ihnen nichts anderes übrig blieb als zu akzeptieren. In der Zwischenzeit hatten sie ihre beiden Söhne Xavi und Oriol bekommen.

Sie sind glücklich verheiratet, noch immer verliebt nach so vielen Jahren des Zusammenseins und einer Nähe, die durch die Beengtheit des Labors noch intensiviert wird. In all den Jahren hat Isabel (er nennt sie Isa) ihm sicher ihr ganzes Leben erzählt. Und in diesem Leben gibt es drei Personen, die ebenso wichtig wie problematisch sind: ihren Vater, ihre Mutter und ihren einzigen Bruder. Juan ist nicht imstande zu verstehen, was Andreus Hand auf seinem Unterarm bedeutet. Sein schlanker Körper verhält sich wie ein Supraleiter für Liebe, der zugleich ein Reservoir oder eine Batterie ist. Ein Teil der Liebe, die Isabel hervorbringt und die durch ihn fließt, addiert sich zu der, die Andreu selbstständig generiert.

Seine Schwester ist eine intensive – und gelegentlich hassenswerte – Person, diese Auffassung hat Juan von ihr. Die Mutter pflegt vom Vulkanischen ihres Charakters zu sprechen, das sie mit einer anderen Eigenschaft ausgleicht: ihrer Uneigennützigkeit. Juan ist in seiner Selbstbezogenheit auch nicht imstande zu sehen, wie großzügig seine Schwester ist. Er ahnt, dass sie fern von Zuhause eine andere ist. Bei ihren Freunden in Barcelona, von denen sie mit großer Vertrautheit spricht, muss sie sehr beliebt sein. Ihrem Mann und den Kindern gegenüber ist sie sehr liebevoll. Man muss nur sehen, wie Andreu ihr den Arm um die Taille legt und wie er sie jetzt fortwährend mit dem Blick sucht. Dieses ganze Licht und der Kryptonit-Kern, den sie in sich hat, ist auf Andreu übergegangen. Er ist jetzt besser, viel besser als damals, als er Isabel kennengelernt hat. Seine Ladung ist größer, wenn seine Voltzahl zum Glück auch geringer ist als ihre. Daher ist das so, als Andreu Juan ansieht und ihm sagt, dass es ihm wirklich leidtut – egal wie grausam der Alte zu ihm war. Der Verstorbene war der Vater seiner Geliebten und er ist stets bereit gewesen, zu ertragen, was es zu ertragen galt. Jetzt ist der Alte nicht mehr länger da, und Andreu weiß, dass es nun gilt, die Erinnerungen an die üblen Späße, die Gemeinheiten und den Spott zu verjagen und den schönen Momenten Glanz zu verleihen, die es, wenngleich selten, auch gab. Besonders hervorzuheben der Tag, an dem die beiden Paare Toledo besuchten. Zu dem Zeitpunkt lebten sie schon seit mehreren Jahren zusammen, waren aber noch nicht verheiratet.

Wenn weder Publikum noch Alkohol im Spiel waren, benahm der Vater sich dem Freund seiner Tochter gegenüber anständig. Sie spazierten durch den alten Stadtkern, und Andreu, der Malerei gern mochte, wollte die Kirche Santo Tomé besichtigen, um das *Begräbnis des Grafen von Orgaz* zu bewundern. Die Eltern hatten, vielleicht weil sie in unmittelbarer Nähe wohnten, die Kirche noch nie besucht und auch das Bild nicht gesehen, waren als gute Toledaner aber stolz auf ihre Verbindung zu El Greco. Der Vater sah sich selbst, wie er seinem Schwiegersohn eins der wichtigsten Gemälde der Kunstgeschichte präsentierte, als wäre es sein eigenes. Er führte sie durch die Gassen, ungeduldig anzukommen und Andreu zu beeindrucken. Er war sich dessen, was er zeigen würde, absolut sicher, und vielleicht ließ diese Euphorie ihn weniger wachsam sein, sodass er sich verschwörerisch an Andreu wandte. Er ging zu ihm und sagte leise, dass er und seine Tochter nun schon seit vielen Jahren zusammen waren und es seiner Meinung und der von Isabels Mutter nach an der Zeit wäre, ihre Beziehung *in geordnete Bahnen* zu bringen. Der Schwiegervater erteilte dem Schwiegersohn so seinen Segen, ohne es direkt auszusprechen. Er öffnete ihm die Tür zu seinem Haus. Das bedeutete nicht, dass der Krieg zu Ende war. Andreu würde weiterhin vor ihm mit seinen Enkeln Katalanisch sprechen, und das war Ärgernis genug, um zu verhindern, dass ihre Beziehung jemals ganz normal werden würde. Der Auffassung des Vaters nach müsste dieser zu blonde und zu groß gewachsene junge Mann sich selbst und seiner Muttersprache abschwören und sich als Andrés neu taufen lassen, wenn er sich seine volle Zustimmung verdienen wollte. Doch sogar Juans Vater verstand, dass dies nicht geschehen würde. Daher ließ er es an jenem Tag in Toledo dabei bewenden, dem Gegner ein Unentschieden zuzugestehen und damit eine neue Zeit einzuläuten – wenn schon kein Frieden, so doch auch kein Krieg.

Juan dankt seinem Schwager für die Geste und tut sein Möglichstes, ihm auf ähnliche Weise zu begegnen. Danke, wiederholt er noch einmal abschließend. Fermín ist schon mitten im Raum, knapp hinter Andreus Rücken. Juan und er blicken sich an, und Fermín scheint zu verstehen, was los ist: Wer auch immer da seinen Freund am Arm gefasst hält, schießt übers Ziel hinaus. Und er eilt schon zur Rettung, als Andreu, ohne zu ahnen, was sich von hinten nähert, zu Juan sagt, dass er gern unter vier Augen mit ihm sprechen würde. Fermín, der ein wenig überdreht anrauscht, will als alter Freund tätig werden. Er tritt auf, als wäre das eine Hochzeit und der Schwager ein betrunkener Gast, der den Bräutigam mit Beschlag belegt. Die Haartolle und die dicken Bizepse unter den engen Ärmeln seines Hemds verleihen ihm die Anmutung eines Bodyguards. Er stellt sich neben sie, blickt zu Juan, blickt zu Andreu, und es fehlt nur noch, dass er seinen Freund fragt, ob dieser blonde Typ ihn belästigt. Stattdessen geht er mit einem eleganten »Juan, hast du mal einen Moment?« dazwischen. Worauf Juan antwortet, gerade nicht, er wird einen Augenblick mit ihm hier raus auf den Gang gehen, und er nutzt die Gelegenheit und stellt sie einander vor: Andreu, Fermín. Fermín, Andreu. Sie bahnen sich einen Weg zwischen den Versammelten hindurch, es sind schon ziemlich viele, bis sie die Eingangstür zum Saal erreichen, und von dort aus die Straße.

11

Es wird ein sehr heißer Tag werden, denkt Juan auf dem Treppenabsatz vor dem Bestattungsinstitut. Neben ihm blickt Andreu in den klaren Himmel und scheint dasselbe zu denken. Der eine kommt aus Barcelona, wo das Meer die klimatischen Extreme abmildert. Der andere aus Schottland, wo die nördlichen Breitengrade die Sonne daran hindern, die Erde mit derselben Heftigkeit zu erhitzen, mit der sie sich im Zentrum der iberischen Halbinsel austobt. Andreu ist nicht daran gewöhnt, um diese Uhrzeit derart zu schwitzen. Juan hat die Gewohnheit in den Jahren, seit er im Ausland lebt, verloren. Auf diese Weise brechen sie das Eis: Sie sprechen über das Wetter. Und dann:

»Isa hat es mir schon erzählt.«

»Was hat sie dir erzählt?«

»Dass sie es nicht schafft, mit dir zu sprechen. Und sie hat dir etwas zu sagen.«

»Was denn?«

»Dass es eurer Mutter nicht gut geht.«

»Es wäre nicht nötig gewesen, dass ein großer Wissenschaftler kommt, um mir die Augen zu öffnen.«

Die Härte des Kommentars schmerzt Juan mehr als Andreu. Weil es so unsensibel ist und ihn daran erinnert, dass er aus demselben Holz geschnitzt ist wie sein Vater.

Man kann vor sich selbst nicht fliehen, kann sich auch nicht verstecken. Wie weit man auch weggeht – nach Schottland, nach Australien oder auf eine Raumstation –, man nimmt seine Magensäfte mit und früher oder später steigt einem die Säure durch die Speiseröhre hoch und das dann folgende Aufstoßen brennt gewaltig.

Andreu geht über den Kommentar hinweg und macht weiter, wie ein Soldat, der seinen Befehlen um jeden Preis zu folgen hat.

»Deine Mutter hat Alzheimer.«

Juan bleibt stumm. Er blickt weiter auf die Straße, auf die wenigen vorüberfahrenden Autos, auf die Leute, die ins Bestattungsinstitut rein- und rausgehen. Er weiß nicht so genau, was Alzheimer bedeutet. Ist sich nicht sicher, ob das die Krankheit ist, die alten Leuten die Hände zittern lässt, oder die, bei der sie das Gedächtnis verlieren. Ihm fällt wieder die Szene vom Vorabend ein, mit Fermín, hier am selben Ort. Er hatte vorgehabt, die Bordkarte einen Tag vor dem Flug auszudrucken, in Verbindung mit einem Besuch in Torrijos, bei dem er auch einen Großeinkauf im Supermarkt machen würde. Das war sein Plan, um ruhigen Gewissens wieder nach Hause fliegen zu können: seiner Mutter die Vorratskammer mit Tetrapacks voll laktosefreier Milch, mit Mehl, Kichererbsen und Thunfischdosen zu füllen.

Die Kinder, die er bei der Ankunft auf dem freien Feld hatte spielen sehen, kommen über den Bürgersteig angerannt und klammern sich an Andreus Beine. Der Große fragt auf Katalanisch: Papa, wann fahren wir? Xavi, Oriol, antwortet Andreu auf Spanisch, erinnert ihr euch an euren Onkel Juan?

Die Leute beginnen aus dem Bestattungsinstitut zu strömen. Juan weicht auf die eine Seite der Tür aus, und Andreu nimmt die Jungs mit auf die andere. Germán und Fermín kommen heraus. Sobald der Menschenstrom etwas abflaut, nutzt Juan die Gelegenheit und schlüpft hinein. Er möchte über jede vorherige Missstimmung hinweggehen und zu seiner Mutter und seiner Schwester. Was auch immer bis dahin zwischen ihnen vorgefallen ist, ist vergeben. Diesen Wunsch verspürt er, er möchte vergeben. Isabel legt ihrer Mutter die Strickjacke um die Schultern. Für Juan sehen sie nun nicht mehr aus wie zwei Damen aus einer Verwechslungskomödie. Jetzt umgibt sie so etwas wie ein Heiligenschein.

Er geht zu ihnen. Er wird einen Weg finden, die Arme zu öffnen und sie an sich zu ziehen. Wir gehen, sagt Isabel knapp und informiert ihn, dass der Vater schon in den Leichenwagen geladen worden ist. Er sieht sie langsam Richtung Tür weggehen. Wieder der leere Saal, wieder er allein, jetzt wirklich vollkommen allein.

Als er rauskommt, steht der Wagen mit dem Sarg schon an der Straßeneinmündung, bereit, den Leichenzug aus Familienangehörigen und Freunden in Richtung Cruces anzuführen. Er sieht Isabel seiner Mutter helfen, den Sicherheitsgurt anzulegen, Andreu bringt die Jungen auf der Rückbank unter. Jetzt wird ihm klar, dass seine Neffen dieselbe Anstrengung unternehmen mussten wie sein Schwager. Sie sind mitten in der Nacht aufgestanden und halb verschlafen zum Flughafen gefahren, und dort, bei Morgengrauen im Terminal, hat ihr Vater ihnen vielleicht ein Frühstück gekauft, während sie auf das Boarding warteten. Es ist normal, dass sie wegwollen und müde sind.

Aber da sind sie, sitzen hinter ihrer Großmutter. Die es nicht versteht, sie mit liebevoller Direktheit anzusprechen, immer geht es durch die Labyrinthe der Angst. Angst wovor, Mama?

Er sieht den Arm eines der Jungen von innen nach der Autotür greifen und sie zuziehen. Dann fahren sie hinter den Wagen des Bestattungsunternehmens. Der Rest der Autos reiht sich in die Schlange ein. Nur er steht noch auf der Straße. Er hört ein Pfeifen. Vor dem Laden mit den Leuchtreklamen sieht er Fermín mit dem Arm winken, aus dem Fenster von Germáns C15.

12

Der Pfarrer, ein alter Mann, der schon seit vielen Jahren im Ruhestand sein könnte, hat den Weihwasserwedel in der Sakristei vergessen und das genau in dem Moment bemerkt, als er mit der Beerdigungszeremonie beginnen wollte. Der Messdiener ist losgeschickt worden, um ihn zu holen. Jetzt warten alle rund um das Grab, daneben steht der Sarg und ein paar Meter weiter weg vier Totengräber in blauen Overalls. Die meisten der Umstehenden sind Nachbarn aus Cruces, Juan ist unter ihnen aufgewachsen. Er grüßt sie mit den Augen, wenn ihre Blicke sich treffen. Er erkennt auch Don Nicolás und Carmen, denen er zuwinkt, und die Brüder Andrés und Ángel López, die eine Türenfabrik haben ganz wie sie, aber in Santo Olalla. Sein Vater schätzte sie, weil sie sich – obwohl es Gelegenheiten dazu gab – nie wie Konkurrenten aufführten. Im Gegenteil, sie spielten sich häufig gegenseitig Aufträge zu. Juan nickt ihnen besonders dankbar zu. Der Tod führt zusammen.

Das Grab hatten die Eltern vor der Geburt ihrer Kinder gekauft, und jahrelang sah Juan den Mann vom Versicherungsunternehmen Divina Pastora zu ihnen nach Hause kommen, um den Monatsbeitrag für die Todesfallversicherung zu kassieren. Ein Problem, das seine

Eltern bereits gelöst hatten. Juan wundert sich, dass das Grab, obwohl es schon seit so vielen Jahren bezahlt ist, in einem neuen Bereich des Friedhofs liegt. Dann fällt ihm auf, dass die Gräber in dem Maß über das Gelände vorgerückt sind, in dem die Verstorbenen eintrafen. Darunter muss sich auch das seines Großvaters väterlicherseits befinden, Juan weiß nicht genau, wo. Die Eltern hatten keine bestimmte Parzelle gekauft, wie er sich immer vorgestellt hatte, sondern ein Anrecht. Daher stehen sie jetzt am Außenrand des letzten Stücks eroberter Erde. Auf gewisse Weise sind sie Pioniere. Dahinter ist der Friedhof nichts weiter als ein Stück Ackerland, um das eine Mauer gezogen wurde. Es hat ihn erstaunt, dass der Leichenwagen über die Parzelle bis so dicht an das Grab gefahren ist. Er hatte diesbezüglich keine Erwartungen, es hätte ihn aber nicht überrascht, wenn irgendwer einen Trupp aus Familienangehörigen organisiert hätte, die den Sarg auf den Schultern tragen. In einer idealen Welt wäre Juan gemeinsam mit Isabel zum Bestatter gegangen, um den letzten Willen des Verstorbenen zu übermitteln, ob Einäscherung oder Erdbeisetzung. Natürlich Letzteres. Unser Vater war ein gläubiger und traditionsbewusster Mensch. Sehen Sie sich diesen Sarg an, was halten Sie davon? Wir hätten gern etwas Schlichteres. Unser Vater mochte keinen Schnickschnack. Nun, dann würde dieser hier Ihrem Vater gefallen: der S-210. Sehen Sie, wie fein die Ecken gearbeitet sind, ganz maßvoll. Nur diese elegante Leiste auf dem Deckel, um das Kreuz herum. Sie können wählen, Bronze- oder Silberimitat. Möchten Sie eine Todesanzeige, in welcher Größe, mit welchen Namen darunter? Und Erinnerungsbildchen? Die meisten Leute mögen dieses hier mit dem berühmten »Staub bist du« aus dem Buch Genesis. Wir haben es auch auf Latein.

Das war von ihm erwartet worden. Er hätte in einem schmerzhaften Moment die treibende Kraft sein sollen. Diese Funktion hat mit völliger Sicherheit ebenfalls Isabel übernommen, die jetzt ihre Mutter neben sich hat, sie an der Hand hält. Xavi, Oriol und Andreu stellen sich daneben, dicht an dicht. Die übrigen Anwesenden stehen rund um das Grab und warten auf den Weihwasserwedel. Wieder sind seine Mutter und seine Schwester da drüben und er hier. Mehr noch: Die ganze Familie ist da drüben und er hier. Bald werden sie nach Hause zurückkehren, werden reden, Isabel wird sich aus dem kleinsten Anlass über ihre Mutter aufregen, sie werden streiten, und am nächsten Tag wird alles wieder von vorn losgehen. Aber jetzt ist der Moment, dicht an dicht beieinander zu stehen, weil die Beisetzung des Vaters, des Ehemanns, des Großvaters, des Schwiegervaters bevorsteht. Ein Moment von höchster Wichtigkeit. Einer von denen, die man nie vergisst. Und Juan ist nicht da, wo er sein sollte, das merkt er jetzt. Man müsste echt ein Trottel sein, um es nicht zu merken. Der Vater musste sterben, damit Andreu mit seiner angeheirateten Familie verschmilzt. Er ist es, der außen vor geblieben ist.

Vom Eingang her taucht keuchend und mit nassgeschwitztem Haar der Messdiener auf. Den Weihwasserwedel hält er hoch erhoben in der einen Hand, mit der anderen hebt er sein Messgewand an. Man sieht seine dreckigen Knie. Einige der Versammelten lächeln, weil es kein frommeres Bild geben könnte als den Kleinen, der das Fußballspiel auf dem Platz unterbrochen hat, um dem alten Pfarrer bei seiner Arbeit zu helfen. Im Gesichtsausdruck des Jungen liegt jedoch kein Funken Heiligkeit, sondern Triumph. Er ist Philippides, nur dass er nicht mit einem Hilfsgesuch nach Sparta gelaufen ist, sondern in die winzige, einige Hundert Meter weit entfernt liegende Pfarrkirche, um den fehlenden liturgischen Gegenstand zu holen.

Lasset uns beten, Gott allmächtiger Vater, du hast Himmel und Erde erschaffen und die Umlaufbahn der Gestirne bestimmt; durch das geweihte Wasser hast du dem Menschen neues Leben gegeben, der im Tod der Sünde lag.

Mehr als alles andere sehnt Juan sich danach zu schlafen. Der Pfarrer redet weiter, aber er hört nicht mehr zu. Sein Körper zieht ebenfalls Richtung Boden. Der Körper eines Lebenden. Er sieht weiter, was um ihn herum geschieht, sieht die bekannten Gesichter der Umstehenden, die Distanz, die ihn von seiner Familie trennt. Der Pfarrer befeuchtet den Weihwasserwedel und besprenkelt den Sarg und das Grab. Seine Mutter ist zusammengesackt, seine Schwester hält sie. Ihre Gesichter vermischen sich in Juans Kopf, er kann sie nicht mehr auseinanderhalten. Der Schmerz formt ihre Züge auf dieselbe Weise und bringt sie einander noch näher. Vielleicht würde er, stünde er am rechten Ort, jetzt seine Mutter von der anderen Seite stützen. Die drei Gesichter zu einem einzigen verschmolzen. Der Schmerz ein nach innen gewölbter Spiegel, der die Strahlen aller konzentriert und vereint.

Juan taucht aus seiner Versunkenheit auf, als die vier Männer in blauen Overalls an den Seilen ziehen und den Sarg hochheben, um ihn zum Grab zu tragen. Auch um diese Zeit ist der Himmel blau. Die Spitzen der Zypressen recken sich ihm entgegen; ihre Wurzeln suchen in entgegengesetzter Richtung nach anderen Nährstoffen. Photonen von oben, Mineralien von unten, und im Inneren komplexe chemische Reaktionen auf einem Bett aus Kohlenstoffatomen. Der Staub, in dessen Richtung sein Vater unterwegs ist, ist in Wirklichkeit Kohlenstoff. Der Mutter sind die Tränen ausgegangen. Sie schließt nur die Augen, als wolle sie nicht sehen, was vor sich geht. Es ist der Endpunkt eines ganzen Lebens, das sie, in guten wie nicht so guten Zeiten, mit dem Mann geteilt hat, dessen Körper da begraben wird. Ihre geschlossenen Augen sind die Puffer an einem Gleisende, an dem auch ihre Leiden der letzten anderthalb Jahre enden.

Die Männer in den blauen Overalls stehen seitlich neben der Grube, die gespannten Seile halten das Gewicht des Sargs. Sie beginnen ihn herabzulassen. Plötzlich tritt Oriol aus dem Schutz seines Vaters und geht auf den Sarg zu. Einige überraschte Gesichter in der Menge. Jemand ruft »Junge« – er denkt, er könnte fallen. Erstaunlicherweise tun seine Eltern nichts, um ihn aufzuhalten, sie bleiben ruhig. Fast unmöglich, dass er hineinfällt, denn der Sarg senkt sich schon in die Grube und es ist kaum Platz zwischen der Kiste und den Wänden. Mit einem Fuß könnte er schon hineintreten, einen der Totengräber erschrecken und eine schmerzliche Szene verursachen. Die Männer halten inne. Der Junge steckt die Hand in die Tasche, zieht sie zur Faust geballt wieder heraus und öffnet sie über dem Grabdeckel, neben dem Kreuz. Es sind Mandeln. Der Vater liebte sie. Das versammelte Dorf wechselt vom Schrecken wieder zur Rührung, weil alle Anwesenden die Verbindung zwischen dem Verstorbenen und den Mandeln erkennen. Er schenkte sie jedem, der bei ihm vorbeikam; er bestellte geröstete Mandeln in der Bar als Tapa; nach der Ernte legte er sie in einem gesonderten Teil der Fabrikhalle zum Trocknen aus. Der Junge kehrt zu den Beinen seines Vaters zurück, und nachdem die Männer vom Pfarrer die Erlaubnis bekommen haben, setzen sie ihre Arbeit fort. Die ungleichmäßigen Bewegungen der Totengräber lassen die Mandeln auf dem Deckel hin und her rutschen. Sie könnten herunterfallen, doch die elegante Leiste hält sie.

Juan ist nie dabei gewesen, aber er kann sich die Szene vorstellen, weil er es selbst als Junge erlebt hat. Sein Vater sitzt auf der Stufe vor der Veranda, zeigt seinem ältesten Enkel, wie er es anstellen muss. Auf der einen Seite eine randvoll mit Mandeln gefüllte Tüte. Die harten Spitzen der Schalen zerstechen die feine Plastikfolie. Zwischen den Beinen hat der Mann einen Stein in Größe und Form eines Pflastersteins, auf den legt er die Mandeln, um sie dann mit einer meißelartigen Metallstange aufzuschlagen. Neben ihm sein Enkel, er sitzt auch auf dem Treppenabsatz, hat die gleichen Werkzeuge, nur kleiner. Der Großvater gibt ihm knappe Anweisungen. Führt seine Finger an die richtige Stelle, zeigt ihm die wirksamste Art, die Frucht zu knacken. So, sagt er, mit einem einzigen Schlag holst du den ganzen Kern heraus. Um ihm das zu demonstrieren, nimmt er eine Mandel, hält sie auf den Stein, wie er es ihm gerade gezeigt hat, und lässt den Meißel darauf niedergehen. Ein kräftiger Schlag, die Schale trennt sich in zwei Hälften, und der Großvater gibt dem Jungen den sauberen und perfekten Mandelkern zum Probieren. Der Junge sagt *gràcies,* und der Großvater weist die Höflichkeit zurück, weil man innerhalb der Familie nicht Danke sagt, das ist was für Weicheier. Zugleich sagt er sich, welche Schuld daran hat der Junge, dass er dort zur Welt gekommen ist, wo er nun mal zur Welt gekommen ist, und kein Spanisch spricht, obwohl sie doch in Spanien sind.

13

Juan bleibt als Letzter zurück. Fermín wartet einige Meter entfernt. Der Pfarrer unterhält sich mit einem Friedhofsmitarbeiter. Juan beobachtet die Männer in den blauen Overalls bei der Arbeit. Jetzt betätigen sie sich als Maurer. Sie haben einen Eisenrahmen um das Loch gelegt und schichten Ziegelplatten darauf. Ein paar Körbe mit Sand und Zement, Spachtel, Kelle und Hammer. Werke und Tage. Der Tote ins Grab, und die Arbeiter verdienen sich ihr Brot, indem sie die letzte Ruhestätte hermetisch verschließen, welche nicht die lebendige Erde ist, sondern ein winziger mit Zement verputzter Keller. In seinem Gedächtnis bewahrt er Bilder von den vielen Friedhöfen in Edinburgh, die meisten stammen noch aus der Zeit vor dem neunzehnten Jahrhundert. Sie liegen inmitten der Parkanlagen, hinter den Pfarreien der Altstadt. Dort verlagert man sie nicht in die Außenbezirke. Juan mag diese gotischen Friedhöfe. Umgestürzte, von Moos überzogene Grabsteine. Klangvolle Nachnamen, Inschriften, Sumpfzypressen neigen ihre Zweige über monumentalen Mausoleen und auch über einfachen Grabsteinen, die in die nackte Erde gerammt sind. Sogar das machen sie besser, sagt sich Juan. Sie lassen zu, dass die Körper ihrer Lieben sich mit dem Humus mischen und ihre Bestandteile in die Erde übergehen. Wir tun das nicht. Unser Staub wird nicht zum Staub zurückkehren, es sei denn, ein Erdbeben bricht die Wände des Grabs auf und mischt den lehmigen Boden des umliegenden Trockenlandes mit den zersetzten Überresten des Vaters.

»Im Schweiße deines Angesichts wirst du dein Brot essen«, heißt es im Buch Genesis genau vor dem bekannteren »Staub bist du«. Und damit sind die Männer gerade zugange, sie schwitzen Flüssigkeit aus in der Augustsonne um halb drei Uhr mittags. Die Zypressen mystische Gestalten, die hier nicht stehen, um Schutz vor der Sonne zu spenden, sondern um Himmel und Erde miteinander zu verbinden. Diese Männer, die erst Totengräber waren, dann Maurer und später vielleicht zu Biertrinkern in Ángelas Bar werden.

Fermín tippt ihm auf die Schulter. Los, sagt er, es gehen schon alle. Aber Juan weigert sich, er möchte weiter den Männern zusehen. Nur er scheint die metaphysische Dimension zu bemerken, für die sie stehen. Die Volksweisheit *El muerto al hoyo, el vivo al bollo* – der Tote ins Grab, der Lebende zu den Brötchen, sprich: das Leben geht weiter – bietet keine Lösung, nennt aber die Vorbedingungen: Grab und Brot. Doch nie wird die Substanz erwähnt, die die beiden Wörter miteinander verbindet: der Schweiß.

Schließlich folgt Juan der Aufforderung seines Freundes, und sie gehen. Die übrigen Trauergäste laufen vor ihnen, im schwerfälligen Rhythmus derer, die eine Pflicht erfüllt haben. Manche haben die Hand auf die Schulter eines anderen oder ihrer Frau oder ihrem Mann den Arm um die Taille gelegt. Die Kinder gehen für sich. Der Messdiener hilft dem Pfarrer, ins Auto eines Gemeindemitglieds zu steigen, und zieht dann sein Zeremoniengewand aus, um mit den anderen Kindern zurück ins Dorf zu laufen. Juan sieht sie von hinten, wie damals, als er seine Konkurrenten bei den Wettläufen in seiner Kindheit vor sich entschwinden sah.

Auf dem Vorplatz zum Friedhof setzen sich die Autos in Bewegung, wenngleich viele Leute aus dem Dorf, die meisten der Versammelten, zu Fuß nach Hause gehen. Die López-Brüder warten auf ihn, um sich zu verabschieden. Dann geht Juan zum Auto seiner Schwester, die Mutter und die Kinder sitzen schon darin. Der makellose Lack spiegelt den Wipfel der Kiefer, unter der der Wagen geparkt ist. Ein gelber Aufkleber auf der Windschutzscheibe weist ihn als Mietwagen aus. Das war Juan vorher nicht aufgefallen. Beim mentalen Durchspielen der Möglichkeiten, wie sie von Madrid aus hergekommen ist, kam dieses Transportmittel nicht vor. Es gibt Momente, in denen man aus seiner Haut muss. Sich mit einer Großzügigkeit oder Größe verhalten muss, die für gewöhnlich nicht in den Anzug passt, den wir meinen, tragen zu müssen. Juan erlaubt sich nicht, außerhalb seiner Haut zu denken. Er ist außerstande zu erkennen, dass ein Mietwagen ein weiterer Ausdruck für die Bedeutung dieses Moments ist. Mit diesem Verkehrsmittel gibt es kein Warten und keine Zwischenstopps. Man kommt direkt ans Ziel. Vom Flughafen zum Friedhof. Schnell, so wie der Moment es verdient. Es ist keine Zeit, um Maß zu halten, sondern um alles zu geben.

»Was ist der Plan?«, fragt er Isabel.

»Wir fahren nach Hause. Mama und die Kinder müssen essen, und Andreu ein bisschen schlafen. Nimmt Germán dich mit?«

»Ja.«

»Sag ihm, er soll auch zum Essen kommen.«

»Mach ich. Wir trinken vorher noch ein Bier mit Fermín, er fährt zurück nach Torrijos.«

»In Ordnung. Aber kommt nicht zu spät. Spätestens um drei.«

»Um drei.«

Auf dem Parkplatz stehen noch weitere Kiefern neben der, die ihnen Schatten gibt. Von den Bäumen umweht sie ein Duft nach Harz und versengten Kiefernzapfen. Im Hintergrund das Dorf, inmitten einer ebenso unwirtlichen wie schönen Ebene. Isabel hebt den Arm und streicht Juan mit dem Handrücken über die Wange. Sie blickt ihn mit den Augen des Mädchens an, das sie einmal war. Im zittrigen Glanz ihrer Pupillen liegt Angst. Stumm sagt sie ihm, komm zurück, verlass uns nicht. Wir hier in diesem Auto werden nicht aus dem Boot springen, in dem du sitzt. Zuerst werden die Ratten verschwinden, dann die Bekannten, die Arbeitskollegen, die Nachbarn. Sogar Fermín könnte springen, scheint sie ihm zu sagen, obwohl dein Freund weiß Gott an deiner Seite sterben würde, wenn du ihn darum bittest. Aber wir hier in diesem Auto, uns brauchst du nicht einmal zu bitten. Wir werden mit dir bis zum Grund sinken, wenn du untergehst. Denn nur so werden wir dich da wieder rausholen können.

14

Die Bar ist genau wie immer. Fast könnte man sagen, sogar die Leute sind noch die alten. Die abgenutzte Theke aus Resopal, Stühle und Tische aus demselben Material. Der Terrazzofußboden, die ungeordneten Flaschen mit Anisschnaps und billigem Whisky. Dieselben Leuchtstoffröhren an der Decke, die Papierservietten auf dem Boden, der Geruch nach frittierten Calamares. Nur die Bierzapfanlage scheint erneuert worden zu sein. Jetzt ist sie ein Designobjekt, mit eigener Beleuchtung und bedeckt von echten Eisperlen. Es gibt drei Tische, alle besetzt von Leuten, die bei der Beerdigung waren. Sie grüßen Juan, indem sie die Köpfe senken. Hinten an der Bar lehnen zwei Männer, jeder mit einem Glas Bier. Auch sie sind auf dem Friedhof gewesen. Germán geht zu ihnen, sie reden kurz miteinander, und er kommt mit einem Barhocker zurück, den er Juan anbietet. Danke, Germán. Das ist nicht nötig, ich bin okay, sagt er. Juan möchte bestellen, aber hinter der Theke ist niemand. Niña, schreit einer der beiden Männer hinten. Der Vorhang aus Plastikstreifen, der die Fliegen aus der Küche raushält, öffnet sich, und Ángela tritt hervor. Womöglich die Einzige aus dem Dorf, die nicht bei der Beerdigung war, oder vielleicht war sie auch da und Juan hat sie nicht gesehen. Ángela, Juan, begrüßen sie sich. Juan steigt mit den Zehenspitzen auf die Schiene am unteren Rand der Theke und gibt der Kellnerin zwei angestrengte Küsse.

»Wie geht's dir?«, fragt sie.

»Gut.«

»Tut mir leid mit deinem Vater.«

»So ist das Leben. Und du? Wie geht's dir?«

»Siehst du ja. Stecke immer noch hier. Wie ist es in England? Sicher kühler als hier.«

Das Wetter ist immer zur Hand. Dieser gemeinsame Code, auf dem sich die ganze Menschheit einen Moment lang ausruhen kann.

»Ja, stimmt, es ist kühler.«

»Was bekommt ihr?«

»Drei Bier.«

»Eins alkoholfrei«, ergänzt Fermín.

Als Juan mit den Getränken zu den anderen zurückkommt, erzählt Fermín Germán gerade, dass er am vergangenen Mittwoch beim Joggen an der Fabrik vorbeigelaufen ist. Germán sagt ihm, dass er an dem Tag nicht da war, er war nach Santa Olalla gefahren, um ein paar Türen einzubauen. Juan schließt sich in genau diesem Moment dem Gespräch an. Die drei stoßen leicht mit den Bieren an, wünschen sich Zum Wohl und trinken. Juan leert sein Glas in einem Zug. Seine Augen sind gerötet, wie entzündet. Stille breitet sich aus. Ein »Was jetzt?« schwebt in der Luft und mischt sich mit dem Geruch nach Frittiertem, der aus der Küche dringt. Ein »Was jetzt?« braut sich über Juan zusammen, seit er am Vortag den Fuß ins Dorf gesetzt hat. Ihm bleibt noch immer etwas von der mitgebrachten Trägheit. Noch glaubt er, er werde die Dinge in der kommenden Woche regeln können. Er könnte mit

Mr Cochrane reden, seinem Supervisor im Botanischen Garten, den Flug verschieben und ein oder zwei Tage länger bleiben, falls nötig. Könnte Brian, seinen Vermieter, anrufen und ihn bitten, sich für einige Tage um seine Pflanzen zu kümmern. Insbesondere um den kleinen Rhododendron, den er in einem Topf im Garten hinter dem Haus hat. Den Setzling hatte er in den Gewächshäusern des Botanischen Gartens bekommen, als er die Aufnahmeprüfung bestanden hatte. Er würde diesen Baum gern bis in sein Erwachsenenleben begleiten. Er sollte ihn überleben.

Er spürt noch die Hand seiner Schwester an der Wange. Er weiß nicht, wie er die Erleichterung, die er spürt, ausdrücken soll, sein Körper jedoch schon: muskuläre Entspannung, Gefäßerweiterung, niedrigerer Blutdruck, beginnende Euphorie. Was auch immer seine Schwester ihm noch zu sagen hat, glaubt er, sei durch ihre Liebkosung und ihren Blick bei der Abfahrt vom Friedhof deaktiviert worden. Es kann sogar sein, dass es neben den praktischen Dingen gar nichts mehr zu besprechen gibt. Sehr wahrscheinlich geht es bei dieser Nachricht, die seine Schwester ihm am Vortag im Auto angekündigt hat, um nichts weiter als um die Alzheimerdiagnose, von der er schon von Andreu erfahren hat. Es ist eine Nachricht, die Juan im Kontext des Streits mit seiner Schwester bewertet, aber noch nicht bezüglich der Auswirkungen für das Leben seiner Mutter. Es muss für Isabel eine große Anspannung bedeutet haben, sie für sich zu behalten, und es dann auch noch an Andreu zu delegieren, es ihm mitzuteilen. Sie hätte es ihm sagen müssen, aber Juan hat es ihr nicht leicht gemacht. Er war telefonisch auch nicht gut zu erreichen. Mehr noch, er war nachlässig. Aber es hätte gereicht, die neun Zeichen in eine Textnachricht zu packen. Besser als ein Fax. Warum hat sie das nicht getan?, fragt sich Juan. Warum hat sein Schwager, den er kaum kennt, ihm das sagen müssen, am Tag der Beerdigung seines Vaters? Er schließt nicht aus, dass die Diagnose der Erkrankung seiner Mutter erst kürzlich erfolgt ist, und auch nicht, dass seine Schwester, sauer darüber, sich um alles allein kümmern zu müssen, keine Lust hatte, ihn anzurufen. Er war nicht da gewesen, das ist offensichtlich. Er kann sich selbst die Gründe erklären. Er kann sich hundert Gründe nennen, weiß aber, dass sie ihm vor Isabel nichts nützen werden. Wenn er sagt »ich hatte Arbeit«, kann sie dasselbe sagen. Wenn er sagt »ich war weit weg«, kann sie dasselbe vorbringen. Wenn er auf sein Recht auf Freiheit pocht, sein Bedürfnis, seinem Schicksal als Erbe der Türenfabrik zu entkommen, wird sie kontern, wird einen nach dem anderen dieselben Punkte anführen.

»Und was jetzt?«, fragt Fermín.

»Ich weiß es nicht.«

»Du siehst schrecklich aus. Du musst dich ausruhen.«

»Ja. Danach verlangt es meinen Körper jetzt am meisten.«

»Angelilla, mach mal eine kleine Portion Calamares«, ruft Germán und deutet mit drei gestreckten Fingern auf die leeren Bierstangen in ihren Händen.

15

Die Nachmittagssonne brennt noch immer, als sie aus der Bar kommen. Es weht kein Lüftchen. Germán umarmt Juan und bittet ihn, sobald er kann, in der Fabrik vorbeizukommen, es gibt Dinge, über die sie sprechen müssen, aber bloß kein Stress, eins nach dem anderen. Das sagt er zu ihm, und dabei widerspricht sein Blick dem, was seine Lippen gerade vorgebracht haben. Juan ist nicht in der Verfassung, diese feine Diskrepanz zwischen der einen und der anderen Sprache wahrzunehmen. Bevor er geht, streckt Germán Fermín die Hand hin, und dann sehen sie ihn taumelnd in Richtung Kirche weggehen. Nach ein paar Metern dreht er sich zu ihnen um und lässt den Zeigefinger in der Luft kreisen, als würde er Zuckerwatte aufwickeln. Ja, morgen reden wir weiter, bestätigt Juan mit schwerer Zunge.

»Bist du fit genug zu fahren?«, fragt Juan Fermín.

»Ich bin fit genug mich vollzupinkeln. Ich hab sieben Bier intus.«

»Sieben?«

»Genau so viele wie du, aber meine mit null Alkohol.«

»Wie spät ist es?«

Fermín schaut auf die Uhr. Ein überdimensionierter Sport-Pulsmesser.

»Halb sieben.«

»Fuck!«

Juan fasst sich mit der Hand ins Gesicht, streicht sich über die Stirn, drückt mit zwei Fingern gegen die Augenlider. Sein Gesicht fühlt sich pergamentartig an, stumpf. Er hält sich noch auf den Beinen, weil die Begräbnisbürokratie ihn irgendwie von einem Moment zum nächsten, von einem Ort zum nächsten gestoßen hat. Sein Körper hat einigermaßen gut mitgemacht, aber er merkt, wie die Horizontale ihn schon unwiderstehlich ruft. Der Alkohol hilft, und auch die Hitze, die Trockenheit der Luft und vor allem die Tatsache, dass der Vater nun unter der Erde ist und nicht mehr in einem gekühlten Trauerraum ausgestellt wird. Sich den Sorgen entziehen, so nennt seine Mutter das.

»Was?«, fragt Fermín.

»Nichts.«

»Wir sprechen noch mal, bevor du nach Schottland zurückfährst, ja?«

»Ja, machen wir.«

Stille.

»Gut, dann fahre ich. Ich arbeite morgen früh. Ich muss nach Barcience und ein Wi-Fi installieren. Komm, lass dich umarmen.«

Sie umarmen sich.

»Du stinkst nach Bier, Juan. Vielleicht war das nicht der Tag dafür. Geh zu deiner Mutter.«

»Ja.«

»Wir hören uns.«

»Ja.«

Hundertfünfzig Meter trennen die Bar vom Haus der Familie. Das weiß er, weil er die Schritte an vielen Freitagen gezählt hat, wenn er spätabends zurückgelaufen ist, besoffen wie heute. Er biegt auf den Platz ein. An der Ecke gegenüber, vor dem Eisentor zu seinem Haus, erkennt er Andreu, der den Mietwagen belädt. Es ist mitten in der Woche, daher nimmt er an, dass er die Kinder wieder zurück mit nach Barcelona nimmt, damit sie am nächsten Tag nicht die Schule versäumen. Er bedenkt nicht, dass es August ist und die Kinder Ferien haben.

Die Zürgelbäume in der Mitte des Platzes werfen an manchen Stellen Schatten auf den hellen Boden. Als er klein war, standen hier Falsche Akazien. Im Frühling saugten die Kinder an ihren traubenartigen Blüten. Zum Glück gab es nach den Calamares noch Patatas Bravas und dann Schweineohren. Andernfalls wäre er jetzt nicht mal mehr in der Lage, die Hand seines Schwagers treffsicher zu fassen.

Andreu befestigt gerade den Kindersitz für Oriol auf der Rückbank. Trotz der Hitze trägt er ein leichtes Jackett. Juan wartet, bis er mit dem fertig ist, was er macht. Es ist eine komplizierte Angelegenheit, Juan weiß das, weil er das auch schon mal im Auto von Freunden machen musste. Man muss den Gurt durch einen verborgenen Schlitz stecken und dann durch einen weiteren, noch versteckteren, und ihn dann mit einer am Sitz angebrachten roten Klammer befestigen. Es dauert, aber Andreu murrt nicht und regt sich auch nicht auf. Seine Schwester hat einen Heiligen gefunden. *Tot a punt,* hört er ihn zufrieden auf Katalanisch sagen, als er fertig ist. Er kriecht aus dem Auto und stößt gegen Juan. Blickt ihn an. Er scheint nicht überrascht, seinen Schwager so still direkt hinter sich stehend vorzufinden. Andreu ist nicht nur nüchtern, er ist auch klug. Und sensibel. Und eine gereifte Persönlichkeit. Er ist imstande, scheinbar unzusammenhängende Dinge zusammenzubringen. In seinem Fall die lange Reise mit den Kindern von Barcelona her, die Wütereien seiner Frau im Lauf der Jahre, was er von Cruces weiß, einem kleinen Dorf in Zentralspanien, die Tage, die er mit seinem verstorbenen Schwiegervater verbracht hat. Jede unglückliche Familie ist auf ihre eigene Weise unglücklich, und Andreu versteht sehr gut, auf welche Weise die Familie seiner Frau unglücklich ist. Er verfügt über Intelligenz, dazu noch über emotionale Intelligenz, und über die Perspektive, die er durchs Reisen und das Zusammenleben mit unterschiedlichen Menschen erlangt hat. Zu seinen Gunsten kommt außerdem noch hinzu, dass er in einer Familie aufgewachsen ist, die entspannter ist als die seiner Frau. Gefühlsmäßig entspannt, aber auch in ökonomischer Hinsicht. Armut wird schnell zu Elend. Überfluss ist gegen diesen Abdrift nicht immun, aber bei einigermaßen stabiler geistiger Gesundheit fördert ein Konto ohne Engpässe eine weniger bedrängende familiäre Atmosphäre. Um zur genüsslichen Gleichförmigkeit der glücklichen Familien zu gehören, aus denen keine guten Romane hervorzugehen pflegen, ist es hilfreich, als Kind mit den Eltern zu frühstücken, zu Mittag und zu Abend zu essen, bei abgeschaltetem Fernseher. In jedem »Gib mir mal das Salz, Schatz« verbirgt sich ein Ausguck, von dem aus man das Feuer in seinen Kindern oder dem Partner schon erspähen kann, wenn es erst ein Funken ist. In diesem gemeinsamen Raum rund um den Tisch entsteht das Gespräch ganz natürlich. Es strömt so stetig wie Wasser aus dem Krug. Aber zusammen zu essen, Groß und Klein, fördert nicht nur den Dialog, sondern auch die mediterrane Ernährung. Den Kleinen gibt man an einem Tag Cräcker mit einem Glas Cola Cao, damit sie ihre Kindheit genießen, und am nächsten ein gutes Toast aus Dinkelbrot mit nativem Olivenöl extra von La Laguna de Fuente de Piedra, dem besten in ganz Spanien, damit ihre Herzen sich gesund entwickeln. Und auch Nüsse der Saison und rote Beeren und frische Tomaten mit ihren Karotinen und Mohnsamen und Vollkornmüsli. Aber klar, um über diese Zeit mit den eigenen Kindern zu verfügen, und außerdem den Kühlschrank mit großzügiger Vielfalt füllen zu können, muss man erst mal Geld haben. Denn wie viele Familien können es sich erlauben, mit den Kleinen zu frühstücken, sie in die Schule zu bringen, sie wieder abzuholen, hausgemachte Linsen mit ihnen zu essen, sie zum Englischunterricht zu fahren, dann einen frisch ausgepressten Saft zum Nachmittagsimbiss, Lego spielen, zum Abendessen Gemüseeintopf mit einer fröhlichen Einlage aus Bio-Speck, ihnen eine Geschichte vorlesen, und dann ab ins Bett? Geld und psychische Gesundheit. Das könnte der Titel für den Vortrag eines Scharlatans sein. Aufgrund der Art, wie Andreu Punkte miteinander verbindet, die man auf den ersten Blick nicht sieht, auf ruhige und empathische Weise, würde man meinen, dass er mit seiner katalanischen Familie viele gemeinsame Frühstücke und Abendessen verbracht hat. Juans Vater ist sein ganzes Leben lang um fünf Uhr morgens aufgestanden, lange bevor seine Kinder aufwachten. Zuerst um auf dem Feld zu arbeiten, dann in der Fabrik in Getafe und schließlich in der Türenfabrik.

Andreu sieht ihn an und verzichtet darauf, etwas zu

ihm zu sagen. Er spart sich die Ratschläge. Schlägt ihm nur vor, sich vor dem Reingehen das Gesicht mit dem Gartenschlauch im Hof zu waschen. Juan nickt wie ein gescholtener Junge, geht um das Auto herum und öffnet das Tor. Laika kommt nicht angerannt. Er dreht den Hahn über den Blumenbeeten auf und lässt das heiße Wasser aus dem Schlauch ablaufen. Dann stellt er sich breitbeinig hin, senkt den Kopf, genau wie ein Sträfling, dem gleich der Krummsäbel auf den Hals fallen wird, und lässt sich das Wasser über den Nacken laufen, und über die Wangen und die Stirn, bis es sich wieder mit dem Strahl trifft, der von seiner Nasenspitze auf den Zementboden im Hof stürzt.

In der Küche ist Aktivität. Er blickt durch die Tür. Die Jungs sitzen am Tisch und essen. Das Wachstischtuch verdeckt die kaputte Ecke wieder. Die Mutter sitzt an einem Ende und spielt mit dem Kleinen, sie stellen Gegenstände in einer Reihe auf: Gabel, Schale, Wasserflasche, Löffel, Salzstreuer. Oriol erinnert seine Großmutter an ihre Vereinbarung: Sie wollten die Gegenstände in die richtige Reihenfolge bringen, von groß nach klein, und das hat die Großmutter nicht beherzigt. Isabel steht mit dem Rücken zu ihm, sie spült Gläser ab. Das hier sind sie selbst in der Küche, jetzt, aber in anderen Körpern und einer anderen Zeit. Einer neuen Zeit, dem einundzwanzigsten Jahrhundert. Xavi, der Ältere, stellt Isabel dar, als sie noch ein kleines Mädchen war und auf demselben Stuhl saß. Oriol ist Juan. Die Mutter spielt sich selbst, und Isabel, am Spülbecken, gibt einen modernen Vater.

Hallo, sagt Juan, am Türrahmen abgestützt. Isabels Kopf schnellt herum, als wäre sie eine Karateka. Von dem, was Juan beim Aufbruch vom Friedhof in ihrem Blick gesehen hat, ist nichts geblieben. Weder die Kinder noch seine Mutter schenken ihm Beachtung. Isabel trocknet sich die Hände an einem Handtuch ab, sagt ihren Söhnen, sie sollen mit dem Essen voranmachen, und verlässt die Küche. Juan muss zur Seite treten, damit sie vorbeikann. Sie riecht nach einem Shampoo, das ihm vertraut vorkommt, das er aber nicht einordnen kann. Isabel geht durch den Eingangsbereich und ins Esszimmer. Juan blickt wieder in die Küche. Die Jungen reden miteinander. Die Großmutter sieht sie an, als wären es Unbekannte.

Als Juan ins Esszimmer kommt, sieht er Isabel ganz hinten im Raum, neben dem Fenster zur Veranda. Sie steht mit dem Rücken zu ihm, blickt durch die Scheibe, die Arme hat sie vor dem Bauch verschränkt, eine von der Mutter geerbte Geste. Eine tiefe Umarmung, die die Innereien zurückhält, oder besänftigt. Ganz anders als vor der Brust verschränkte Arme, was eher geeignet ist, um Ungeduld oder Abschottung auszudrücken. Mach die Tür zu, sagt sie zu ihrem Bruder, ohne sich umzudrehen. Juan gehorcht. Durch das Fenster, in dem Isabel im Geiste vorbereitet, was auch immer sie ihm zu sagen hat, kann Juan am Ende des langen vorderen Hofs Laika sehen, sie hat sich mit den Vorderpfoten am Eingangstor aufgestellt, wedelt mit dem Schwanz und versucht, die Aufmerksamkeit von Andreu zu gewinnen, der an einen Kotflügel des Autos gelehnt auf sein Handy blickt. Er hat alles fertig vorbereitet und könnte losfahren, vertreibt sich aber die Zeit, denkt Juan. Isabel hat ihm etwas zu erzählen, nur ihm, und was auch immer es ist, muss so brutal oder schmerzlich sein, dass Andreu auf der Straße wartet, um die Scherben seiner Frau vor der Abfahrt mit einem Kehrblech einzusammeln. Isabel wird die Nerven verlieren, wird über Juan auskotzen, was sie in sich hineingefressen hat. Dann wird sie aus dem Salon stürzen, wird sich im Flur durch tiefe Bauchatmung wieder fangen, wird die Kinder auffordern, sich von der Großmutter zu verabschieden, und mit ihnen zum Auto gehen. Anschließend wird Andreu zum Flughafen Barajas fahren, sie werden ins Flugzeug steigen und an diesem Abend, wenn auch sehr spät, bei sich zu Hause am Paseo de Gracia zu Abend essen. Juan ist noch nie dort gewesen, aber er erinnert sich an den Straßennamen, weil seine Schwester und Andreu, als sie die Wohnung kauften, kurz nach Xavis Geburt, der Familie bei einem der Besuche im Dorf davon erzählt hatten. Das war nach dem Abendessen, Isabel erhob sich ein wenig theatralisch mit einem Glas in der Hand und klopfte mit dem Löffel dagegen. Jetzt, wo euer erster Enkel zur Welt gekommen ist und es mit BioKapsid so gut läuft, haben wir beschlossen, eine Wohnung zu kaufen. Die Mutter freute sich, als würde die Nachricht verkündet, dass ein zweiter Enkel unterwegs war. Es fiel ihr schwer damit umzugehen, dass ihre Tochter nicht jemanden aus dem Dorf geheiratet hatte, oder aus einem Dorf in der Nähe. Die Gründe, warum sie das nicht begreifen konnte, lagen anders als bei ihrem Mann. Es war nur eine Frage der Entfernung. Dass Isabel in Barcelona lebte, so weit weg, verstieß gegen einen der Grundpfeiler ihrer Erziehung: Töchter sind die Alterssicherung der Eltern. Auf gewisse Weise war Isabel dies ja letztlich auch. Aber darüber hinaus war ihre Tochter nicht so untergekommen, wie sie es gern gesehen hätte.

Sie hatte erwartet, dass sie sich nach Abschluss des Studiums um eine Stelle im öffentlichen Dienst bemühte. Falls sie die Wahl gehabt hätte, gleich beides: Staatsbedienstete, und dazu noch in irgendeiner Behörde in Toledo. Ihr Arbeitsplatz fürs gesamte Leben, nur einen Steinwurf von Cruces entfernt. Wer weiß, vielleicht hätte sie sich sogar gleich hier in Cruces niederlassen können, in einem der neuen Reihenhäuser in der Nähe vom Schwimmbad. Mit Garage fürs Auto, einem eigenen Garten und einem Dach mit viel mehr Schrägen als nötig. Wie gut wäre es auch ihr selbst dort gegangen, wenn sie die Frische der vier Quadratmeter Rasen einatmete, die sie täglich wässern würde. Vormittags würde sie sich um die Pflanzen ihrer Tochter kümmern und nachmittags ihren Kühlschrank mit Tupperdosen füllen. Aber nichts von alledem, das aufsässige Kind musste ja ans andere Ende von Spanien ziehen. Trotzdem seufzte die Mutter erleichtert, als Isabel mit dem Glas in der Hand aufstand und die gute Nachricht verkündete, denn wenn sie schon keine Stelle als Staatsbedienstete hatte und auch nicht in der Nähe lebte, so hatte sie doch zumindest schon ihr eigenes Zuhause. Sie würde das Geld nicht jeden Monat für die Miete rausschleudern. Sehr gut, sagte sie nach dem Essen zu ihr, und falls euer Unternehmen mal nicht mehr so gut läuft wie gerade, könnt ihr die Wohnung verkaufen und euch eine kleinere suchen.

Und in welcher Straße ist die neue Wohnung noch mal, Andrés? Das fragte der Vater seinen Schwiegersohn, mit einem Anislikör in der Hand. Im Paseo de Gracia, antwortete der. Paseo *des-gracia*? Daran erinnert sich Juan von jenem Abendessen, wie sein Vater den Namen verwurstete, um darin *desgracia*, das Unglück, unterzubringen. Sein Vater, glücklich wie ein kleiner Junge, der plötzlich ein lange verloren geglaubtes Spielzeug wiedergefunden hat. Den Rest des Wochenendes brachte er den Witz immer wieder. Erzählte jedem, dass seine Tochter und sein Schwiegersohn Andrés sich eine Wohnung in einer Straße namens Unglück kaufen würden.

Isabel dreht sich zu ihrem Bruder um.

»Weißt du, was meine Arbeit ist?«

»Ja.«

»Was denn?«

»Was soll der Quatsch, Isabel?«

»Was ist meine Arbeit?«

»Du bist eine erfolgreiche promovierte Biowissenschaftlerin. Du forschst.«

»Worüber forsche ich?«

»Irgendwelcher Mikrokram. Du siehst dir durch ein Mikroskop irgendwelche winzigen Dinge an.«

»Ich habe die letzten dreizehn Jahre meines Lebens damit verbracht, die Proteine zu untersuchen, aus denen Viruskapsiden gebildet werden.«

»In Gottes Namen, Isabel, worauf willst du verdammt noch mal hinaus? Ich bin tot.«

Isabel denkt, »Papa auch«, behält den Kommentar aber für sich.

»Vor neun Jahren haben Andreu und ich BioKapsid aufgebaut, um auf der Grundlage unserer Entdeckungen aus dem Laboratorium in Barcelona ein Patent zu entwickeln.«

»Ja, weiß ich. Mach's kurz.«

Aber Isabel macht es ganz und gar nicht kurz, sie erklärt ihm, dass ein Virus im Grunde genommen genetisches

Material ist, das in ein Kapsid aus Proteinen gehüllt ist. Ihr Tonfall ist plötzlich neutral geworden, was die Temperatur des Gesprächs abkühlen lässt. Juan schnaubt. Das Letzte, was er erwartet hatte, war eine Stunde Biologieunterricht. Isabel macht weiter, ignoriert das Gehabe ihres Bruders. Sie erzählt ihm, dass sie ein Werkzeug entwickelt haben, um die Kapsiden von ihrem infektiösen Genom zu leeren und so aufzubereiten, dass man an ihnen alle möglichen technologisch oder therapeutisch interessanten Proteine *anheften* kann, die man in den Körper einbringen möchte. Der Kontrast zwischen der vorherigen Spannung und dem didaktischen Ton des Vortrags verwirrt Juan, der schließlich aufgibt und sich setzt. Die Daten, die seine Schwester in einem so heiklen Moment bringt, sind derart präzise, dass er zu denken beginnt, dass sie vielleicht nicht durchgeknallt ist, sondern ihre technische Einführung – wofür auch immer – notwendig ist. Vielleicht gibt es einen Zusammenhang zwischen diesen leeren Kapsiden, ihrem Potenzial als Transportmittel und den mikroskopischen chemischen Veränderungen, die im Nervensystem ihrer Mutter stattfinden, denkt er. Sie wird ihm erzählen, dass sie den Schlüssel zu Alzheimer entdeckt hat und Andreu und sie durch BioKapsid dieser Krankheit die Tür zu ihrer Mutter und zu den Millionen Betroffenen weltweit verschließen werden. Deshalb geht das Unternehmen ab wie eine Rakete.

Auf der Straße sieht Andreu unablässig weiter auf die Uhr. Er weiß, was seine Frau zu tun versucht und dass sie Zeit braucht, aber je länger sie braucht, um die Angelegenheit mit ihrem Bruder zu klären, desto mehr wird er auf dem Weg zum Flughafen aufs Gas drücken müssen, was ihn langsam anfängt, nervös zu machen. Er fährt im Geiste die vor ihm liegende Strecke ab, und selbst in seiner Vorstellung herrscht rund um Madrid dichter Verkehr. Er geht die Formalitäten am Flughafen durch. Tastet in der Innentasche seines Jacketts nach den Bordkarten und den Papieren der Kinder. Kommt darauf, dass sie beim Zurückgeben des Mietwagens ein paar Minuten für die Überprüfung möglicher Schäden einplanen müssen. Er weiß nicht, was für eine Versicherung Isabel gebucht hat, daher beschließt er, Zeit zu gewinnen, indem er selbst das Fahrzeug in der Wartezeit schon einmal inspiziert.

Im Esszimmer erzählt Isabel Juan gerade, dass sie, sobald sie das Potenzial ihres Werkzeugs erkannt hatten, eine spezialisierte Anwaltskanzlei eingeschaltet und einen Antrag an das europäische Patentamt in München geschickt hatten, das sich um solche Angelegenheiten kümmert.

Der Stuhl, auf dem Juan sitzt, hat eine Rückenlehne und einen Sitz aus Leder, das über eine grobe Holzstruktur gespannt ist. Er sieht aus wie aus einem Mittelalterfilm mit knappem Budget. Es gibt sogar bronzene Käppchen, die die Köpfe der Schrauben verdecken. Von genauso einem Stuhl hat seine Schwester, die Molekularbiologin, sich eines Tages erhoben, das Glas in der Hand, und der Familie die Neuigkeit mit der Wohnung verkündet. Ebenso hat sie es gemacht, um sie alle mit der bevorstehenden Ankunft ihrer Söhne zu erfreuen. Juan erinnert sich nicht, dass sie bei irgendeinem Abendessen aufgestanden wäre, um zu verkünden, dass es ihnen gelungen ist, ein Virus von seinem schädlichen Kern zu trennen. Obwohl sie ihre Erklärung so didaktisch aufbaut, lässt die Müdigkeit ihn ab und an den Faden verlieren. Falls sich aus den Forschungsarbeiten seiner Schwester ein Medikament zur Bekämpfung von Alzheimer ergeben sollte, sagt er sich, sollte man es unbedingt *Xavirol* nennen. Wie diese Unternehmer aus der Boom-Zeit, die als Schrotthändler anfingen und am Ende eine Jacht in Puerto Banús hatten, am Bug die vergoldeten Namen ihrer ältesten Töchter: meine Juani, meine Lola, meine *cojones.* Ist es das, was seine Schwester ihm sagen möchte? Dass die schlechte Nachricht zwar ist, dass ihre Mutter eine schreckliche Krankheit hat, aber die gute, dass sie und ihr Mann, Don Geduldig, eine Lösung gefunden haben? Werden sie den Nobelpreis ihrem Vater oder ihrer Mutter widmen?

»Fass dich kurz, Isabel.«

»Ich fasse mich nicht kurz. Es reicht jetzt.«

»Na dann gut. Mach weiter mit deiner Belehrung.«

Juan will sich als Zeichen der Gleichgültigkeit entspannt zurücklehnen, aber der Stuhl ist so gerade, dass es ihm nicht gelingt.

»Unsere Kapsiden«, spricht sie weiter, »haben ein enormes Potenzial. Theoretisch könnten sie alle möglichen Proteine in den Körper einbringen, was bislang undenkbare Möglichkeiten für die Heilung Hunderter Krankheiten eröffnet. Aber damit dies geschehen kann, braucht es noch mehr Geld und Weiterentwicklung. Vor drei Jahren hat uns auf einem Kongress in Hamburg ein amerikanisches Laboratorium angesprochen, das seit den Siebzigerjahren an Viren forscht. Das Angebot, das sie uns etwas später gemacht haben, war umwerfend.«

Endlich ein Adjektiv, das nicht einem wissenschaftlichen Artikel entnommen ist.

»Sie haben uns das Patent abgekauft, unter der Bedingung, dass wir diejenigen sind, die den Technologietransfer machen.«

»Wie bitte?«

»Wir müssen ihnen alles übermitteln, was wir über unser Werkzeug wissen, und das ist viel. Und dafür müssen Andreu und ich mindestens ein Jahr lang in ihrem Firmensitz in Williamsburg in Virginia arbeiten. Wenn alles gut läuft, müssen wir uns über Geld nie wieder Gedanken machen.«

»Das klingt gut, Isabel. Ich gratuliere euch.«

Diesmal ist kein Spott in Juans Tonfall. Sie muss nicht weiterreden. Das letzte Stück ist aufs Brett gefallen und passt in die Lücke. Jetzt ergibt das Puzzle einen Sinn.

»Du möchtest weggehen, ist es das, was du mir zu erzählen hattest?«

»Wir hätten schon vor etlicher Zeit gehen sollen, aber Andreu, die Jungen und ich saßen in Barcelona fest, weil niemand da war, der sich um Papa und Mama gekümmert hätte.«

Dieser *niemand* ist das Epizentrum des Konflikts. Alles, was Isabel jahrelang empfunden hat, der alte Groll, die eigene körperliche Erschöpfung. Alles dreht sich rund um diesen *niemand*.

»Du hast ja keine Ahnung, wie oft ich nach Cruces gekommen bin, seit du im Ausland lebst. Du wirst mir sicher sagen, dass es ihnen in den Jahren, als du noch hier warst und bei Papa gearbeitet hast, vor deinem Weggang nach Schottland, gut gegangen ist.«

»Ja. Ich hatte nie den Eindruck, dass es ihnen schlecht geht. Sie wurden älter, aber sie waren nicht allzu schlecht dran.«

»Der Krebs, der Papa am Ende umgebracht hat, fing an, als er in Getafe arbeitete. Die Asbestose durch Asbestexposition ist die Hauptursache für das Mesotheliom, das er hatte. Ich wusste schon im zweiten Studienjahr, dass Papa so sterben würde. Er hat lange durchgehalten, bedenkt man die vielen Jahre dann noch in der Türenfabrik.«

Der Ton des Gesprächs beruhigt sich allmählich. Es mäßigt den Ton, wenn man in einem derart angespannten, hochemotionalen Kontext Konzepte wie Kapsiden, Proteine oder Technologietransfer einführt.

»Dann erzählst du mir also gerade, dass du jetzt, wo Papa nicht mehr ist, in die USA gehst, trotz Mamas Alzheimer.«

Isabel hat keine Kraft mehr, um gegen dieses *trotz* anzukämpfen. Wenn Juan über den Satz nachgedacht hätte, hätte er diesen Ausdruck, den sein Unbewusstes ihm serviert hat, nicht verwendet. Dieses *trotz* ist ein Vorwurf, den Juan sich nicht erlauben kann. Kurze Pause von Isabel. Bauchatmung. Ruhiger und entschlossener Tonfall.

»Ja, wir gehen. Es wird nicht länger als für ein Jahr sein. Mamas Prozess wird zu Beginn langsam sein. Auch wenn er sich beschleunigen könnte. Zunächst wirst du nur ein bisschen Vergesslichkeit bemerken, kleine Dinge ohne Bedeutung, wie es bei ihr schon seit Langem immer mal wieder vorkommt, zunehmende Schwerfälligkeit bei den Bewegungen, vielleicht mal irgendwie exzentrisches Benehmen.«

»Soll heißen, dass ich mich allein um sie kümmere?«

Isabel nickt.

»Ich werde zwei oder drei Mal nach Spanien kommen, vielleicht auch öfter, aber für den Alltag wirst du allein zuständig sein.«

Juan hebt die Augenbrauen. Seine von roten Äderchen durchzogenen Augen weiten sich. Das Herz hämmert in seiner Brust. Ein heißes Gefühl steigt von seinen Fersen die Beine hoch. Er schnaubt.

»Ich habe ein Rückflugticket nach Edinburgh für nächste Woche. Was ist damit? Ich hatte gehofft, wir könnten eine Lösung finden.«

»Meinst du eine Haushaltshilfe aus der Dominikanischen Republik?«

»Ich weiß nicht, ich habe noch nicht darüber nachgedacht. Ich wollte zuerst mit dir darüber reden, aber vermutlich wäre so etwas das Beste.«

Jetzt ist es Isabel, die die Backen aufbläst und dann die Luft ausstößt. Der Strom aus ihrem Mund lässt ihre Lippen beben. Vor dem Treffen mit ihrem Bruder hat sie eine große Entspannungsübung gemacht, in der Zeit, die zwischen dem Essen und seiner Rückkehr aus der Bar vergangen ist. Sie hat sich in ihr altes Zimmer geflüchtet und geweint. Dann hat sie sich bemüht, die Ruhe in ihrem Inneren zu finden, genau wie ihre Yogalehrerin es ihr immer in Erinnerung ruft. Obsessive Gedanken von sich fernhalten, die nicht bloß, weil sie obsessiv sind, notwendigerweise irrational oder unwichtig sind. Versuchen, sie aus dem Weg zu schaffen, genau wie ihre Meinung über Juan, und weg auch mit den Reibereien der vergangenen Stunden, seit ihr Bruder gelandet ist. Tief in den Bauch atmen, bis acht zählen, auf ihrem Jugendbett sitzend, während ihr Mann das Auto belädt und ihre Kinder die letzten Momente mit ihrer Großmutter verbringen, bevor sie den Kontinent wechseln. Ins Bad gehen, sich im Spiegel betrachten, der vom bunten Schein durch ein Oberlicht erhellt wird. Sehen, wie ausgezehrt von Erschöpfung und Schlafmangel sie ist, vor allem aber durch den ständigen Alarmzustand. Die von außen wie innen auferlegte Verantwortung, für jemanden zu sorgen, als ginge es um einen selbst, aber man ist es nicht selbst. Wenn Juan mit Germán um drei Uhr gekommen wäre, hätten sie zusammen essen können. Diese winzige Geste wäre Balsam für ihre Seele gewesen. Beim Essen wäre Zeit gewesen, das Alltägliche hätte helfen können, eine Weile lang die Tragödie zu vertreiben. Sehr lecker das Hühnchen, Isabel. Schön knusprig die Pommes, Großmutter. So viele Leute bei der Beerdigung, das hätte Papa gefallen. Weißt du noch, Juan, als er uns dieses Baumhaus in dem großen Olivenbaum gebaut hat? Verzagtes Lächeln als Öl auf einem verrosteten Getriebe. Und ihm dann das sagen, was sie ihm zu sagen hatte, nach dieser gemeinsamen Zeit, der einzigen in zwei Tagen. In mehreren Jahren. Die Großmutter mit den Kindern auf der Veranda, Andreu als Komplize, der die Teller abräumt und Bruder und Schwester Kaffee bringt. Aber Juan ist nicht um drei gekommen, und auch nicht um vier oder um fünf. Juan ist zu Hause aufgeschlagen, als ihnen gerade noch zwanzig Minuten bis zur Abfahrt zum Flughafen blieben. Wenn er noch ein bisschen später gekommen wäre, hätte er es am Telefon erfahren, was Isabel als unerträglich empfunden hätte. Den Stier packt man bei den Hörnern. Man muss an Ort und Stelle sein, muss mitbekommen, was geschieht, und sich schmutzig machen oder auch verletzen, wenn nötig. Man muss sich kämpfend auf dem Boden wälzen, muss brüllen, um die Angst zu verjagen, sich Stimme und Fäuste kaputtmachen bei der Verteidigung dessen, was man liebt. Sie hätte Juan an der Hand genommen, von der Vorspeise bis zum Kaffee, sie hätte ihn vorbereitet.

Hätte eine Sanftheit angewendet, die ebenso typisch für sie ist wie ihre Wutausbrüche. Aber Juan ist nicht rechtzeitig gekommen, damit all das hätte geschehen können. Und als er schließlich kam, stank er nach Alkohol. Hat ihnen allen seine Prioritäten gezeigt: erst die von draußen, dann die drinnen.

»Du denkst wohl, wenn Mama das Haus sauber hat, ihr das Essen gemacht wird und mittags jemand mit ihr eine Runde rausgeht, fühlt sie sich erfüllt und glücklich.«

»Ich könnte es einrichten, häufig herzukommen.«

»Wozu? Damit du ihr das Essen machst statt der Haushaltshilfe? Wirst du ihre Hand nehmen und sie streicheln, wenn sie zittert? Wirst du mit ihr in ihrem Zimmer schlafen, um sie zu beruhigen, wenn sie nachts aufschreckt? Wirst du ihr geduldig und liebevoll die Unterwäsche wechseln, wenn sie sich zum dritten Mal am Tag vollgeschissen hat? Wirst du die Stimmungsschwankungen ertragen, die sie von jetzt an haben kann?«

Juan bleibt still. Unvorstellbar, dass er sich vor einem Weilchen noch so schläfrig gefühlt hat. So schwer vom Alkohol und der Müdigkeit.

»Ich kann nicht mehr, Juan. Ich habe auch ein Recht, meinen Weg zu gehen, wie du es immer getan hast, ohne dich um irgendwen außer dir selbst zu kümmern. Hast du mich vielleicht gefragt, was es zu Hause brauchte, als du von einem Tag auf den anderen beschlossen hast, dass du nach Schottland ziehen würdest? Nein. Du hattest diesen Streit mit Papa, ihr habt einander richtig wütend gemacht, und der Krach schien dir dann schon Rechtfertigung genug für alles. Du hast den Koffer gepackt, und adiós.«

Dieser Tag schmerzt Juan immer noch. Er hat den

Schmerz mit der Exotik des Nordens überdeckt, mit der täglichen Entdeckung eines neuen Landes, einer schönen Stadt, einer Sprache. Und wenn er so lange nicht mehr geschlafen hat, dann nicht nur wegen der Unbequemlichkeiten der Reise. Als er den Anruf seiner Schwester mit der Nachricht vom Tod des Vaters bekam, dachte er zuallererst an den Tag, an dem sie sich gestritten hatten, und dass es nun keine Möglichkeit mehr gab, etwas daran zu ändern, was sie sich damals gesagt hatten. Juan holt Luft. Er bedenkt die Worte, die er als Nächstes sagen wird. Er ist nicht imstande, die Implikationen zu verstehen, die seine Frage beinhaltet.

»Warum hast du mich nicht früher angerufen?«

Isabel zwingt sich zu einem Lächeln, das eher eine Grimasse wird. Sie hat keine Energie mehr, ihrem Bruder weiter das vorzukauen, was er braucht. Die Zeit der Geduld hat ein Ende erreicht.

»Zunächst einmal, Juan, hätte es gar nicht nötig sein müssen, dass ich dir über irgendwas Bescheid gebe. Vor zwölf Tagen, als sie ihm Sauerstoff für zu Hause verordnet haben, hättest du anfangen müssen, nach einem Ticket zu schauen.«

»Ich wusste nicht, dass es so ernst ist.«

»Weil du nicht hier warst. Aber ich habe es dir immer wieder gesagt. Ich habe Krebs gesagt, und Tumor und Mesotheliom und Sauerstoff. Das alles habe ich gesagt. Findest du das unklar?«

Sie sucht in ihren Taschen und zieht ihr Mobiltelefon hervor. Sie entsperrt es, fährt nervös mit dem Finger darüber und sucht etwas.

»Das ist nicht nötig, Isabel. Ist nicht nötig.«

»Was hast du noch gebraucht, um es zu checken?«

»Ich habe mich getäuscht. Es war nicht das erste Mal, dass sie ihm Sauerstoff verordnet haben, und am Ende ging es ihm dann doch immer wieder besser und er hat ihn nicht mehr gebraucht.«

Juan würde gern wieder zurück auf Anfang gehen. Zu dem Moment, als seine Schwester ihn gefragt hat, was ihre Arbeit ist. Juan würde seinerseits fragen: Weißt du, was meine Arbeit ist? So ungefähr. Zuerst Teller abwaschen und Salate zubereiten für weniger als acht Pfund die Stunde. Mit Trinkgeld an einem Wochenende des Six Nations auch mal neun Pfund. Ich habe drei Jahre in Schottland in einer Küche verbracht, und seit ein paar Monaten bin ich endlich Gärtnergehilfe im Botanischen Garten. Das ist mein Beitrag zur Heilung von Alzheimer. Und du fragst dich sicher, Isabel, ob diese Arbeit so wichtig ist, um deswegen Eltern in den letzten Jahren ihres Lebens zu vernachlässigen? Die Antwort ist Nein. Ich bin nicht dort, um mir eine brillante berufliche Zukunft zu schaffen oder ein Vermögen zu machen, wie ihr das anscheinend tut. Ich habe die letzten Stunden in Freiheit ausgereizt, weil ich wusste, dass es irgendwann so kommen würde. Und ich wusste auch, oder meine Zellen wussten es und ich wollte es nicht so recht anerkennen, dass du da sein würdest. Und ja, ich habe dich ausgenutzt.

»Ich sehe, dass Andreu draußen auf dich wartet, weil ihr heute zusammen nach Barcelona fahrt.«

»Ja.« Isabel blickt aufs Handy. »Tatsächlich geht unser Flug in dreieinhalb Stunden, und wir müssen noch den Wagen am Flughafen abgeben.«

»Und dann Massachusetts?«

»Virginia.«

»Richtig.«

»Wenn wir schnell mit den Dingen sind, die in Barcelona noch zu regeln sind, können wir in zwei Wochen da sein.«

Jetzt ist es Juan, der tief Luft holt. Er braucht allen Sauerstoff, den er in diesem Haus bekommen kann, das wieder sein Zuhause werden wird. Er ist außerstande, die Druckwelle von dem einzuschätzen, was da gerade explodiert ist. Für den Augenblick ist ihm schon klar, dass er das halbe Blatt mit der Flugreservierung in seiner Tasche nicht wird nutzen können. Nichts damit, in sein geliebtes Edinburgh zurückzukehren, in die kühle Freiheit, die der Wind zwischen den Blättern der Ahornbäume hindurchbläst, zu den Spaziergängen und der friedlichen Vertrautheit des majestätischen Botanischen Gartens, in dem er arbeitet.

»Hast du mit dem Weggehen gewartet, bis Papa stirbt?«

Die Frage ist ein Messer, dem Isabel nicht ausweichen kann.

»Ja.«

»Und gehst du ruhigen Gewissens, obwohl Mama Alzheimer hat?«

»Nein.«

»Aber du gehst.«

»Ja.«

Es klopft an der Tür, und ohne dass einer von ihnen Herein sagt, geht sie auf. Es ist Andreu. Isa, sagt er, wir müssen jetzt sofort los. Ja, antwortet sie, steht auf und geht zur Tür. Juan steht auch auf. Sie blicken sich an. Das ist alles, sagen ihre Augen. Nein, das ist nicht alles, sagen seine.

»Ich habe verstanden, was du mir gesagt hast. Aber eins verstehe ich nicht. Seit wann wusstest du, dass er unweigerlich sterben würde? Dass es kein Zurück mehr gab? Du bist promovierte Biowissenschaftlerin. Du weißt, wie die Zellen funktionieren, nehme ich mal an.«

»Papa hat vor zwölf Tagen Sauerstoff für zu Hause bekommen. Ich bin samstags gekommen. Am Dienstag waren wir beim Onkologen, der ihn in den letzten Monaten behandelt hat. An dem Tag hat er ein CT gemacht, und während Papa und Mama in der Krankenhauscafeteria etwas getrunken haben, habe ich mit ihm gesprochen. Er hat mir gesagt, dass die Pleuraverdickung signifikativ zugenommen hatte. Es war eine Frage von Tagen.«

»Wenn das so klar war, warum hast du es mir dann nicht in dem Moment gesagt? Ich wäre rechtzeitig gekommen, um mich von ihm zu verabschieden.«

»Es tut mir leid, Juan. Es tut mir wirklich leid. Ich war sehr wütend auf dich und sehr müde. Ich hatte Angst, dass du mich nicht ernst nehmen würdest, dass du das Ganze herunterspielen würdest. Wie damals, als er die Krebsdiagnose bekommen hat und du so viele Tage gebraucht hast, um hier aufzutauchen. Das tut mir immer noch weh.«

Juans Augen platzen beinah. Zwischen Lidern und Hornhaut halten sich feuchte Beutel in prekärem Gleichgewicht.

»Es tut mir leid, Juan. Ich habe mich geirrt. Ich wollte nicht riskieren, dass du mich noch einmal enttäuschst. Nicht diesmal. Wenn du, obwohl ich es klar gesagt hätte, nicht den ersten Flug genommen hättest, hätte ich dich für immer verloren.«

16

Am Tag nach der Beerdigung seines Vaters und der Abreise seiner Schwester steht Juan sehr spät auf. Er hat dreizehn Stunden am Stück geschlafen. Er duscht mit kaltem Wasser in dem einzigen Badezimmer des Hauses. Ein fensterloser Raum, erhellt durch ein Oberlicht, das der Vater in ihrer Kindheit eingebaut hat. Juan blickt zur Decke. Diese bunten Glasscheiben mit floralen Reliefs waren irgendwann einmal in Mode. Jetzt ist der – ebenfalls vom Vater gebaute – grobe Holzrahmen aufgequollen von der Feuchtigkeit, die er im Lauf der Jahre aushalten musste. Die Eckfugen sind verrutscht, und von den Leisten, die die Scheiben halten, blättert die Farbe ab. Er erinnert sich an die Winter seiner Jugend, wenn er vom Training zurückkam. Hier duschte er, hinter demselben Vorhang, oder einem sehr ähnlichen. Er musste sich beeilen, denn wenn er sich länger als gebührend von dem heißen Wasser liebkosen ließ, klopfte es gleich an der Tür zur Erinnerung, dass die Gasflasche zur Neige ging. Dasselbe bei Benutzung des Telefons, bei brennenden Lampen, beim Motor vom Traktor, beim Wasserschlauch im Hof, beim Brennholz. Es geht zur Neige, sagten sie. Es fällt nicht vom Himmel. Es quillt nicht aus den Schubladen. Wir haben keine Gelddruckmaschine. Bei seiner visuellen Untersuchung des Oberlichts erspäht er das Ende eines durchsichtigen Rohrs, das durch ein Loch im Rahmen ragt. Es ist eine Drainage, die der Vater irgendwann angebracht hat, um die Feuchtigkeit aus dem Zwischenraum zwischen dem Oberlicht und dem Wellblechdach auszuleiten. Der Anblick dieses kleinen Rohrs versetzt ihn direkt an einen ganz bestimmten Tag seiner Jugend. Es war ein Winterabend, sie trainierten an einer Straße in Torrijos, die von Laternen beleuchtet war. Er erinnert sich nicht, in welchem Moment der Saison es war, aber sie bereiteten sich wohl gerade für irgendeinen wichtigen Wettkampf vor, denn es fing an zu regnen und sie brachen das Training nicht ab. Von den vielen Hundert Nachmittagen, an denen er trainierte, erinnert er sich nur bei diesem einen an sehr konkrete Details. Sie liefen gegen den Regen an, die Beine klatschnass, die Klamotten klebten am Körper, die Turnschuhe trieften, die Kälte konnten sie nur bekämpfen, indem sie noch schneller liefen. An diesem Tag fuhr Raúl, der Trainer, ihn mit dem Auto zurück nach Cruces. Er kam völlig durchgefroren zu Hause an und blieb ziemlich lange unter dem heißen Wasser stehen, bis seine Mutter, sicher nachdem sie schon mehrfach an die Tür geklopft hatte, schließlich ins Bad kam, den Vorhang mit einem Ruck beiseitezog und selbst den Wasserhahn zudrehte. Nackt wie er ist, schaudert ihm bei der Erinnerung an die Scham, die er an jenem Tag empfand. Sein plötzlich bloßgestellter jugendlicher Körper, dem Gewalt angetan worden war. Seine Mutter ging wieder und schloss die Tür hinter sich, und er blieb still in der Wanne stehen, bis er eiskalte Wassertropfen aus dem Rohr auf seine Haut tropfen spürte. Die chinesische Wasserfolter. Dieses Rohr ist immer noch da, jetzt tropft daraus die Vergangenheit. Ein gewöhnliches

Plastikrohr, das in seinem Kopf eine Schnittstelle ist, an der sein fünfzehnjähriges Ich seinem gegenwärtigen Ich begegnet; seine cholerische Mutter ihrer kraftlos gewordenen Version; die nachlässige Art seines Vaters, Dinge zu erledigen, seiner eigenen.

Er tritt in den Flur, ein Baumwollhandtuch um die Hüfte gewickelt. Es ist so klein, dass es kaum reicht. Der Flor des Gewebes, sollte es den einmal gegeben haben, ist mittlerweile inexistent, deshalb hat Juan es eher zum Bedecken als zum Abtrocknen genommen. Er denkt an die Handtücher bei sich zu Hause: dick, flauschig, gut trocknend. Neu. Er spürt den kühlen Terrazzoboden unter seinen nackten Fußsohlen. Am Ende des Flurs steht, genau wie vor zwei Tagen, als er seine Schwester und seine Mutter mit der Strickjacke kämpfen sah, die Haustür offen. Wie in jenem Moment ist das hereinfallende Licht strahlend hell. Er weiß nicht, wie viel Uhr es ist, aber vermutlich spät. August im Herzen der Iberischen Halbinsel.

Im Schlafzimmer zieht er die Jalousie am Fenster hoch, das auf den engen Seitengang hinausgeht, der den vorderen mit dem hinteren Hof verbindet. Er öffnet einen Fensterflügel, spürt die laue Luft. Es muss wohl zwölf oder ein Uhr mittags sein. Er trägt seinen Rucksack zum Bett und schüttet den Inhalt darauf aus, zeichnet damit die Karte dessen, was seine kurzfristige Zukunft hätte sein sollen. T-Shirts, Unterhosen und Socken für etwas weniger als eine Woche. In diesem kargen Bild liegen seine Absichten und seine Wünsche. Wenige und leichte Kleidung. Auch der Rucksack ist leicht, dazu ein nicht sehr dickes Buch. Im Kulturbeutel Zahnbürste und Zahnpasta, nicht viel mehr. Es sieht aus wie das Gepäck eines Stoikers.

Er zieht sich frische Unterwäsche und die kurze Hose an und leert dann die Taschen seiner Jeans auf dem Bett aus. Sein kleines Lederportemonnaie, der Kassenzettel von dem Sandwich, das er sich am Flughafen in Edinburgh gekauft hat, und der Überrest von seiner Reservierung für den Rückflug. Er faltet das halbe Blatt auseinander, heftet es an die Korkpinnwand und verlässt das Zimmer.

Die Küche ist aufgeräumt, die Kaffeekanne steht auf dem Herd. Er geht hin und fasst sie an. Sie ist kalt. Er öffnet den Deckel und sieht auf dem Grund etwas schwarze Flüssigkeit. Seine Mutter muss wohl sehr früh Kaffee gemacht haben, denkt er. Juan weiß nicht, dass sie gar keinen Kaffee trinken darf wegen ihres Bluthochdrucks. Er weiß auch nicht, dass in dem Tablettencocktail, den sie jeden Tag nimmt, zwei Enalapril dabei sind, eine morgens und eine abends, die ihr helfen, den Druck in den Arterien zu kontrollieren. Auf der Suche nach etwas Essbarem geht er zum Kühlschrank. An der Tür hängt, festgepappt mit einem Werbe-Magneten, ein gefaltetes Blatt, auf dem in der Handschrift seiner Schwester sein Name geschrieben steht. Hier ist Isabels Gnadenstoß, sagt er sich. Ein Rüffel, der zeitverzögert zündet. Er öffnet es:

Mama hat am Montag, 30. August, um 9.30 h einen Termin beim Arzt. Doktor García Colchero, Sprechzimmer 14 für Kardiologie im Ärztezentrum in Toledo. Ihre Papiere sind in einer blauen Mappe im Bücherregal im Wohnzimmer.

Eine reine Anweisung, ohne hinzugefügte Urteile. Ohne irgendeine andere erkennbare Absicht, als ihn über eine anstehende Aufgabe zu informieren. Keine Gruß- oder Abschiedsfloskel. Die Art von Nachricht, die Ehepaare einander hinterlassen, die zu verschiedenen Zeiten arbeiten und die letztlich von dieser – scheinbar unschuldigen – kommunikativen Funktionalität begraben werden. Er hängt das Papier zurück an seinen Platz, aber aufgefaltet. Er möchte den Termin präsent haben, der, das entgeht ihm nicht, für drei Wochen nach dem Rückflugdatum vereinbart ist, das auf seiner Flugreservierung steht. Isabel konnte nicht wissen, wann er vorhatte, nach Edinburgh zurückzufliegen, aber sie wusste sehr genau, dass nicht sie sich um diese Aufgabe kümmern würde. Er macht die Kühlschranktür auf und erwartet, zur Stillung seines Hungers auf ein einsames Stück Wurst zu stoßen, aber zu seiner Überraschung ist darin kaum ein freies Eckchen. Es gibt Tupperdosen mit vorgekochtem Essen, Bier, Joghurt, Milch, Karamellpudding, Salat, einen großen Blumenkohl, Zucchini, Tomaten. Es gibt sogar frischen Fisch: vier in Alufolie gewickelte Stücke Seehecht. Er nimmt eine Packung gekochten Schinken raus und schließt die Tür.

Seine Mutter ist im Hof, sie werkelt an den Geranien. Neben ihr kaut Laika am Griff einer Maurerkelle, die die Mutter zum Auflockern der Erde benutzt. Und da ist noch eine eiserne Gießkanne, groß wie ein Eimer. Juan bleibt im Haus, beobachtet sie. Sie sieht für ihn nicht aus wie die zerbrechliche Frau, die er vor ein paar Tagen bei seiner Ankunft angetroffen hat. Vielleicht weil sie nicht mehr einen Teil des Paars Mutter-Tochter bildet, das er die ganze Zeit über gesehen hat. Das Fehlen fortwährender Hilfe verleiht der Frau eine neue Kraft. Wer sagt, dass Isabel nicht eine Last für sie ist? Dass sie mit ihrer ständigen vorauseilenden Sorge die Mutter nicht daran gehindert hat, ihre eigenen Lösungen zu finden? Zum Beispiel die Strickjacke mit Futter. Vielleicht hatte sie das in irgendeinem Winter selbst eingenäht, damit die Jacke wärmer wurde.

Wenn man sie aufmerksam beobachtet, fallen kleine Ungeschicklichkeiten auf, aber abgesehen von diesen Details, die gut einfach nur am Alter liegen könnten, an der Erschöpfung der vorangegangenen Tage, der Arthrose oder der Gefühlsachterbahn rund um die Beerdigung, ist ihr Erscheinungsbild gepflegt. Von dort aus, wo Juan steht, kann er nicht erkennen, dass ihr Kleid falsch zugeknöpft ist. Er sieht sie einfach nur Blumentöpfe von einem Platz zum anderen bewegen. Die Schusterpalmen in den Schatten, die von den vertrockneten Blättern befreiten Geranien permanent geschützt gegen die Schmetterlingslarven, die ihre Stängel aushöhlen. Auf Hochzeitsreise waren die Eltern nach Santiago de Compostela gefahren. Sie wäre lieber nach Portugal gereist und hätte die Gelegenheit für einen Zwischenstopp in Aldeanueva und einen Besuch bei ihren Eltern genutzt, die damals noch in der Getreidemühle wohnten, wo sie aufgewachsen war. Wenigstens eine Nacht in ihrem Dorf verbringen, auf der Hin- oder auf der Rückreise, und Lissabon und Estoril besuchen, Städte, die für sie königliche Pracht verkörperten. Aber ihr Mann hatte sich darauf versteift, nach Galicien zu fahren. Ihre Mutter starb zwei Jahre später, und der Vater überlebte sie nur um sechs Monate. An dem Tag, an dem sie den Anruf erhielt, mit dem ihr der Tod ihrer Mutter mitgeteilt wurde, rebellierte sie zum letzten Mal gegen ihren Mann.

Nach Galicien fuhren sie für sieben Tage, waren aber am vierten schon zurück. Von jener Reise brachte die Mutter die Perplexität mit, nicht genau zu wissen, was sie mit ihrem nackten Körper anstellen sollte, den Schmerz, den die ungeschickten Annäherungsversuche ihres frisch angetrauten Ehemanns ihr verursacht hatten, und einen Blumentopf mit einer Hortensie. Der Frau fiel keine bessere Art ein, die Verunsicherung, die ihr neues Leben als Verheiratete in ihr hervorrief, zu bekämpfen, als zu versuchen, jene wundervolle Pflanze weiter großzuziehen. Sie dachte, sie könnte die üppigen Hortensiensträucher nachstellen, die sie eingelassen in die Steinmäuerchen der galicischen Häuser gesehen hatte. Einige Wochen lang hatte sie den Topf auf der Terrasse ihrer Wohnung in Getafe, bis ihr eines Tages klar wurde, dass das nicht der richtige Platz für sie war. Am nächsten Wochenende, als sie nach Cruces fuhren, nahm sie den Topf mit. Sie achtete sorgsam darauf, ihn ein paar Wochen auf der Veranda zu behalten, damit die Pflanze sich an dem neuen Ort akklimatisierte. Als sie sie endlich ins Blumenbeet setzte, montierte sie darüber einen Schattenspender aus ein paar Stöcken und einem Stoffrest. Sie gab ihrem Schwiegervater Anweisung, wie die Pflanze ihrer Überzeugung nach gewässert werden sollte, wenn sie nicht da war, und erwartete fortan die Freitage mit einer neuen Vorfreude. Aber trotz der sorgfältigen Pflege von ihr wie auch von ihrem Schwiegervater verloren die Blüten an Farbe, als die harte Phase des Sommers kam, und vertrockneten schließlich. Daran würde sich die Mutter im Lauf ihres Lebens oft erinnern. Wie sie bei ihrem Versuch gescheitert war, diese Blume weiterzuziehen, die durch ihre Größe und Schönheit ihre bisherige Idee von einer Blume – kleiner, kräftiger, zählbar – sublimierte. Mit dieser Geschichte kam sie in den unerwartetsten Momenten an, während sie einen Socken stopfte oder Erbsen pulte. Sie machte das so, unbewusst, denn auf diese Weise waren ihre Hände beschäftigt und der Blick auf die Aufgabe konzentriert. Eine Art so gut wie jede andere, um die Gefühle im Zaum zu halten. Wenn sie sich völlig der Erinnerung an jenen Versuch und das spätere Scheitern hingegeben hätte, wäre vielleicht die eine oder andere Träne geflossen. Diese galicischen Hortensien, sagte sie, wie hübsch hätten die sich in den Beeten gemacht.

Isabel war es, die dafür Sorge getragen hat, ihr jedes Jahr an Weihnachten und zum Geburtstag irgendeine neue Pflanze zu schenken. Petunien, Gladiolen, Chrysanthemen, Rosen, Margeriten und sogar eine Orchidee. Nur in einem Jahr, als Juan nach dem Studienabschluss als Kellner in Madrid jobbte, brachte er ihr am Dreikönigstag ein Geschenk mit. Er wählte einen Bonsai, den er im letzten Moment beim Corte Inglés gefunden hatte. Ihm kam die Miniatur so delikat vor, dass er keinen Zweifel hatte, dass sie für eine Pflanzenliebhaberin wie seine Mutter das höchste aller Geschenke sein würde. Das Bäumchen stand in einem flachen Topf aus glasiertem Ton und wurde mit einer Stutzschere geliefert, beides mit einer falsch antiken Patina aus der japanischen Kaiserzeit. Doch das Bäumchen brauchte eine Pflege, die zu gewähren sie nicht vorbereitet war. Die Frau verstand weder, wie sie es gießen musste, noch wie oder wann sie es zurückschneiden musste. Die geringe Tiefe der Pflanzschale, in der das Bäumchen wuchs, verunsicherte sie.

Sie verstand auch nicht, dass der Genuss, diesen Baum zu pflegen, sich daraus ableitete, ihn im Miniaturformat zu halten, denn das war genau das Gegenteil von dem, was sie anstrebte, wenn sie ihre Töpfe hegte. Den Pflanzen Energie zuführen, damit sie erblühten und so ihren Zyklus vollendeten. Graben, düngen, beschneiden oder ausräuchern als Mittel, um zu einem Höhepunkt zu kommen, der nichts anderes als die Blüte sein kann. Daran ergötzt die Mutter sich und fühlt sich erfüllt. Ohne ihre sorgfältige Pflege gibt es keinen Platz für diese Schönheit. Die Blumen, abgesehen vom Färberwaid und den Mohnblumen, die wie Unrat häufig am Wegesrand anzutreffen sind, kommen nicht aus dem Nichts und erscheinen auch nicht durch Beschwörung in ihren Beeten. Sie ist es, die sie hegt und pflegt, und ihnen kann sie sich vollkommen hingeben, weil sie sie nicht beurteilen und auch nicht belasten. Im Gegenteil, sie zeigen sich prachtvoll und dankbar. Im Mai füllt der Jasmin am Brunnen den Hof mit seinem süßen Duft. Die Bougainvillea durchbricht die Ockertöne der Meseta mit einer fuchsiaroten Explosion, die den Blick der Vorübergehenden vom Platz auf sich zieht.

Die Frau steht, sie arbeitet an einem der Pflanztöpfe an der Wand, einen Strohhut auf dem Kopf. Juan hat in diesem Moment keine Vorstellung davon, dass seine Mutter sich in zwei Richtungen bewegt. Einerseits wirkt die Alzheimer-Erkrankung wie eine Schwerkraft, die sie herabzieht, in Richtung Vergesslichkeit und Ungeschicklichkeit. Ihr Gehirn ist ein Sieb, durch das die frischen Ereignisse rutschen, nicht jedoch die früheren. Die Zeit misst dem Fernen Bedeutung zu. Kindheitserinnerungen, unerfüllte Wünsche. Ein Blechspielzeug am Fuß einer rissigen Lehmwand; der riesige Mühlstein der Mühle, die ihr Vater bewirtschaftete; das Wasser aus jener schattigen Schlucht; ihre Reiselust, der sie nicht nachgehen konnte; die Nähe, die sie sich immer zu ihren Kindern gewünscht hatte, und zu der es nicht kam; die tägliche Anwesenheit der Enkel, die sie nur alle Jubeljahre sieht. Das ist ein Schmerz, den nicht einmal sie selbst erkennt, und den sie sich erst recht nicht erklärt: dass man ihr den kristallklaren Quell der Kinder genommen hat. Dass sie nicht von ihrer atomgleichen Liebe trinken kann, die mit ihren Partikeln alles durchdringt, weil darin keine Spur von Vorwurf liegt.

Die andere Kraft, die auf die Frau wirkt, geht in die entgegengesetzte Richtung, ist aber vergleichbar stark. Der Tod ihres Mannes wird für sie eine Erleichterung bedeuten. Wie bei den alten Fesselballons, die zur Regulierung der Höhe außen am Korb befestigte Sandsäcke abwerfen müssen. Auch das weiß sie nicht, sie ahnt nicht einmal, dass sie es empfindet. Sie ist in Trauer. Das ist, was sie zu tun hat. Sich still um ihre Geranien kümmern, denn das Leben geht weiter, ohne sich den Gedanken zu erlauben, dass sie ihre Ehejahre im Korb eines Heißluftballons verbracht hat, an dem keine mit Sand, sondern mit Steinen gefüllten Säcke hingen. Und jetzt wacht Juan auf und trifft sie im Hof an, mit energischeren Gesten als denen, die sie in den vorangehenden Tagen gezeigt hat, und hat das Gefühl, dass seine Schwester ihn betrogen hat. Er sieht, dass die Frau eine beträchtlich große Gießkanne hin- und herschleppt, statt im Bett zu liegen, tief getroffen von der Tragödie, ihren Ehemann verloren zu haben. So schlimm ist es gar nicht, sagt er sich und erinnert sich zuerst an seinen Schwager und dann an seine Schwester, wie sie die Nachricht von der Erkrankung der Mutter mit Schwere aufluden. Wenn es das ist, was mich erwartet, denkt Juan, gibt es noch eine Lösung. Er weiß nicht so recht, was er zu tun hat, um alles gut zu regeln, wohl aber, dass bis zum nächsten Dienstag, dem Tag, für den er seine Rückreise geplant hatte, nicht genug Zeit sein wird. Er wird im Botanischen Garten anrufen müssen.

17

Sie essen in der Küche. Juan trinkt dazu Wein von der Genossenschaft, seine Mutter Leitungswasser. Die Frau hat den Seehecht gebraten, den Isabel im Kühlschrank gelassen hatte, und als Beilage gibt es einen Kopfsalat aus der Gegend. Juan beobachtet sie. Seine Mutter hat immer mit einer gewissen Gier gegessen. Vom Fisch greift sie zum Brot und dann zum Wasser, ohne Ablenkung oder Pausen. Ohne Kommentar. Ihre Augen glänzen, sie leckt sich über die Lippen, es macht ihr nichts, dass ihre Finger ölig werden. Sie lutscht sie ab und isst weiter. Der schneeweiße Fisch ist saftig, und im Salat sind knackige Stängel und so feste Blätter, dass er schwer zu kauen ist. Die Mutter steckt sich große Stücke Fisch in den Mund, und gleich danach eine mit Salat beladene Gabel. Ihre Backen plustern sich auf, und ab und zu öffnet sie die Lippen, womit zu den Kaugeräuschen das des Einspeichelns hinzukommt. Einmal hebt die Mutter die Hand an die Wange und schließt die Augen. Der Backenzahn, klagt sie. Welcher Backenzahn? Der hier, und sie öffnet den vollen Mund und zeigt ihn ihm, deutet mit dem Finger darauf. Juan schaut mit angeekelter Miene weg, was die Frau, wieder aufs Kauen konzentriert, nicht wahrnimmt. Juan wischt sich die Lippen mit der Serviette ab und schiebt den Teller theatralisch von sich. Er hat den Fisch kaum angerührt. Die Mutter fragt, ob er nichts mehr essen will, und er sagt, ihm ist der Appetit vergangen. Aber das kann doch nicht sein, wann hast du denn das letzte Mal gegessen? Juan geht aus der Küche, den Teller lässt er auf dem Tisch und seine Mutter allein.

Nach dem Mittagsschlaf beschließt er, zur alten Stallung zu gehen und Germán zu besuchen. Er muss aus dem Haus rauskommen und Luft schnappen, auch wenn es mitten im August glühend heiß ist. Er ist auch gespannt, was Germán ihm wohl zu erzählen hat. Vermutlich etwas, das mit dem Unternehmen oder noch zu erledigendem Papierkram zu tun hat. Etwas, für das er ebenfalls eine Lösung wird finden müssen. Deshalb lässt er seine Mutter auf ihrem Stuhl in der Veranda sitzen, den Rosenkranz in den Händen, und sagt ihr, dass er Germán in der Fabrik besuchen geht.

Erst am Eingangstor fällt Juan auf, dass er kein Fortbewegungsmittel hat. Laika liegt im Schatten der Bougainvillea. Sie schaut zu ihm auf und lässt den Kopf dann gleich wieder entspannt auf den Boden sinken. Der alte Stall liegt an einem Weg etwa vier Kilometer vom Dorf. Er kann diese Entfernung zu Fuß zurücklegen, aber die Hitze ist unerträglich. Wenn er wartet, bis die Sonne untergeht, wird die Werkstatt sicher schon geschlossen sein. Er geht durch den Seitengang um das Haus herum und probiert im hinteren Hof die Tür zu dem alten Hühnerstall zu öffnen, den sie als Abstellraum benutzen. Eine weitere väterliche Konstruktion Marke Eigenbau: Palettenholz, diverse Sorten Faserzement, von irgendeiner Schutthalde geholte Fenster, eine Tür im kastilischen Stil mit abblätternder Lackierung. Er zieht am Griff. Es ist abgeschlossen, er kann sich nicht erinnern, dass das je so gewesen wäre. Der Vater nannte es das Lager, weil er dort, seit sie keine Hühner mehr hielten, alles ablegte, was bei seinen Reparaturarbeiten übrig blieb. Du wirfst dieses Stück Holz weg, sagte der Alte, und gleich morgen brauchst du es als Unterlegscheibe für ein Möbelstück. Juan geht zurück ins Haus und kommt mit der Glasschale zurück. Er stellt sie auf den Boden und zieht einen losen Schlüssel nach dem anderen heraus, die er ausprobiert, bis einer sich im Schloss dreht.

Der Raum steht voller Gerümpel. Ein wackliger Tisch, ein Plattenspieler, Maurer- und Reinigungsgerätschaften. Angebrochene Gipssäcke, hart geworden von Zeit und Feuchtigkeit. Ein Ringbrenner zur Zubereitung von Paella, an dem ein alter Gasregler hängt. Er findet sein altes Fahrrad. Ein Crossrad von BH Bikes mit länglichem Sattel und vorgetäuschter Federung. Es steht hinter den Malersachen, die seine Eltern wohl benutzt haben, als sie zum letzten Mal die Wände im Hof geweißelt haben. Um das Rad herauszubekommen, muss er Rollen, eine Stange und etliche Pinsel wegräumen. Zwei Farbdosen sind das letzte Hindernis. Eine anscheinend unbenutzt, die andere mit Flecken. Die neue wiegt und bringt ihn aus dem Gleichgewicht. Die andere ist so leicht zu bewegen, dass sie ihm leer vorkommt. Titan für Innen und außen, kann man zwischen den getrockneten Farbresten lesen.

Juan zerrt das Fahrrad in den Hof und fasst nur an die Reifen, um das Offensichtliche zu bestätigen. Die Schläuche sind platt; die Mäntel rissig; die Kette starr; die Bremsen verrostet. Er fragt seine Mutter, ob sie weiß, wo das Auto ist. Welches Auto? Unseres. Ich weiß nicht, was für ein Auto das ist. Mama, der R4. *Cuatro latas,* »Vier Blechbüchsen«, unter dem Namen kannte seine Familie – und die ganze Nation – den Renault 4L. Der Seat 600 hieß einfach *der Sechshundert.* Der Citroën 2CV war der *zwei Pferde.* Die populären Klassen neigen dazu, Eigennamen durch Spitznamen zu ersetzen, im Gegensatz zu den wohlbetuchten Klassen, die die Vorliebe haben, ihre Nachnamen – wie auch die Namen ihrer Fahrzeuge – bis auf ein Maximum auszudehnen. Dieser rote R4 könnte, wenn er ihn findet, der saftigste Teil ihres Erbes sein. In einigen Jahren wird er so alt sein, dass man ihn als Oldtimer verkaufen kann, womit er dann Renault 4 Baujahr 71 heißen würde. Ihn zu verkaufen oder zu versteigern würde ihm jedoch schwerfallen, denn dieses Auto ist seit Anbeginn der Zeiten bei ihnen. Falls es kein Auto, sondern ein Haustier wäre, und sie nicht so wären, wie sie sind, würden sie es anderen gegenüber wie ein Familienmitglied vorstellen. Kein anderes materielles Gut hat sie so sehr zusammengeschweißt wie dieses Auto. Weder das Haus noch das Unternehmen oder die Mandelbäume oder der Weingarten neben dem Wasserbecken. Darin sind sie jedes Wochenende von Getafe nach Cruces gefahren, und darin reisten sie im Sommer nach Escalona, wenig mehr als zwanzig Kilometer vom Dorf entfernt, um sich im Río Alberche abzukühlen. Sie hatten Klappstühle dabei, Picknickkörbe mit Frikadellen, und sobald sie am Ufer ankamen, ließ sein Vater alles andere stehen und liegen und suchte nach einer sicheren seichten Stelle, wo er die Melone kühl stellen konnte.

Das waren die Ferien seiner Kindheit, mit Ausnahme von einem Jahr. Juan weiß nicht, wieso oder warum, doch im Sommer 1981 fuhren sie nach Alicante. Er erinnert sich an das Jahr, weil seitdem im Wohnzimmer zwischen den Bänden der Colección Austral ein Foto von seiner Schwester und ihm am Strand steht. In eine Ecke hat irgendwer geschrieben *im Jah* 1981. Ein ganzes Leben lang hat er dieses geheimnisvolle *im Jah* gelesen, diesen Schreibfehler. Er erinnert sich vage an das lauwarme Wasser des Mittelmeers, aber nicht an den Tag, an dem er zwischen den Tausenden Sommergästen verloren ging und irgendwer ihn zu einem Posten vom Roten Kreuz brachte, wo seine Eltern ihn wieder abholten; eine weitere der Familiengeschichten, die seine Mutter immer wieder gern erzählt. Er erinnert sich an den Campingplatz, das Auto, das im Schatten neben dem Zelt parkte. Die Eukalyptusblätter piksten an den Füßen, der Eiswagen kam jeden Tag und lud dicke Barren ab, mit denen man den Wein und den Kartoffelsalat kühlen konnte. Er erinnert sich auch an den Geschmack von Milch aus der Flasche, die er dort zum ersten Mal trank. Ein Geschmack nach Uperisation, den er mit der Reinheit der Flüssigkeit assoziierte, was im Kontrast zu der fettigen Trübe der Milch stand, die sie zu Hause tranken. Da war der Kuhstall ganz in der Nähe. Der Gestank dieses Orts, an dem die Tiere, ihr Kot und der Kuhhirte in vollkommener Harmonie koexistierten, war Juan nie besonders aufgefallen, bis er auf dem Campingplatz diese abgefüllte Milch trank. Man musste sie nicht kochen. Es gab keinen Rahm, keine Irisierung, keine Klümpchen. Es gab keinerlei Verbindung zwischen diesem Nahrungsmittel und der Scheiße, die das produzierende Tier auf den Boden platschen ließ, nahe der Euter.

In diesem Sommer hörte er seine Eltern zum letzten Mal zusammen lachen. Das glaubt er. Seine Schwester und er spielten unweit des blauen Zelts, das ihnen – wie er nun weiß – der Lehrer aus Torrijos geliehen hatte, den Fermín ihm im Bestattungsinstitut vorgestellt hat. Auf der anderen Seite der Zeltwand, im Inneren, sind seine Eltern. Der Vater sagt etwas zur Mutter, und sie lacht lauthals. Seine Schwester und er blicken sich an und versuchen ihr eigenes Lachen zu unterdrücken, die Hände vor den Mund gepresst. Dann Stille im Zelt, und das Gestell wackelt, und die im sandigen Boden befestigten Abspannseile beben. Das ist der Everest des familiären Glücks. Sommer, barfuß laufen, Milch aus der Flasche, seine Schwester und er spielen, seine Eltern lieben sich am helllichten Tag, die Kinder auf der anderen Seite der blauen Zeltwand. Näher sind sie nie daran gewesen, eine Familie zu sein, die Dinkelbrot in der Küche frühstückt. Juan hat immer geglaubt, es sei die Mutter gewesen, die das hauptsächlich angestoßen hat und die anderen Familien aus dem Landesinneren imitieren wollte, die anfingen, an die Küste zu reisen. Juan weiß nicht, wie sie es geschafft hat, seinen Vater zu überzeugen, die Felder für ein paar Tage zu verlassen, und sie weit weg verreisten, viel weiter als bis nach Alberche. Sie alle vier in dem R4, mit offenen Fenstern und ohne Sicherheitsgurt. Jeder von ihnen erlebte auf ganz eigene Art die Freiheit.

18

Da das Fahrrad unbenutzbar und der R4 verschwunden ist, beschließt er, zu Fuß zur Werkstatt zu gehen, trotz der Hitze, und mit Germán in dessen Auto zurück ins Dorf zu fahren. Er legt die vier Kilometer in unter einer Stunde zurück. Lang genug, um bei der Ankunft schweißüberströmt zu sein. Auf dem Weg, von Schatten zu Schatten der Olivenbäume, stellt er sich zum ersten Mal die Frage, die er sich von nun an für den Rest seines Lebens immer wieder stellen wird: Mein Vater ist gestorben, und ich war nicht bei ihm. Warum war ich nicht da?

Von Weitem sieht er die alte Stallung, langgezogen, rötlich. Aus der Ferne erkennt er auch den hohen Turm des Stromtransformators, die Haube des alten Futtersilos und die etwas dunklere Farbe des Hallenanbaus, den der Vater in der *guten Zeit* gebaut hatte. Ein allgemeines Konzept mit besonderer Bedeutung. Wenn sein Vater von der guten Zeit sprach, meinte er eine Phase, in der sie mit der Arbeit gar nicht nachkamen, weil ganz Spanien im Immobilienfieber war. Alle Welt wollte unbedingt ein Haus haben, die Banken schwammen im Geld, die Stadtverwaltungen wollten Steuern einnehmen und manche Mittler Bestechungsgelder kassieren. Die *gute Zeit* der Fabrik ist deckungsgleich mit der guten Zeit für

Spanien. Das Wirtschaftswunder des Landes war eine Explosion, deren Splitter durch die Fenster in viele Häuser fielen. Die Fernseher wurden flacher und größer. Autos mit Einspritzmotoren gediehen auf den Bürgersteigen der Arbeiterviertel und die Jachten an den Stegen der Sporthäfen. Durch die Kunst der Neubewertung wurden geförderte Reihenhäuser auf noch unbewässertem Land errichtet. Der Alte hatte nicht genug Arbeitskräfte. Es gab Momente, da arbeiteten neben Germán noch drei oder vier andere Männer in Vollzeit. Manche sogar mit Vertrag. Das war die Zeit, in der er den Anbau baute, um weitere Arbeitsbänke unterzubringen, und damals kaufte er auch die *Indianapolis* für das Pressholz. Der Einsatz auf jene Maschine war sehr hoch gewesen, und bis ihm nichts anderes mehr übrig blieb, als seine Niederlage einzugestehen, mühte er sich, die *India* so viel wie möglich zu nutzen. Was soll ich mit diesen Paletten machen? Steck sie in die *India*. Die Türen von Herrn Soundso? In die *India*. Die aus Novés, in die *India*. Die Reste vom Umbau der Bibliothek in Talavera, in die *India*. Die *India*, die *India*. Das war das Wunder des Alten: eine brandneue und sauteure Maschine kaufen und sie in einen ehemaligen Stall für die Kälbermast stecken.

Je näher er der Fabrik kommt, desto deutlicher treten die Details der Konstruktion hervor, und damit auch seine Erinnerungen. Die Scharte am Dach von damals, als ein Strommast vom Wind umgeblasen wurde. Die kaputten Scheiben an einem der großen Fenster. Die Gitter vor den Fenstern, aus der Zeit, als die Diebstähle begannen. Eines Sonntags sah ein Nachbar auf dem Rückweg von seinem Olivengarten Leute um die Halle herumstreichen und rief den Vater an. An diesem Tag ließen Juan mit seinen sechzehn Jahren und er das Essen stehen und stiegen zusammen in den R4. Der Vater parkte das Auto am Anfang des Zugangswegs, und die beiden schlichen vorsichtig näher. Alles schien ruhig, bis sie um den Transformatorturm bogen und sahen, dass das Lüftungsgitter herausgerissen war. Von drinnen hörten sie Gehämmer. Der Vater schickte seinen Sohn nach Torrijos, um die Guardia Civil zu holen. Juan erinnert sich an die Fahrt, als wäre es gestern gewesen, denn er war mit dem Auto unterwegs zur Wache, ohne Führerschein und zu jung zum Fahren, während sein Vater auf die Verstärkung wartete, mit einem Stock in der Hand vor dem Lüftungsloch postiert. Juan fuhr hinter einem anderen R4 zurück, dem von der Guardia Civil, und als sie eintrafen, kämpften drinnen immer noch zwei Diebe gegen den Kupfer und die Hochspannung. Er erinnert sich an die Rufe des Wachtmeisters, die Polizei sei da, und die beiden jungen Männer kletterten mit erhobenen Händen durch die Fensterluke. Vernickelte Handschellen kamen zum Einsatz und zwei weitere Wagen der Landpolizei, und die Jungen logen der Guardia Civil etwas vor, dass sich die Balken bogen. Wie heißt du? Raimundo. Und du? Mariano. Woher kommt ihr? Aus Burujón. Wie hast du noch mal gesagt heißt du? Manuel. Sie steckten die beiden in eins der Autos und nahmen sie mit. Und Juan blieb allein mit seinem Vater, der sie am liebsten windelweich geschlagen hätte.

Er nähert sich über den Weg wie an jenem Tag mit dem Vater. Alles ist unverändert. Aufgestapelte Paletten, Holzreste, leere Lackdosen, das Futtersilo, der Stromturm mit dem verrosteten Lüftungsgitter. Germáns C15 parkt im Schatten des Turms, neben dem R4. Die Erinnerung, die sich an Steine und Ziegel heftet, währt länger als die im Fleisch getragene. Die Alten verschwinden durch den rechteckigen Gully der Gräber. Und dieses Loch bleibt für immer offen, saugt die Erinnerungen der Lebenden auf. Eines Tages erinnert man sich nicht mehr richtig, ob das Brillengestell des Vaters vergoldet oder versilbert war, so klar und eindeutig dieses Detail zu Lebzeiten auch war. Immer war da dieser Metallrahmen, wenn man seinen Blick suchte. Und die Abgründe des Toten, die zu Lebzeiten übel rochen, lüften sich mit der Zeit aus, und nach einigen Jahren atmet man nur noch die guten Düfte des Verblichenen ein. Dann und erst dann erlangt er vollkommen den Beinamen des »geliebten Menschen«, der zu Lebzeiten so leichtfertig verwendet wird. Und es kommt der Tag, an dem man ins Bett geht und nicht eine einzige Sekunde des Tages an den geliebten Menschen gedacht hat. Das ist der wahre Tod. Aber den Steinen passiert das nicht, und den Metallen auch nicht. Da sind die rostigen Silos, und der kleine Juan spielt unter ihnen. Einige Dutzend Meter entfernt, Richtung Osten, das Wasserbecken mit dem Geräteschuppen zwischen den Mandelbäumen. Dort das offene Tor der Werkhalle, durch das von fern das Geräusch der Schleifmaschine dringt und aus dem er in seiner Jugend die Wolke aus Sägemehlstaub quellen sah, die dem Alten vielleicht den Rest gegeben hat.

Wie er so vor der offenen Tür steht und die Sonne im Westen hinter der Sierra de Gredos versinken sieht, hat er das Gefühl, dass an diesem Ort noch ein Juan schwebt. Dass auch er in den Steinen ist, dass auch er zu diesem Ort gehört, der so in der Zeit stehen geblieben wirkt. Und dieser Juan, verteilt in der Luft und in den Löchern der

Ziegel, sammelt sich aus seinen Einzelteilen und sinkt auf ihn herab, der bereits ein anderer ist, teils neu, teils derselbe, und der - ohne es zu wissen - zusah, wie der Vater sich an dem Sägemehl vergiftete.

Er blickt in die große Halle. So unordentlich wie eh und je. Die *India* an ihrem Platz, der Gabelstapler von Toyota, die Lackfässer, und die mit Klebstoff und Lösungsmitteln. Der alte Hänger für die Weinlese setzt Staub an. An einem Ende ist an der Wand das kleine Büro eingebaut, mit der Halle verbunden durch eine Tür und ein Fenster. Er geht hin und sieht hinein. Der Tisch aus grauem Blech mit der Glasplatte, der gepolsterte Stuhl und das Wägelchen mit der Schreibmaschine. Papierstapel, ein Regal mit Aktenordnern, Musterbüchern für Materialien, edlere Holzreste als die für die Türen verwendeten. Es ist ein Büro aus den Achtzigern mitten im Jahr 2010, die Bestandteile konserviert in einer Lösung aus Staub und Sommerlicht.

In der Haupthalle sehen für ihn nur die vier Bretterstapel neben dem Durchgang zwischen der großen und der kleinen Halle neu aus, und mehrere Paletten Sperrholz. Zu viel Holz. Aus dem Hallenanbau hört er die Schleifmaschine, an der Germán arbeitet. Juan sträubt sich vor dem Hineingehen. Er ahnt, dass das, was er ihm zu erzählen hat, ihm Probleme bereiten wird. Er dreht sich um, geht raus zu dem R4. Die Reifen haben wenig Luftdruck, die Scheiben sind schmutzig. Er blickt durch das Fenster an der Fahrerseite ins Innere. Der Schalthebel mit dem schwarzen Knauf ragt direkt aus dem Armaturenbrett. Schon lange hat er nicht mehr an diesen Schaltknüppel und seine anachronistische Platzierung gedacht. In diesem Wagen hat sein Vater ihm Autofahren beigebracht, denn er war darauf aus, dass Juan bereits mit Fahrpraxis in die Fahrschule kam, um nicht unzählige Unterrichtsstunden berappen zu müssen. Mit der Hand auf dem roten Blechdach empfängt Juan diese Erinnerung mit einem gewissen Widerwillen. Sein toter Vater wird ihn mit schwer zu meidenden Bildern bestürmen. Er wird von der anderen Seite aus mit ihm sprechen wollen, um ihm das zu sagen, was er sich zu Lebzeiten nicht zu sagen traute.

Germán steht mit dem Rücken zu ihm und hobelt ein Profil. Die herabfallenden Späne bilden ein Häufchen neben der Maschine. Für sein Alter bewegt er sich flüssig. Er hat immer noch starke Arme und einen biegsamen Rücken. Bevor er ihn auf sich aufmerksam macht, nimmt Juan sich Zeit, den Raum anzusehen. Drei Jahre dort drinnen, bevor er auf allen vieren rausgekrochen ist. Eine dunkle Ewigkeit zwischen zwei lichtvollen Momenten: sein Leben in Madrid nach der Uni und sein Leben in Edinburgh. Die Fabrik wie eine Zeit der Gefangenschaft zwischen zwei Freiheitsräumen. Beide Städte, Madrid und Edinburgh, mit engen Straßen und hohen Gebäuden, die den fehlenden Horizont betonen. Für ihn sind es unerforschte Territorien. Der wilde Raum in der Stadt. Der domestizierte im Dorf.

Die Wände sind aus unverputzten Ziegeln. Überall liegt Werkzeug herum. Alles dort aufbewahrte Material ist veraltet. Die urtümlichen Maschinen sind unmöglich wettbewerbsfähig, weder gegen die großen Unternehmen noch gegen die neuen Zeiten. Türen aus Press- oder Sperrholz hatten ihre Zeit, wie auch der Tropfenanstrich oder der Terrazzoboden. Das verwendete man in den Häusern, weil es in Mode war. Und es war in Mode, weil es billig war. Auch die Armen sind imstande, die Eleganz guten Marmors oder die Dichte von Nussholz zu schätzen, aber sie sind für sie unerschwinglich, deshalb gibt es für ihre Böden mit Zement vermischte Kiesel und für ihre Tische Bretter aus zerhäckseltem Holz. Die ganzen Stücke für die Reichen und das Gehackte für die Armen. Doch nicht einmal mehr die Armen kaufen heute noch ihre Türen. Was auch immer sie jetzt in ihre Häuser einbauen, auf die Böden legen oder als Rahmen einsetzen, wird in großen Fabriken in China oder in Marokko hergestellt, und das hier ist nicht mehr als eine Handwerkerwerkstatt, in der zwei Männer ihr halbes Leben damit zugebracht haben, von Hand Türen grottenschlechter Qualität zu fabrizieren. Einer davon, der Besitzer, ist nicht mehr, und er, der Erbe, hat nicht die geringste Absicht, den Staffelstab von ihm zu übernehmen. Es gibt nur eine Option: die Fabrik zu verkaufen, an wen auch immer. Die Maschinen und Werkzeuge zu verticken und auch die beiden Hallen und sogar das Grundstück loszuwerden. Das könnte der Lebensunterhalt für seine Mutter sein.

Germán hebt den Blick von der Maschine, dreht sich um, sieht Juan und lächelt. Seine Freude ist offensichtlich. Juan ist für ihn das, was am ehesten einem Sohn gleichkommt. Sie haben sich trotz des Altersunterschieds immer gut verstanden. Er stellt den Motor ab, obwohl das Stück erst halb fertig ist. Die Hobelmeißel bremsen ab, der Lärm wird weniger. Er zieht sich die Handschuhe aus und kommt ihn begrüßen. Entschuldige, dass ich dich nicht umarme, Juanito, ich bin völlig eingesaut. Juan winkt ab und dreht sich auf der Hacke um und schwenkt den Arm ausladend nach vorn, einen Torero mimend, der dem Publikum einen Stier widmet. Damit möchte er etwas Offensichtliches betonen, das für Germán vielleicht nicht ganz so offensichtlich ist: An diesem Ort hat sich nichts verändert, seit sie hier angefangen haben. Kaum eine der Maschinen wurde je erneuert, der überschüssige Holzschnitt steht in derselben Ecke und sieht sogar aus, als wäre er noch derselbe. Der Erotikkalender aus dem Jahr 1983, dem Jahr, in dem der Vater das Geschäft kaufte, hängt immer noch da, aufgeschlagen im Monat September. Dieselben riesigen Brüste, dieselben Brustwarzen, die aussehen wie die Kekse von Galletas Fontaneda. Sie lächeln, als sie sich an diesen alten Witz erinnern. Germán fragt ihn, wie es ihm geht, und Juan sagt, ausgeruhter, und setzt ihn dann auch gleich ins Bild über die Neuigkeiten bezüglich des Weggangs seiner Schwester und der Bedürfnisse seiner Mutter.

»Dann gehst du nicht wieder?«, fragt Germán.

»Erst mal nicht.«

»Mensch, das freut mich, denn hier gibt es viel zu tun. Dein Vater ist bis Ende Mai noch gekommen. Er war ja so ein Dickkopf. Nach der Chemotherapie und all dem. Er hat sich erholt und ist wieder in die Fabrik zurückgekommen. Das Letzte, was er gemacht hat, war, den Auftrag für eine geförderte Siedlung an Land zu ziehen, für zweiundzwanzig Häuser in Maqueda. Jedes mit drei Etagen. Türen bis zum Abwinken, Juan. Und dann stirbt der Typ und lässt mich mit all dem hier alleine sitzen.«

Juan lächelt lustlos.

»Rechne nicht mit mir, Germán.«

»Hey, aber ...«

»Ich glaube, meiner Mutter geht es gar nicht so schlecht, wie Isabel denkt. Ich werde noch ein paar Wochen hier sein, Dinge für sie regeln, und wenn alles gut läuft, werde ich was organisieren, damit sie versorgt ist. Ich muss mir noch die Konten ansehen und das mit ihrer Witwenrente anleiern.« Er sagt nichts davon, dass er das Geschäft loswerden will. »Damit, sag ich mal, werde ich schon genug zu tun haben.«

»Ich möchte dich ja nicht entmutigen, aber ihre Rente wird nicht sehr gut sein.«

»Das hängt davon ab, wie viele Beiträge mein Vater eingezahlt hat.«

»Dein Vater war nicht mal angemeldet wegen ich weiß nicht was für einem Ding mit seiner Arbeitsunfähigkeit. Ich bin hier der Einzige, der Beiträge zahlt.«

Juan zieht eine Augenbraue übertrieben hoch und schiebt den Kopf nach hinten.

»Aber halt dich fest. Das ist noch nicht alles. Um die Baustelle in Maqueda annehmen zu können, die seine Altersversorgung sein sollte, so hat er gesagt, hat er ihre Ersparnisse investieren müssen.«

»Du machst Witze.«

»Nein. Das hat er mir erzählt, auch wenn man bei deinem Vater ja nie so genau wissen konnte. Er war ein guter Mann, das glaube ich ganz sicher, aber er hat so wenig gesprochen, dass man nie wirklich herausbekam, was er über eine Sache dachte, ob er einem alles erzählt hatte oder nicht.«

Juan nickt schweigend, bestätigt Germáns Worte.

»Das ganze Holz da draußen, und dazu noch neun Kubikmeter, die in zwei Wochen kommen, sind offenbar ihr ganzes Geld. Dein Vater hat den Auftrag in Maqueda bekommen, indem er die Preise sehr knapp kalkuliert hat.«

Juan streicht sich mit der Hand über den Kopf.

»Wir haben schon zehn der zweiundzwanzig Häuser übergeben, und für den Rest sind wir sehr spät dran. Dein Vater war in keinem Zustand, um hier zu ackern, und er wollte niemanden mehr anstellen, weil er sagte, noch ein Angestellter würde den Gewinn auffressen. Man kann also sagen, ich mache die Baustelle allein, ich schufte hier jede Stunde, die ich kann. Wir haben den Liefertermin schon zwei Mal verschieben müssen. Falls er noch mal verschoben werden muss, wer weiß, ob wir dann überhaupt noch unser Geld kriegen.«

19

Als er zur Abendessenzeit nach Hause kommt, riecht es nach gekochtem Blumenkohl. Er trifft seine Mutter vor ihrem Teller sitzend an, sie will gerade anfangen. Das Licht der Leuchtstoffröhre an der Decke prallt von den Fliesen an den Wänden zurück. Die Küche sieht aus wie ein Operationsraum. Auf seiner Seite vom Tisch wartet der Seehecht auf ihn, den er mittags stehen gelassen hat, ein leeres Glas und die Weinflasche. Juan streicht sich mit der Hand über die Stirn und dann über den Nacken. Er seufzt. Dann setzt er sich, und sie essen schweigend.

Als sie schon fast fertig sind, wiederholt die Mutter die Geste von mittags. Der Backenzahn hat sicher ein Loch, sagt sie. Wir gehen zum Zahnarzt, antwortet Juan so knapp, dass er selbst zurückzuckt. Er glaubt nicht, dass seine Mutter seine Unfreundlichkeit, sein Unbehagen bemerkt, trotzdem strengt er sich an und fragt sie, wie es ihr geht. Die Frau antwortet, sehr zart, sicher hat Isabel den bei Ángel, dem mobilen Obst- und Gemüsehändler, gekauft. Wie es dir geht, Mama. Na ja, du weißt ja, so ist es halt, man muss sich an die Idee gewöhnen. Mal sehen, wie ich das mit den Papieren mache, und mit dem Chaos, das dein Vater in der Fabrik hatte, und den Aufträgen, die noch ausstehen. Wenigstens ist Germán hier, der kommt mich sicher mal besuchen, und er fährt mich nach Torrijos zum Zahnarzt. Juan hat das Weinglas in der Hand, trinkt aber nicht. In keinem Moment rechnet sie mit ihm. Vielleicht, sagt er sich, will sie seine Aufmerksamkeit erregen, damit er länger bei ihr bleibt. Oder sie braucht einfach wirkliche Hilfe bei den Behördengängen und dem Übergang in ein neues Leben, in dem irgendwer sich um die Aufgaben kümmern muss, die der Vater erledigt hatte. Juan nimmt einen Schluck von dem Wein. Ich bin hier, sagt er. Ich werde mich um den Papierkram kümmern, und ich fahre dich zum Arzt, zumindest in den nächsten Wochen. Danach sehen wir weiter. Der Gesichtsausdruck der Frau ändert sich, und sie stößt einen Seufzer aus, der ebenso gut bedauernd wie erleichtert sein könnte.

In Juans Kopf gibt es – wie bei jedem – mehr oder weniger tief liegende Regale. In denen, die man sehen kann und wo Luft und Licht hinkommen, befinden sich erträgliche Lösungen, wie seinen Aufenthalt eine Zeit lang zu verlängern, so gut wie möglich für seine Mutter zu sorgen, den Papierkram fertigzumachen und ihre finanzielle Situation neu zu ordnen. Gemeinsam mit Isabel einen Plan zu entwerfen, nach dem die Frau so unabhängig wie möglich leben kann. Trotz dem, was seine Schwester vermutlich darüber denkt, nimmt er nicht ganz von der Idee Abstand, jemand anders hinzuzuziehen, wenigstens um ihr mit den Haushaltspflichten zu helfen oder sie sogar ganz davon zu befreien.

Und dann wartet da noch auf einem Regalbrett tief in seinem Lösungslager, in einer dunklen Ecke, die Juan nicht so genau in Augenschein nehmen will, eine Möglichkeit, die seiner Schwester unerträglich vorkommen würde: das Altenheim. Dort wäre die Frau gut versorgt, rund um die Uhr medizinische Betreuung, Arzt, gesundes Essen und, statt in einem einsamen Haus Staub von den Möbeln zu wischen und Fenster zu putzen, Brettspiele in Gesellschaft von Menschen ihres Alters, Pasodoble-Unterricht, Makramee-Workshops, Besuch von den Heiligen Drei Königen zur Weihnachtszeit. Er stellt sie sich vor, wie sie auf einem krankenhausartigen Stuhl sitzt, neben anderen Bewohnern. Es ist Karneval, und man hat sie verkleidet mit einer Pappmütze, einer Maske und einer Partytröte.

Du willst Mama *parken*?, sagt Isabel von irgendeinem Ort seines Bewusstseins aus zu ihm. Eigentlich ist es keine Frage, sondern eine Bekräftigung: Du *willst* Mama parken. Du willst sie der Pflege von Fremden überlassen, weil du zu alt für bestimmte Dinge bist, wie zum Beispiel, dass sie dich zwingt, dein Essen aufzuessen. Isabels Stimme steckt in seinem Kopf. Er kann sie unmöglich loswerden. Sie ist immer da gewesen, hat ihn kurzgehalten, von Kindheit an. Seine Eltern waren mit ihren Aufgaben beschäftigt, und sie mit ihm. Er sagt sich, dass die konträre Meinung, die seine Schwester vielleicht haben könnte, ihren Vorurteilen entspringt. Ein Heim ist kein Parkplatz für alte Leute. Auch dort gibt es zwischen Handarbeiten und Kreuzworträtseln liebenswerte Menschen, mit einer Berufung zur Altenpflege, die das viel besser machen können als er. Und als sie.

20

Den nächsten Morgen verbringt er damit, eine Karte von der neuen Situation zu zeichnen. Das Gespräch mit Germán in der Fabrik ist ein weiteres in seinen Rumpf geschlagenes Leck. Noch eins. Seit seiner Ankunft im Dorf hat er unaufhörlich Nachrichten erhalten, die sich gegen ihn zu verschwören scheinen. Seine Situation hat sich auf eine von ihm nicht vorhergesehene Art und Weise verkompliziert. Die Stunden zwischen dem Moment, als seine Schwester ihn über den Tod des Vaters informierte, bis er dann in Edinburgh ins Flugzeug stieg, hatte er tatsächlich darauf verwendet, sich davon zu überzeugen, dass sich für ihn nichts ändern würde. Er sprach mit Mr Cochrane, um eine Woche freizubekommen, was ihm unter den gegebenen Umständen problemlos gewährt wurde. Nicht nur das, sein Chef kam ihm sogar entgegen. Falls er noch einen Tag mehr brauche, solle er sich den nehmen, sie würden schon klarkommen. Er suchte nach einem Ticket mit einem Rückflugdatum, das es ihm erlauben würde, etwa eine Woche bei seiner Mutter zu sein und sie zu trösten, und er überzeugte sich sogar, dass diese sieben Tage in der Ruhe von Cruces ihm genug Zeit geben würden, damit sie seine Nähe spürte. Er wollte ihr zu verstehen geben, dass er, obwohl er zweitausendvierhundert Kilometer weit weg in Schottland lebte, nicht länger zu ihr brauchen würde, als wenn er in Zamora wohnen würde. Liebe Frau Mama, Sie würden sich doch sicher nicht so schlecht fühlen, wenn ich in ein paar Tagen nach Zamora zurückfahren würde? Stimmt's, oder etwa nicht? Nun, jetzt mit den Billigflügen ist das ungefähr dasselbe. Wenn Sie mich brauchen, rufen Sie mich an und ich komme so schnell wie möglich. So ungefähr würde die Szene ablaufen. Juan auf einem Stuhl neben dem Ohrensessel der Mutter, er nimmt ihre Hand, spricht sie galant mit Sie an. So nimmt man dem Schweren Gewicht, mit Humor. Er wäre mit dem Mund nah an ihr Ohr gerückt und hätte ihr das mit Zamora halb zugebrüllt, als wäre sie taub. Eine weitere Szene aus einem Lustspiel, die keinen Sinn mehr ergibt. Zum einen, weil hinter den Kulissen jetzt nicht mehr seine Schwester Isabel, auf die er gezählt hatte, die Aufsicht führt. So, wie er sich das ausgemalt hatte, würde sie weiter die Strippen ziehen. Das war bei Juan, wenn auch unbewusst, in seine Zellen eingeschrieben, genau wie bei seiner alten Mutter: Der größte Teil der Verantwortung für die Sorge um die Witwe entfiel auf sie. Aber das war nicht so, und es stimmte auch nicht, dass Entfernungen nichts bedeuteten. Das wussten sie beide. Edinburgh war nicht dasselbe wie Zamora. Und erst recht stimmte es nicht, dass seine Schwester mehr Last bei der Sorge tragen musste als er. Das war genau eins der Dinge, die Isabel Juan mit ihrem Weggang gesagt hatte. Dass es für sie alle nun an der Zeit war, im einundzwanzigsten Jahrhundert anzukommen. Dass auch sie ganz unbedarft gewesen war, denn bis vor Kurzem wäre sie die Erste gewesen, die überzeugt davon war, dass sie die große Last allein zu tragen hatte. Als älteste Tochter, als Frau, weil die Mutter darauf beharrte, weil ihr Bruder nicht aufkreuzte. Warum auch immer. Aber eines Tages, bei der Rückkehr von Cruces nach Barcelona, als sie um zwei Uhr nachts nach Hause kam, mit weniger als vier Stunden zum Ausruhen bis zum Start in eine neue Woche, setzte Isabel sich in ihren Lesesessel in der Wohnung im Paseo de Gracia, die Kinder und Andreu schliefen, Dunkelheit und das Hintergrundrauschen einer Stadt, die nie ganz zur Ruhe kommt. Und aus purer Erschöpfung begann sie zu weinen. Das ist nicht meins, sagte sie sich. Dieses Päckchen gehört mir nicht. Ich muss mich schon um meine Kinder kümmern, und mein Leben leben und ab und zu etwas anderes sehen als Proteine und Flugzeugfenster. Und in dieser Nacht, nachdem sie eine Weile tief ein- und ausgeatmet hatte, duschte sie, schlüpfte ins Bett, kuschelte sich an Andreu und schlief augenblicklich ein. Am nächsten Morgen fingen die Dinge schon an, anders zu laufen. In der Arbeit suchte sie wieder die Mails von diesem amerikanischen Laboratorium heraus, das sie auf dem Kongress in Hamburg kontaktiert hatte. Von Anfang an war klar gewesen, dass sie das Patent im Ausland entwickeln mussten, mit mehr Mitteln. Acht Monate später hatte sie schon alles fertig, um mit ihrer Familie umzuziehen, sie wartete nur, wie sich die Situation ihres Vaters nach der Krebsdiagnose entwickeln würde. Doch dazu kam es dann nicht, weil auf diese Nachricht eine onkologische Behandlung mit mehreren Zyklen Chemotherapie folgte, die sie monatelang hin- und herreisen ließen. Und dann, obwohl der Mann sich zu erholen schien und sogar wieder in der Fabrik auftauchte, folgten einige Rückfälle. Und wenn es nicht der Onkologe war, dann meldete sich der Lungenfacharzt und sonst Dr. Colchero, der langjährige Kardiologe der Eltern. Ein Arzt, dem die beiden mehr als jedem anderen vertrauten. Isabel nahm sich vor, so präsent wie möglich zu sein, und das zudem immer mit einer positiven Einstellung (sie fuhr dorthin, um Mut zu machen, um ihre Tochterliebe und ihr Pflichtgefühl über ihre Eltern zu ergießen), obwohl sie nach der Anstrengung, an einem Wochenende von Barcelona bis nach Cruces zu reisen, unweigerlich von den Vorwürfen ihrer Mutter empfangen wurde. Die Frau wartete immer auf der Veranda sitzend auf sie, den langen Hof vor sich. Am Tor am anderen Ende tauchte Isabel, sofern der Freitagsflug keine Verspätung hatte, gegen zehn Uhr abends auf. Und statt vorzulaufen und ihr zu öffnen, wartete die Mutter auf ihrem Stuhl, mit geladenem Gewehr. Wenn Isabel in Reichweite war, richtete sie sich ernst auf und streckte ihr einen Arm entgegen, der zwei förmliche Küsse ankündete. Damit es für ihre Tochter nicht so aussah, als freute sie sich nicht über ihren Besuch. Aber sobald sich ihre Wangen voneinander lösten, ging es los. Um diese Zeit, Tochter. Das Abendessen ist kalt, und dein Vater ist schon im Bett. Mal sehen, ob du beim nächsten Mal etwas früher kommen kannst, du bist ja schließlich die Chefin im Labor, und zu irgendwas muss das doch gut sein. Sicher arbeiten deine Kollegen nicht halb so viel. Isabel stellte den Koffer ab mit dem Gesichtausdruck einer Frau, die um zehn nach sechs aufgestanden ist, den ganzen Tag gearbeitet hat und um vier eilig zum Flughafen gefahren ist. Die Krähenfüße und die verfrühten Falten von einer, die die ganze Woche lang mit Vollgas unterwegs war, genau wie in der vorherigen und der davor; die Jungs zum Englischunterricht und zum Fußball bringen und wieder abholen; an die Hausverwaltung denken, die Hafermilch, ich darf bloß nicht vergessen, den Stromanbieter anzurufen, um das vereinbarte Volumen zu senken, denn sie knöpfen uns Monat für Monat Unsummen ab, ohne dass ich die Zeit finde, mich um die Sache zu kümmern; am Donnerstag geht Oriol auf einen Geburtstag, wir müssen ein Geschenk kaufen; der *Science*-Lehrer hat beschlossen, dass die Kinder an Projekten arbeiten sollen, sehr modern, sehr pädagogisch, und Isabel ist damit ganz einverstanden, aber da dieser Lehrer ein Einzelfall in einem industriellen Erziehungssystem ist, haben die Kinder keine Übung darin und wissen nicht, wo sie Informationen finden oder wie sie die einordnen können, also muss man, na los, auch noch Zeit schinden für eine Arbeit über Vulkane und muss das auf eine Art machen, dass es aussieht, als hätte das Kind es allein gemacht. Und zwischen wissenschaftlichen Artikeln und E-Mails setzt Isabel sich mit Xavi in die Küche, einem elfjährigen Jungen, der versucht, die atomisierte Aufmerksamkeit seiner Mutter auf sich zu ziehen, indem er den Finger in die Wunde steckt, die sie am meisten schmerzt: mit Gleichgültigkeit. Mit elf Jahren – vorher war das nicht so – muss man ihn überall hinschleppen, außer zum Spielen an der Playstation mit seinen Freunden. Isabel muss an ihm zerren, als zöge sie die Leiche eines Fettleibigen an den Strand. Die Aufgabe für *Science* besteht darin, das Modell eines Vulkans anzufertigen und dabei seine Teile zu benennen. Es geht nicht darum zu lernen, man muss keine Fragen beantworten oder etwas auswendig lernen. Man muss sich einsauen, etwas, das jedes Kind, selbst ein Vorpubertierender wie Xavi, gern macht. Isabel setzt sich mit ihrem Sohn hin, um ihm unauffällig zu zeigen, wo die ganzen Sachen sind, die er braucht, sie spielt ihm dieselbe Fiktion vor wie dem *Science*-Lehrer: beide sollen denken, der Junge habe selbst die Idee gehabt, den Milchkarton zu verwenden, die hölzernen Zungenspatel, die Watte aus dem Arzneischränkchen und die alte Zeitung, die im Papierkorb darauf wartet, recycelt zu werden. Temperafarben und Pinsel sind zur Hand, und für die Lava eine Mischung aus orangenem und rotem Wachs, bedeckt mit glänzendem Kleber. Als die Bastelarbeit auf den Weg gebracht ist, geht Isabel zurück ins Wohnzimmer, um die Ergebnisse einer neuen Studie zu verschicken, damit ihr Team im Labor weiterarbeiten kann. Bevor sie es so recht merkt, beantwortet sie schon Mails auf Englisch und auf Deutsch, liest die Schlagzeilen der digitalen Presse quer und sieht nach, ob im Internet irgendwo ihr letzter Artikel im *Journal of Cell Biology* erwähnt wird.

Als sie in die Küche zurückkommt, ist der Vulkan, so versichert Xavi, fertig. Was Isabel sieht, ist ein Ungetüm, auf das Farbe von der Decke getropft zu sein scheint, darunter kann man die Schlagzeilen aus *La Vanguardia* lesen. Und dann beginnt die große Schlacht: der Kampf zwischen der gesellschaftskompatiblen und der echten Isabel. Der, die perfekt weiß, dass von ihr verlangt wird, eine Rolle zu spielen, und der, die sich für die Nachlässigkeit schämt, mit der ihr Sohn die Aufgabe erledigt hat. Wenn der Lehrer das Modell sieht, wird er von *ihr* denken, dass sie ihre Söhne zu Faulpelzen erzieht, denn die fehlende Sorgfalt, mit der der Vulkan gemacht ist, ist augenscheinlich. Es ist die Art von Anstrengung, die im Kindergarten gewürdigt wird, aber nicht im sechsten Jahr der Grundschule, wo alles schon auf den Sprung blickt, den die Kinder zur höheren Schule machen müssen. Nicht ein einziger Begriff benennt die Teile des Vulkans.

Tatsächlich gibt es nicht einmal Teile am Vulkan. Nur durcheinandergemischtes Papier und Pappe, verschüttete Farbe und Schlampigkeit, sehr viel Schlampigkeit. Isabel atmet tief in den Bauch und setzt sich wieder mit Xavi hin, der mit dem Oberkörper auf dem Tisch liegt. Sie beginnt in scherzhaftem Ton, wird aber schnell richtig wütend, weil keine Reaktion von ihm kommt. Am Ende wird der Junge zur Strafe bis zum Essen in sein Zimmer geschickt, mit der Warnung, bloß nicht die Playstation anzumachen. Sie bleibt in der Küche und transformiert die Vorschularbeit schließlich zu einem Modell, das eher dem entspricht, was ein normaler Fast-Teenager abliefern würde, mit einem Querschnitt durch zwei Ebenen, der farblich unterschieden den Schlot, den Krater, den Kegel und die Lava zeigt. Sie glaubt, wenn sie Konzepte wie Magmakammer, pyroklastisches Material und Eruptionssäule weglässt, wird sie dem Lehrer glaubhaft zeigen können, was sie vorhat, und sich so die Scham ersparen. Oriol zupft an ihrem Ärmel, weil er Hunger hat, und Isabel fragt sich, wo Andreu wohl um diese Zeit gerade ist, ob er wohl schon in Berlin angekommen ist oder noch am Hub in Frankfurt festhängt.

21

In der Küche liest die Mutter auf dem Tisch Linsen. Von einem Haufen nimmt sie eine Handvoll nach der nächsten und sucht darin nach Steinchen. Juan tritt in die Tür und fragt sie, wo die Familienpapiere sind. Ich weiß nicht, sagt die Frau. Guck mal in der Holzkiste im Kleiderschrank. In diesem Haus hat das unspezifische Konzept *Holzkiste* nur eine Bedeutung: eine Art Aktenordner aus Sperrholz, in dem die wichtigen Dokumente aufbewahrt werden. Er geht ins Elternschlafzimmer und öffnet den Kleiderschrank. Der Gestank nach Mottenpulver springt ihm entgegen und lässt ihn zurückweichen wie Ungeziefer. Er steckt die Hand zwischen die aufgehängten Kleidungsstücke und schwingt sie seitwärts, damit die Luft sich erneuert. Der Großteil der Kleidung ist von der Mutter. Die Hemden, die Hosen und die beiden Anzüge des Vaters hängen noch dort, mit großen Revers, die aus der Mode gekommen sind. Irgendwas wird man mit diesen Anziehsachen machen müssen, denkt Juan. Dunkle Farben sind vorherrschend. Das farbenfrohste Stück ist eine bordeauxrote Jacke aus Baumwollserge, die die Mutter für Juans Kommunion gekauft hatte. Als er mit Lüften fertig ist, zieht er die untere Schublade auf, und was er sieht, bremst seinen ursprünglichen Impuls, die Dokumente, die er braucht, so schnell wie möglich finden zu wollen. Er öffnet die Schublade direkt darüber und dann die nächste und auch die oberste, mit demselben Ergebnis. Genau diese Schubladen hat er im Lauf seines Lebens Hunderte Male geöffnet. Der Inhalt entsprach immer dem Charakter seiner Mutter: Ordnung, Sauberkeit und Bügeleisen. Die Laken glatt; die Unterhemden perfekt gefaltet; die Socken in Fächern nebeneinander gereiht. Die Sachen vom Vater und die von der Mutter. Die Wintersachen und die für den Sommer. Das Alltagszeug und der Sonntagsstaat. Von der alten Ordnung ist keine Spur mehr zu erkennen. In der zweiten Schublade, traditionell für die Unterwäsche reserviert, liegen Laken. Die Socken passen nicht zusammen. Damenslips sind mit Hosenträgern und Taschentüchern vermengt. Und vor allem liegen überall kleine Papierpäckchen verstreut. Er nimmt eins und wickelt es aus. Ein Schlüssel. Er öffnet weitere. 25-Peseten-Münzen. Der Akku eines Nokia-Handys. Ein Filzstift. Eine schwarze Garnrolle. Eine Haarbürste, ein Bild von Fray Leopoldo, Kichererbsen, ein Nadelkissen, ein kleines Küchenmesser, Kürbissamen, miteinander verbunden durch die getrockneten Fasern des schon nicht mehr riechenden Fruchtfleischs. Einige Sekunden lang betrachtet Juan den Fund, ohne die Bedeutung zu verstehen. Als er endlich ein Substantiv findet, mit dem er sein Befremden zusammenfassen kann, irrt er sich. *Das Alter*, sagt er sich, statt dem präziseren *Demenz*. Seine Mutter ist stärker gealtert, als er gedacht hatte. Seltsamkeiten, in denen Greisenalter und Kindheit sich treffen. Auch Kinder verstecken kleine Schätze an den unerwartetsten Stellen im Haus. Sicher wird er eines Tages selbst auf einen davon stoßen. Seit er vor fünfzehn Jahren zum Studieren nach Madrid gegangen ist, glaubt er nicht mehr in diese Schubladen geguckt zu haben. Mehr als genug Zeit, um seine Mutter aus dem Blick zu verlieren. Du siehst ein Kind zwei Monate lang nicht, und wenn du wiederkommst, ist es ein anderes. Daran klammert sich Juan, an die Natürlichkeit bestimmter Prozesse: Geburt, Heranwachsen, Alter. Man beginnt den Weg ungeschickt, erwirbt Fähigkeiten, und macht sich schließlich wieder von ihnen frei in einem vollkommenen und ewigen Kreislauf. Wir betreten und verlassen die Bühne gleichermaßen nackt.

Er schließt die oberen drei Schubladen, bückt sich und durchsucht die unterste, bis er die Holzkiste findet. Er setzt sich aufs Bett, stellt sich die Kiste auf die Oberschenkel und macht den Deckel auf. Drei Kontoauszugshefter, die Eigentumsurkunden vom Haus und von der Fabrik. Papiere des Unternehmens, Rechnungen, drei Hundert-Euro-Scheine in einem Briefumschlag, ein Kruzifix. Die Konten laufen auf beider Namen. Der Saldo von allen zusammen beläuft sich auf nicht mal zweitausend Euro. Er geht damit in die Küche, wo die Mutter weiter an den Linsen sitzt. Fragt, ob sie weiß, welches der Konten sie für das Haus verwenden, aber die Frau sagt nichts. Er nimmt das von der Caja Rural, setzt sich auf den freien Stuhl und sieht sich die Kontobewegungen an. Es gibt zwei Zahlungseingänge, die sich jeden Monat wiederholen: 632 Euro von der Invalidenrente des Vaters und 150 Euro von Isabel Álvarez. Die Isabel, die einen Teil ihres Geldes für die Versorgung ihrer alternden Eltern einsetzt, steht in Verbindung mit der zärtlichen Isabel vom Friedhof. Eine Frau mit Seiten, die er nicht kennt. Das Geld, das sie schickt, ist – wie der volle Kühlschrank oder der Mietwagen – eine Art, ihre Liebe auszudrücken. Und ihre Beunruhigung.

Die der Rente des Vaters entsprechenden Buchungen enthalten einen Code, den er nicht entziffern kann. Er denkt, dass er vielleicht etwas übersehen hat, und beschließt, beim Amt der Sozialversicherung in Toledo anzurufen. Die Beamtin am Apparat informiert ihn oberflächlich auf Grundlage der Angaben, die Juan ihr nennt. Ihrer Auskunft nach erwartet seine Mutter eine Zahlung von etwa vierhundert Euro. Zweihundert Euro weniger, als sein Vater bekommen hatte. Juan traut seinen Ohren nicht und bittet die Beamtin, ihm zu versichern, dass das wirklich so richtig ist. Die Frau macht eine Pause, und mit derselben ruhigen Stimme, mit der sie ihm bisher geantwortet hat, informiert sie ihn, dass sie seit sechsundzwanzig Jahren in diesem Amt arbeitet und glaubt, die seine Mutter betreffenden Gesetze recht gut zu kennen. Auch wenn das für Sie alles neu ist, sagt sie, ist es nicht der erste Todesfall mit Verwitwung, der uns vorgelegt wird. Ich schlage Ihnen dennoch vor, einen Termin beim Amt zu vereinbaren, um sich zu informieren und den Antrag zu stellen. Am Kühlschrank hängt noch immer der Zettel mit der Erinnerung an den Termin beim Kardiologen. Ginge es am Montag, den dreißigsten?, fragt Juan. Er müsse bei der Nummer zur Terminvergabe anrufen, instruiert ihn die Frau in ihrem aseptischen Tonfall. Schreiben Sie auf. Juan notiert sich die Nummer auf einem Stück Papier und ruft gleich nach dem Auflegen beim Amt an. Unter den verfügbaren Daten, die ihm der Beamte anbietet, ist auch der Montag, der dreißigste. Juan bestätigt den Termin und hängt auf. Wenn nichts schiefgeht, werden sie beides auf einen Schlag erledigen können, den Kardiologen und die Rente. Gesundheit und Geld. Die Liebe tritt momentan nicht auf.

22

Am Samstagnachmittag geht er wieder zur Fabrik. Er hofft, dass zwischen den Papieren seines Vaters eine Lösung für seine Probleme auftaucht. Irgendeine weitere Bankkarte, Empfangsvermerke, ein Rechnungsbuch. Trotz des Gesprächs mit Isabel denkt er immer noch, er könne das Wohlergehen seiner Mutter mit Geld sichern. Vor allem, wenn es viel Geld ist. Je nach Summe wird er seiner Schwester den einen oder anderen Plan präsentieren können. In keinem Moment kommt ihm der Gedanke, sich zu fragen, welche Meinung dazu wohl die Betroffene selbst haben mag, seine Mutter. Häusliche Pflege kombiniert mit häufigen Besuchen aus Schottland. An den Wochenenden arbeiten, falls nötig, und jeden Monat vier oder fünf freie Tage am Stück haben für Reisen ins Dorf. Die Flunkerei mit Zamora wahr werden lassen und Isabel das durch Tatsachen beweisen. Er wird Mr Cochrane die Situation erklären, wird sich auf seinen bereits unter Beweis gestellten Wunsch berufen, im Botanischen Garten zu arbeiten, um damit eine Berufsaussicht zu haben, die es ihm zugleich erlaubt, seine Verantwortung als Sohn zu erfüllen und sein Leben fortzuführen. Wenn ihm diese Vereinbarung gelingen sollte, könnte er sogar die Tickets für ein halbes Jahr im Voraus kaufen und so seine Schwester überzeugen. Einen Versuch ist es wert, aber als ersten Schritt müsste er Geld zwischen den Papieren der Fabrik finden.

Im Büro stellt er sich vor das Regal mit den Aktenordnern und zieht sie einen nach dem anderen heraus, um ihren Inhalt zu überprüfen. Die Dokumente, die er findet, sind irrelevant. Lieferscheine von Werkzeugkäufen, alte Rechnungen, Kassenzettel, Materialkataloge. Er sieht die Beträge der Einnahmen durch, und nur sehr selten sind sie höher als vierstellig. Einfamilienhaus in Majadahonda. Wohnungsrenovierung in Toledo. Geförderte Siedlung in Olías del Rey. Er fragt sich, wo die großen Baustellen sind, die Reihenhäuser in Maqueda. Es drängt ihn, einen Sinn hinter dem zu finden, was sie *Fabrik* nennen. Er setzt sich auf den abgewetzten Stuhl, um in den Schubladen nachzusehen, und da fällt sein Blick auf zwei Gegenstände, die auf der Glasplatte des Tischs liegen. Die alte Leonidas-Uhr des Vaters und die Schlüssel vom R4. Die Gegenstände sind kleine Scheinwerfer. Ein Licht, das angeht, wenn das Leben ihres vormaligen Besitzers verlöscht. Es ist eine einfache Aufziehuhr. Ihr fehlen Qualität und Leistung, um in einer Modezeitschrift für Männer aufzutauchen. Ihr fehlen wertvolle Materialien, um von einem Schmuckhändler begehrt zu werden. Ihr fehlt ein Stamm einflussreicher Besitzer, um für einen Antiquar interessant zu sein. Es ist die Uhr eines Arbeiters. Sein Vater hat sie immer getragen. Sie war untrennbar mit seiner Person verbunden.

Die Autoschlüssel sind, wie der Plural schon zeigt, mehrere. Einer für die Fahrertür, ein weiterer fürs Zündschloss, ein dritter für den Kofferraum und der letzte, kleinere, für den Tankdeckel. Die Griffe sind nicht in

Plastik eingefasst, sie haben keine Knöpfe zum automatischen Öffnen und auch keine dreidimensional geformten Bärte, um den Einfallsreichtum der Diebe auf die Probe zu stellen. Der kleine Bund suggeriert weder Sicherheit noch Schutz, genau wie das Auto, zu dem sie gehören.

Durch das schmutzige Fenster zur Halle hin betrachtet Juan die Bretterstapel und denkt nach. Ohne Geld auf den Konten, mit einer Rente, die voraussichtlich mager ausfallen wird, ohne einen einzigen jämmerlichen noch zur Zahlung ausstehenden Schuldschein zwischen den Empfangsbescheinigungen des Alten, ohne Isabel. Er könnte sie anrufen, bevor sie ihren Flug in die Vereinigten Staaten nimmt. Ihr von der Lage erzählen und einen Ausweg mit ihr verhandeln. Trotz allem, was gesagt und nicht gesagt worden ist, hat er, je mehr er sieht, wie sich seine Zukunft in Cruces in die Länge zieht, das Gefühl, dass auch er ein Recht auf sein Leben hat. Und so wird er es seiner Schwester darlegen, wenn er sich schließlich entscheidet, sie anzurufen. Klar, Juan, du bist ja schon seit ein paar Tagen im Dorf und hast alles Recht der Welt, dein Leben wieder aufzunehmen, wird Isabel ihm antworten. Und ich meins, nämlich eins anzufangen, das wir jahrelang nach hinten verschoben haben. Aufgepasst, denn meins ist außerdem im Plural. Es geht nicht um dich und mich. Es geht um uns und dich. Diejenige, der die Rechte langsam ausgehen, ist Mama, sie wird allmählich die Beweglichkeit und das Gedächtnis verlieren, wird sie ihm sagen. Ich habe dich nicht gebeten, für den Rest ihres Lebens bei ihr zu bleiben. Weder sie noch ich zählen auf dich, damit du das tust, was du zu tun hast: sie bei ihrem Abgang zu begleiten und ihr zu helfen, würdevoll – und vor allem, mit Liebe – aus dem Leben zu treten. Ich rede nicht von der Zuneigung, die diese Frau aus der Dominikanischen Republik oder aus Ecuador letztlich für sie entwickeln wird, durch die Zeit, die sie mit ihr verbringt. Diese Frau, die du dir vorstellst, das weiß ich, wird ihr, so sehr sie auch möchte, nicht das geben, was du und ich ihr geben können. Diese Frau wird sanft mit Mama sprechen, sie wird karibischen Meeresfrüchteeintopf oder südamerikanische Kartoffelsuppe für sie zubereiten und ihr die Windeln sorgfältig wechseln, während sie an ihre Kinder denkt, die sie in Santo Domingo oder in Guayaquil hat zurücklassen müssen und die wiederum von ihrer eigenen Mutter gewickelt werden. Diese Frau wird Mama geben, was sie braucht, aber nicht, was sie verdient. Denn sie verdient etwas, das nur du und ich ihr geben können. Sonst niemand. Du bist es, der sie an den Tag erinnern wird, als du dir die Vorhaut am Reißverschluss deiner Jeans eingeklemmt hast. Diese Metallreißverschlüsse, die dafür gedacht sind, den Arbeitsoverall eines Bergarbeiters in Montana dicht zu halten, die aber auch an Hosen für Kinder angenäht wurden. Und du wirst sie daran erinnern, wie Papa und sie dich auf denselben Tisch gelegt haben, an dem du ihr den Brei gibst – genau hier, Mama, wirst du sagen und den Napf beiseiteschieben –, und wie sie mit der Präzision eines Chirurgen den Stoff um die Metallzähne weggeschnitten haben, um dich zu befreien. Wie oft hat Papa diese Geschichte erzählt? Glaubst du, dass diese hierher verpflanzte Frau, in deren Brust ihr Herz für ihre abwesenden Kinder schlägt, Mama mit ihrem eigenen Leben verbinden kann? Das musst du machen. Dabei musst du mir helfen, solange ich im Ausland bin. Du musst Mama zurück an ihren Ursprungsort begleiten. Damit sie das Gefühl hat, gelebt zu haben, und dass dieses Jammertal, in das sie geworfen wurde, irgendeinen Sinn gehabt hat. Und du, Juan, wirst mir sicher sagen, dass es Mama gar nicht so schlecht geht. Dass sie die Blumentöpfe locker bewegt, dass alles, was ich dir erzählt habe, gar nicht so wild ist. Dass ich hysterisch bin. Vielleicht bin ich das, ich streite das nicht völlig ab. Vielleicht übertreibe ich oder sehe zu früh voraus, was noch geschehen wird. Kann sein. Aber du wirst nicht abstreiten, Bruder, dass es mit Mama schon bergab geht. Die Alzheimer-Erkrankung wird wie ein Hydraulikheber wirken, der, während sie vorangeht, den Weg unmittelbar hinter ihr allmählich steiler werden lässt, das wird ihr Leben zu einer Rutschbahn machen. Sie, du und ich wissen, dass am Ende der Rutsche nicht der Sand auf dem Spielplatz wartet, sondern der der Maurer vom Friedhof. Die Zeit ist für alle gezählt, und besonders für Mama. Ich empfehle dir, mal die Regale im Wohnzimmer anzusehen. In der Colección Austral, die irgendein Verkäufer Papa aufgeschwatzt hat, steht neben der Enzyklopädie von Larousse ein Buch von Seneca. Sieh dir mal den Dialog an, den er an Paulinus richtet, den über die Kürze des Lebens. Lies ihn und du wirst verstehen, was ich meine. Also, noch mal zusammengefasst, ich verlange nicht von dir, dass du dein ganzes Leben Mama widmest. Nur dass du die Verantwortung übernimmst während der Zeit, die ich im Ausland bin. Nach meiner Rückkehr sehen wir weiter.

So wird es sein, wenn Juan seine Schwester schließlich anruft. Und sie wird ihn auch, das ahnt er, wieder in die Mangel nehmen. Wird Sachen zur Sprache bringen, von denen Juan überhaupt keine Vorstellung hat. Nicht noch einmal, dass sie dafür gesorgt hat, den Kühlschrank zu füllen, oder dass sie ihre Eltern jeden Monat finanziell unterstützt hat. Das ist nicht ihre Art. Wenn Juan ihre Nummer wählt und ihr irgendeine Situation vorlegt, in der er irgendetwas fordert, wird sie ihre Fänge aufreißen und ihn verschlingen. Sie wird ihn zum Beispiel fragen, wo er an dem Tag war, als ihr Vater die Krebsdiagnose erhielt. Und Juan wird ausweichend antworten, irgendwo im hohen Norden, ohne genau zu sagen, dass er in den Highlands war und sich bestens mit einer Freundin amüsiert hat. Isabel hatte ihn über alles auf dem Laufenden gehalten, und Juan hatte versprochen, dass er, wenn es so weit wäre, *runterkommen* würde. Aber die Dinge überstürzten sich eines Nachmittags, in der Fabrik, zu einer Uhrzeit, als Juan gerade den Kanal, den die Schulterblätter auf dem Rücken des Mädchens bildeten, mit kleinen Küssen bedeckte, wie die Bisse eines winzigen Tropenfischs. Sie lag bäuchlings in einem sehr hohen und sehr weichen Bett in einem Landgasthof in Dunvegan, im extremen Nordwesten der Isle of Skye, fünfeinhalb Autostunden weit weg vom Flughafen in Edinburgh und ebenso lange von dem in Glasgow. Er erfuhr bis zum nächsten Morgen, als er beim Aufstehen sein Telefon anschaltete, nichts von den Geschehnissen. Die junge Frau, noch unter der Daunendecke, wurde von sieben oder acht Nachrichtentönen geweckt, die nacheinander piepsten. Glockenschläge, die sie zunächst als verspielte Art auffasste, in den Tag zu starten. Isabel hatte seit dem späten Abend des Vortags versucht, Juan zu erreichen, und die Hinweistöne auf diese Anrufe hatten sich auf irgendeinem Server dort oben in den Wolken gestaut, und in diesem Moment gingen sie – als wären die Wolken eine kleine Zisterne – alle auf ihn nieder.

Isabel wird Gedächtnis und Rhetorik einsetzen und einen detaillierten Bericht über jene entscheidenden Stunden liefern, in denen ihr Bruder den Rücken seiner Geliebten bereiste. Germán hat mich aus einer Telefonzelle im Ärztehaus von Torrijos angerufen und mir erzählt, dass Papa in der Fabrik sehr starke Schmerzen in der Brust bekommen hatte und in diesem Moment gerade mit dem Krankenwagen unterwegs nach Toledo war. Dass er zurück nach Cruces fahren würde, um Mama zu holen und ins Krankenhaus zu bringen. Was habe ich gemacht? Ja, ich weiß schon, wird Juan sagen. Du hast alles stehen und liegen gelassen und ein Privatflugzeug gemietet, um so schnell wie möglich dort zu sein. Nicht ganz, aber fast, Brüderchen. Den Anruf von Germán habe ich an einem Dienstag um halb sechs erhalten. Ich war in einem Treffen mit einer Arbeitsgruppe, die extra aus Virginia nach Barcelona gekommen war, nur um Andreu und mich zu sehen. Dieses Meeting hatten wir monatelang vorbereitet. Als ich die unbekannte Nummer sah, nahm ich den Anruf an. Du machst vermutlich das Gegenteil, weil du denkst, dass dir jemand was verkaufen will. Das denke ich auch, glaub das bloß nicht, aber mein Kopf ist die ganze Zeit im Alarmzustand, ob ich will oder nicht. Es kann ein Angebot für viele Fernsehkanäle für wenig Geld sein, oder auch der treue Angestellte deines Vaters. Wer weiß das schon. Nun gut, ich habe also die Amerikaner um Entschuldigung gebeten, habe den Versammlungsraum einen Augenblick verlassen und es stellte sich heraus, dass es der treue Angestellte war. Als er mir erzählt hatte, was passiert war, legte ich auf, ging zurück in den Versammlungsraum, flüsterte Andreu etwas ins Ohr und entschuldigte mich bei den Amerikanern. Ich bin nicht mal mehr nach Hause gefahren. Taxi zum Flughafen und erste verfügbare Verbindung nach Madrid. Um halb zwölf war ich schon im Krankenhaus in Toledo. Mal sehen, lass mich zählen. Hmm? Etwa sechs Stunden von der Nummer 28 in der Calle Aribau bis zum Krankenhaus Virgen de la Salud in Toledo. Wie ich das gemacht habe? Nach der Landung in Barajas habe ich noch ein Taxi genommen. Wir waren etwa in Olías del Rey, als ich mich an dich erinnert habe und dass sicher noch niemand mit dir Kontakt aufgenommen hatte. Aber klar, wer sollte dir auch Bescheid geben? Papa war nicht imstande anzurufen, und du weißt ja, dass Mama mit dem Handy nicht umgehen kann. Und dabei hatte ich ihr Weihnachten im Jahr davor ein einfaches geschenkt, so eins mit großen Tasten und wenigen Funktionen. Übrigens, wo wir schon von Weihnachten sprechen, entschuldige den Einschub, das erinnert mich an das vor drei Jahren. Als ich dich angerufen und dich gebeten habe, nach Cruces zu kommen, denn schon damals sah man, dass es mit Papa bergab ging. Welche Entschuldigung hast du damals vorgebracht? Mal sehen, ob ich es noch weiß. Ach ja, du hattest dich mit ein paar Freunden aus London verabredet, die dich in Edinburgh besuchen kommen wollten. Waren es die McCarthys? Ich erinnere mich, wie du den Nachnamen ausgesprochen hast. Oder war es, dass du dich nicht rechtzeitig gekümmert hattest und die Flüge superteuer waren? Mach dir keine Sorgen, du hast nichts versäumt, weder in dem Jahr noch in irgendeinem anderen. Du weißt ja, wie das lief. Papa, Mama, Andreu, die Kinder und ich. Dein leerer Stuhl. Garnelen, die zu groß für ihren Preis und gummiartig waren, Fischsuppe, die typischen Botifarra- und Fuet-Würste, die wir aus

Olot mitbringen, und auch Anchovis von L'Escala. Billiger Cava aus dem Supermarkt von Torrijos, den Papa die ganze Zeit *Champagner* nennt. Wir fangen mit den Vorspeisen an. Papa trinkt sein Gläschen Marie Brizard. Der König spricht im Fernsehen. Mama verlangt Stille. Wir hören dem König zu, der Mann tut schließlich, was er kann, um uns alle zufriedenzustellen: für die Arbeiter und die Unternehmer, sozialer Frieden; für uns hier in Spanien und für die, die die Feiertage weit weg verbringen, ein baldiges Wiedersehen; für die bei ihren Familien und die, die arbeiten müssen, damit alles weiterläuft, Vorsicht am Steuer; für die ausgeschwärmten Truppen, Frieden in der Welt. Für die verstreuten Entwicklungshelfer, Gerechtigkeit; für die Basken, die Madrider und die Katalanen, Eintracht. Papa, du kennst ihn ja, nutzte jede Gelegenheit, um Andreu zu piesacken. Als der König »Zusammenleben« sagt, Papa so: Das schreibt euch mal hinter die Ohren, ihr nervt ja das ganze Leben schon rum. Als er »die verschiedenen Empfindlichkeiten« sagt, kommt der nächste Spruch. »Das gemeinsame Projekt ist Spanien«, da habt ihr's. Wenigstens spricht er *Generalitat* katalanisch aus und nicht spanisch. Sie hauen im Fernsehen so sehr drauf, dass Papa nicht mal merkt, dass er dieses Tor kassieren musste. Und Andreu kocht, ohne dass man es ihm anmerkt, und tut so, als würde er mit den Kindern spielen, oder er steht auf, um etwas aus der Küche zu holen, und später in der Nacht lässt er flüsternd bei mir den ganzen Frust raus, zu zweit in mein altes Jugendbett gequetscht. Genau wie ich es jedes Mal mache, wenn ich aus Cruces zu uns nach Hause zurückkomme: Ich rede ihn schwindlig mit Mamas Erpressungen und Papas verächtlichen Bemerkungen. Am Weihnachtsmorgen also ein kurzer Besuch bei der lebenden Krippe in Torrijos, Rückfahrt nach Cruces, wir essen die Reste vom Vorabend, und schnell zurück nach Barcelona. Papa macht sein Ding, zwickt die Kinder in die Wange; von Mama nichts als Klagen. Schnelle Küsse am Tor, der Motor läuft schon, und bis zum nächsten Mal. Am traurigsten ist Laika. Aber gut, worauf ich hinauswollte. Ich habe dich aus dem Taxi angerufen, so ungefähr in Olías del Rey oder in Bargas, ich weiß es nicht mehr genau. Es war spät. Du bist nicht drangegangen. Ich nehme mal an, du warst schon schwer damit beschäftigt, die erogenen Zonen deiner Freundin aufzuspüren. Aber ich habe es die ganze Nacht lang weiter probiert, ohne Erfolg. Jedenfalls komme ich nach elf im Krankenhaus an, frage nach Papa und höre, er ist auf der und der Etage, in dem und dem Zimmer. Das Glas am Empfangstresen wirft mein Spiegelbild zurück. Ich sehe mich an. Der Hosenanzug mit der dunklen Jacke für wichtige Treffen, die helle Bluse, die Schuhe mit Absatz, die ich in einem Schrank im Büro verwahre und nur trage, wenn ich ein Bild von Vertrauenswürdigkeit und Selbstsicherheit erzeugen muss. Ich habe sie seit elf Stunden an, mein Haar ist zerzaust, ich habe das Gefühl, nicht in meine Hose zu passen. In dem flüchtigen Spiegelbild, das die Scheibe mir zurückwirft, sehe ich eine Frau, die nicht vertrauenswürdig wirkt, und schon gar nicht selbstsicher. In Barcelona zu leben, weit weg von unseren Eltern, nährt mich und macht mir Angst. Du empfindest das nicht so, und ich beneide dich darum. Ich kann nicht leben, wenn ich weiß, dass sie leiden oder in Gefahr sind. Ich kann es nicht, Juan. Ich würde es gern, aber ich kann es nicht. Glaubst du, ich wäre imstande gewesen, das Treffen abzuschließen, in dem Wissen, dass Papa mit dem Rettungswagen auf dem Weg ins Krankenhaus ist? Hättest du deine Freundin weiter geküsst, wenn du es gewusst hättest? Ich gehe hoch ins Zimmer. Leer. Ich frage die Krankenschwestern. Sie haben ihn zu Untersuchungen mitgenommen. Gebäude so und so, Wartesaal so und so. Dort treffe ich Mama. Sie sitzt allein unter den Neonröhren. Du weißt nicht, wie das war, sie so zu sehen, Juan. Mama, mitten in der Nacht auf einem Plastikstuhl. Allein, weil Germán in die Fabrik zurückfahren musste, um etwas fertig zu machen, was er mittendrin liegen gelassen hatte, als Papa die Schmerzen bekam. Sie sah aus wie ein kleines Mädchen, das verloren gegangen ist, knüllte mit den Händen auf dem Schoß ein schon ganz zerknittertes Taschentuch zusammen. Die Geste kommt dir sicher bekannt vor, sie ist so typisch für sie. Sie sieht mich reinkommen und erkennt mich nicht. Ich muss ihr sagen, dass ich Isabel bin, ihre Tochter. Ein Scheißtag, Brüderchen. Was ich dafür gegeben hätte, mich da raushalten zu können, so wie du. Ich meine nicht mal dort oben im hohen Norden zu sein, an so schönen Orten, mit Andreu. Einfach nur bei mir zu Hause, oder selbst bei dem Treffen mit den Amerikanern. Alles, nur Mama nicht so sehen müssen. Ich habe mich neben sie gesetzt, habe ihre Hand in meine genommen und dann erleichtert aufgeseufzt. Ich wusste nicht, was uns erwartete, aber ich war schon mal dort, an meinem Platz. Wo ich sein musste. Jedenfalls, als wir schon ein paar Stunden zusammen da saßen, kommt ein Arzt herein und fragt, ob wir die Angehörigen von Juan Álvarez sind. Mama zuckt auf dem Stuhl zusammen. Es ist ein gut aussehender Mann, blaue Augen, groß, mit einem weißen Kittel, der aussieht, als gehörte er einem anderen. Vielleicht kommen sie morgens zur Arbeit und nehmen den erstbesten, den sie in ihrer Größe sehen, aus einer Art Gemeinschaftsgarderobe. Er hat eins von diesen Plastiknamensschildern um den Hals hängen, so eins, wie man sie auf Kongressen bekommt. Darauf sein Foto und sein Name. Ich bin Doktor Sánchez, Lungenfacharzt. Er erzählt uns, dass Papas Pleura eine ungewöhnliche Verdickung aufweist und dass aufgrund seiner Vorgeschichte als Asbestbelasteter eine hohe Wahrscheinlichkeit besteht, dass es sich um ein Pleura-Mesotheliom handelt. Ich weiß, was Mesotheliom heißt, aber Mama nicht. Ich frage den Arzt, ob das eine endgültige Diagnose ist, und er verneint. Um hundert Prozent sicher zu sein, werden sie am nächsten Morgen eine CT-gesteuerte Biopsie machen. Ich erspare Mama das Wort Krebs, solange die Diagnose noch nicht endgültig ist. Ich erspare ihr und dir, was ich über die Sache weiß. Seit ich an der Uni war, habe ich wohl alles gelesen, was zu dem Thema veröffentlicht worden ist. Jedes Mal, wenn ich einen Kollegen getroffen habe, der irgendwas mit Onkologie zu tun hatte, habe ich ihn mit Fragen gelöchert. Ich wollte es als Erste erfahren, falls sich durch die Falten der Wissenschaft irgendeine Behandlung für Papas Krebs abzeichnete. Ich wollte Zeit gewinnen, aber ich schaffte es nicht. Unter vier Augen weise ich Doktor Sánchez darauf hin, dass Papa schon seit über zwanzig Jahren vom Asbest weg ist. Und da sagt er mir, dass es nicht selten vorkommt, dass ein Mesotheliom sich erst so lange Zeit später zeigt. Ich unterbreche kurz, Juan, um auf diesen Ausdruck hinzuweisen, der so typisch für uns ist: sich zeigen. Wie schade, dass wir ihn immer im Zusammenhang mit tückischen Krankheiten verwenden. Lupus, Alzheimer, Krebs. Sie sind da, unter der Haut derer, die wir lieben, unter unserer eigenen Haut. Und dort bleiben sie, schön zugedeckt, ohne dass wir sie sehen. Bis sie nicht mehr können und eines Tages in uns drin aufplatzen. Da sind sie, sie zeigen sich. Nicht wie du. Ende des Einschubs.

Juan steht von dem alten Stuhl seines Vaters auf und geht in die Halle. Ihm schaudert angesichts der Höhe der Holzstapel. Germán hat ihm nicht gesagt, wie viele Kubikmeter das sind, aber sie reichen, um viele Türen, Türrahmen und Türrohlinge herzustellen. Juan hat in seinen Jahren hier unendlich viele dieser Türrohlinge angefertigt. Aber seine Aufgabe bestand nicht darin, zu rechnen, sondern die Bretter in Latten zu zerteilen, sie auf die richtige Größe zu schneiden und zusammenzusetzen, daher ist er nicht in der Lage, die Kubikmeter Kiefer in eine Anzahl Türen umzurechnen. Sein Vater hatte ein Auge für solche Dinge. Der Mann war kaum zur Schule gegangen, hatte aber ein Talent zum Rechnen, wie Juan es bei niemand sonst gesehen hat. Sie fuhren die Straße entlang, der Mann sah aus dem Fenster und sagte, so wie es in diesem Winter geregnet hat und wie das Getreide stand, wird der und der aus dem Feld hier soundso viele *fanegas* Gerste rausholen. Denn der Alte berechnete das Korn noch in *fanegas*, den Wein in *arrobas*, das Geld in *duros* und die Herausforderungen des Lebens in *cojones*, in Eiern. Diese Art, die Welt in traditionellen Maßeinheiten zu messen, gab ihm etwas Altmodisches. Näher an Meilen und den alten spanischen Maravedí-Münzen als an den Euros, mit denen er nie ganz vertraut wurde. Während er durch die Halle läuft, fragt Juan sich nach dem Wert jeden Objekts. Wie viel würde man ihm für einen Gabelstapler von Toyota zahlen, wie viel für eine Pressmaschine Marke Indianapolis? Wer würde eine zwanzig Jahre alte Hobelmaschine haben wollen? Er tritt in den Hallenanbau. Auf den Arbeitsbänken liegen mehrere halb montierte Türen. Die Schleifmaschine steht seit Anbeginn der Zeiten in der Ecke. Sie ist so alt, dass sie womöglich noch eine der Maschinen ist, die von der Geschäftsübernahme stammen. Es würde mehr einbringen, sie an einen Antiquitätenhändler zu verkaufen als an eine Konkurrenzwerkstatt. Vielleicht könnte sie zur Dekoration einer dieser Bars mit rustikalem Touch dienen, in denen jeder Stuhl irgendjemandes Vater oder Mutter gehört hat und die Lampen nach Industrie aussehen. Wenn man es so betrachtet, steckt in der Fabrik Material, um gleich mehrere solcher Locations auszustatten.

Die Sonne hat schon etwas von ihrer Kraft verloren, als Juan ins Freie tritt. Hinter dem Transformatorturm stehen stumm und still die Mandelbäume. Die Mandelbäume seines Vaters. Er geht zum Auto und sieht es sich genauer an als am ersten Tag. Er betrachtet es als Antiquität (Geld) oder als eine Familienreliquie (Erinnerung), ist aber außerstande, es sich als Transportmittel vorzustellen, was ihm das Leben sehr erleichtern würde. So muss er zum Beispiel in drei Wochen mit seiner Mutter nach Toledo fahren und quer durch die Stadt, vom neuen Teil in den alten, mit dem Bus von hü nach hott. Er betet, dass alles glattgeht, dass es keine übermäßigen Wartezeiten gibt und sie beide Termine abhaken können. Andernfalls werden sie noch einmal in die Provinzhauptstadt zurückkehren müssen. Wieder den ganzen Tag auf eine so kurze Fahrt verwenden. Er schließt das Auto auf und setzt sich ans Steuer. Betrachtet den Innenraum, der ihm winzig vorkommt. Der vertraute Anblick der Sitzbezüge, das ungepolsterte Lenkrad, die Schiebefenster, alles so klapprig. Neben dem Tacho ist eine kleine rechteckige Öffnung in das Plastik des Armaturenbretts geschnitten. Dorthin steckte sein Vater normalerweise ein kleines Kruzifix mit Metallrand und hölzernem Innerem. Sein Vater war ein Mann mit einem privaten Glauben, weder mitteilsam noch missionarisch. Er sagte nichts zu seinem Sohn an dem Tag, als dieser zum ersten Mal beschloss, dass er nicht mehr in den Gottesdienst gehen würde. Juan hatte ihn nie nach dem Kreuz gefragt, das ebenso sehr in das Auto integriert war wie die zum Fahren bestimmten Elemente. Er kam aus einer Zeit, in der alles Gottes Schutz anvertraut wurde: Reisen, Geschäfte, Ernten, das Geschick der Sprösslinge. *Geh mit Gott* war eine Abschiedsformel, die sein Vater relativ häufig verwendete. Aber nicht, als er nach Schottland wegging. Auch das tut Juan leid. Er schnaubt, und ihm kommt eine Erleuchtung. Er steckt den Schlüssel ins Zündschloss und dreht ihn herum. Man hört einige Schwalbenkinder piepsen, die unter dem Vordach am Stromturm nisten, genau über dem Auto. Er zieht den Schlüssel aus dem Schloss und schnaubt. Verflucht sein Pech und wirft den Kopf vor und zurück. Bei einer dieser Bewegungen, die Augen geschlossen, schlägt er mit der Stirn gegen das Lenkrad, und daraufhin kommen noch Schmerzensschreie zu denen aus reiner Verzweiflung.

23

Der Zahnschmerz, über den seine Mutter sich zum ersten Mal am Tag nach dem Begräbnis beklagt hatte, macht schließlich ein Implantat nötig. Sie kommen mit dem Nachmittagsbus in Torrijos an und laufen bis zu der kleinen Praxis. Im Wartezimmer sitzt nur ein einziger Patient, der sich die Zeit mit dem Lösen eines Kreuzworträtsels vertreibt. Sie grüßen und setzen sich. Bei einem vorherigen Termin hat der Zahnarzt sie informiert, dass der komplette Eingriff, inklusive Vorbereitung, Betäubung, Chirurgie und postoperativer Versorgung mehrere Stunden dauern könnte. Juans Idee ist, seine Mutter dort zu lassen und sich mit Fermín zu treffen, sie haben sich auf einen Drink verabredet. Er muss ihm erzählen, was bei ihm gerade so los ist, muss Dampf ablassen.

Obwohl sie einen Termin um Punkt fünf hatten, warten sie schließlich vierzig Minuten, bis der Chirurg sie holen kommt. Die Mutter blättert eine Zeitschrift durch; Juan hat sich nicht gesetzt und tigert durch das kleine Wartezimmer. Das dauert aber, sagt die Mutter und sucht den Blick ihres Sohns. Der andere Patient blickt ebenfalls zu ihm. Ihr seid selbst schuld, denkt Juan bei sich, weil ihr es mit der Zahnpflege nie so genau genommen habt. Die erste Zahnbürste kam ins Haus, weil Isabel sie in der Schule bekommen hatte, zusammen mit einer kleinen

Gratistube Zahnpasta. Als die Mutter es müde ist, auf eine Antwort von ihm zu warten, wendet sie sich wieder der Zeitschrift zu. Der Mann hält ein bisschen länger aus und blickt Juan weiter an, der vor sich hinbrütet. Wenn ihr besser aufgepasst hättet, dann wären wir jetzt nicht hier. Der Plural wandelt sich plötzlich in einen Singular und rückt zum Vater. Du bist in Rente geschickt worden, weil du Asbest eingeatmet hast, und hast dich aus freien Stücken in eine Wolke aus Sägemehl begeben. Du hättest deine Rente wegen Behinderung behalten und den Rest deines Lebens damit verbringen können, dich um den Gemüsegarten und die Mandelbäume zu kümmern. Aber nein, du musstest dir ja ein Geschäft anlachen, von dem du keine Ahnung hattest, um weiter Staub einzuatmen, bis du daran gestorben bist. Die Arbeit ist für euch das Maß aller Dinge gewesen, und der Sinn des Lebens. Jemand, der vom Büro aus reich wird, indem er Geld *bewegt*, dabei aber keinen Tropfen schwitzt, ist unanständig.

Juan blickt wieder auf die Uhr. Es regt ihn nicht so sehr auf, zu spät zu seiner Verabredung zu kommen – Fermín trinkt sicher in aller Seelenruhe schon mal was –, als dass der Zahnarzt ihm seine Zeit *stiehlt*. Wenn er sich nicht sicher war, ob er mit dem vorherigen Patienten zu einer vernünftigen Zeit fertig werden könnte, dann hätte er ihnen halt einen späteren Termin geben sollen. Er fühlt sich von einem Zahnarzt benutzt, der zu seinem eigenen Vorteil über die anderen bestimmt. Wenn er mit einem Patienten fertig ist, kann er ohne Pause mit dem nächsten weitermachen, und so dafür sorgen, dass seine Arbeitstage so lukrativ wie möglich sind. Der Mann mit dem Kreuzworträtsel, seine Mutter und er warten dort gerade, damit der Arzt ein Haus im Dorf und noch eins in Benidorm haben kann. Er ist darauf vorbereitet, ihm die Meinung zu sagen. Er hat kein Recht dazu. Seine Fäuste sind geballt und die Schultern angespannt. Die Mutter seufzt klangvoll. Das ist ihre Art, sich zu beklagen. Von dem Geld, was er von ihnen für das verdammte Implantat kassieren wird, kann seine Mutter drei Monate lang leben. Irgendwo geht eine Tür auf. Die Stimme des Zahnarztes ist zu hören. Juan blickt auf den Gang, der wird was zu hören bekommen. Der Mann erscheint in Begleitung einer Mutter und eines fünf- oder sechsjährigen Jungen. Der Junge hat Tränen in den Augen, und der Arzt tupft sie ihm mit einem Papiertaschentuch weg, während er sanft mit ihm spricht. Er drückt dem Jungen einen Aufkleber mit einem Smiley auf die Brust.

Es ist zehn nach sechs, als Juan zu seiner Verabredung kommt. Ende August. Fermín sitzt auf der Terrasse einer Bar in einer Fußgängerzone, die in Wirklichkeit das Dach eines unterirdischen Parkhauses ist. Sie sind die einzigen Gäste. Seit dem Tod des Vaters sind vier Wochen vergangen. Juan beschwert sich mit durchgeschwitztem Hemdkragen gleich beim Ankommen über den Zahnarzt und die Temperatur. Er entschuldigt sich nicht bei seinem Freund für die Verspätung. Sagt Dinge wie »Hitzewelle«, »Schwüle« und »das verdammte Arschloch«. Wie viel Grad ist es wohl, achtunddreißig? Fermín hört ihm zu, sitzt zurückgelehnt auf dem Aluminiumstuhl und schlürft seine Limonade durch einen Strohhalm. Seine Stirn unter der Haartolle glänzt, aber er beklagt sich nicht. Juan kotzt seine Empörung raus, dazwischen flicht er Bemerkungen über das Wetter ein. Fermín betrachtet ihn ruhig. Juan hebt die Hand und bestellt einen Krug eiskaltes Bier für sich und noch mal das, was sein Freund da trinkt. An einem Tag wie heute sind dort zweiundzwanzig Grad. Allenfalls dreiundzwanzig, sagt er. An solchen Tagen nutzt er die Gelegenheit und geht am Water of Leith spazieren, dem Fluss, der sich durch das Herz der Stadt schlängelt. Er benutzt diese Worte: Herz und schlängeln. Dass der Fjord die Temperatur mäßigt. Der Breitengrad, die Umlaufbahn der Sonne, die nautische Dämmerung. Die Getränke kommen, und Juan trinkt den halben Krug in einem Zug aus. Denn das ist noch so was, fährt er fort, während er sich den Schaum vom Schnurrbart wischt. Um diese Jahreszeit dauert die Nacht vier Stunden. Fermín schwitzt und schweigt. Noch ein Schluck. Juan beschwert sich jetzt darüber, dass er gerade Kompost auf den Beeten des Botanischen Gartens verteilen oder in seinem Apartment mit Blick auf den Forth sein sollte (er sagt *fourrzz*, spricht das Englisch überdeutlich aus). In diesem *sollte* liegt eine Missachtung seines Freundes, die Juan nicht auffällt. Er erzählt Fermín von seinen Erinnerungen wie ein von den Grenzen des Imperiums zurückgekehrter Forschungsreisender. Und alles, was er sagt, hat in Cruces, in Torrijos und in Spanien ein heißes oder staubiges oder drittweltmäßiges oder vulgäres oder rebellisches Gegenstück. Scheint ja, dass dort alles *perfekt* funktioniert, sagt Fermín, aber Juan achtet nicht auf die Betonung, sondern auf die wörtliche Bedeutung und greift das Wort auf, als ob sein Freund ihn ermuntern wolle anstelle des Gegenteils. Das will ich meinen, sagt er. Dort habe ich mich um neun Uhr morgens unwohl gefühlt, und um neun Uhr zweiundzwanzig stand ich vor Doktor Fisher in der Praxis in Stockbridge. *Haargenau* wie beim Zahnarzt meiner Mutter, fügt er hinzu. Fisher und Stockbridge spricht er mit demselben Akzent aus wie Forth. Fermín ist keiner, der ihn korrigieren könnte, denn abgesehen von der Zeit, als er in der kaufmännischen Abteilung der Bilderrahmenfabrik seines Vaters arbeitete, hat er nie Englisch gesprochen. Fermín könnte Stockbridge nicht auf eine solche Weise aussprechen, die so knackig das ck und das ch am Ende markiert: *Stock-brich.* Dennoch weiß er genug, um zu merken, dass der Akzent seines Freundes völlig übertrieben ist. Fermín hört zu und lässt dabei die zwischen dem Eis am Grund des Glases gefangenen Bläschen blubbern, er denkt sich, dass Juan ein bisschen runterfahren sollte, endlich mal landen. Aufhören, hier rumzulaufen und alles so auszusprechen, als käme er aus Edinburgh, und sich auf das konzentrieren, was passiert ist und was vor ihm liegt. Juan macht einfach weiter, nun erzählt er ihm, wie einfach es dort ist, ein Geschäft aufzumachen, wie wenig Selbstständige zahlen müssen, von den Hilfen für schwangere Frauen, Minderheiten, Behinderte ganz abgesehen. *Ganz genau wie hier*, beharrt er auf der Betonung. Aus Fermíns Tolle rinnt ein Tropfen Schweiß, der ihm über die Stirn läuft. Sieh mal meine Mutter, mit der Diagnose Alzheimer. Ich will nicht behaupten, dass sie dort die Königin wäre, aber sie hätte jemanden, der jeden Tag zu ihr nach Hause kommt, um sie zu versorgen, geschickt von der NHS. Von wem? *Naschionell Helz Serviss,* so heißt dort die Sozialversicherung. Entweder das, oder ein gutes öffentliches Heim. Was auch nicht so schlimm ist, sagt er in Gedanken an Isabel. Ganz zu schweigen vom Zahnarzt, klar. Das Implantat wird uns etwa tausendfünfhundert kosten. Zum Glück lassen sie es uns in Raten zahlen. Dort wäre es für eine Witwe wie sie kostenlos. Fermín nickt und bestellt beim Kellner eine weitere Runde. Juan macht stur mit seiner Leier weiter. Fermín nimmt einen langen Schluck von seinem kühlen Getränk, steht auf und sagt zu seinem Freund, dass er ihn nicht wiedererkennt. Du beschwerst dich, dass du um diese Uhrzeit hier sitzt, in der Sonne, statt dort Mist zu schaufeln. Du bist ein Vollidiot.

24

Abends, nachdem seine Mutter ins Bett gegangen ist, beschließt er, sich auf die Veranda zu setzen. Das Gespräch mit Fermín nagt noch an ihm. Die Grillen zirpen auf dem Platz. Ein Lüftchen weht. Der Korbstuhl knirscht unter dem Gewicht seines Körpers. Die Fasern, aus denen er gearbeitet ist, werden weiter da sein, wenn seine Mutter bereits nicht mehr ist. Wenn keiner von ihnen mehr ist. Er denkt an die Kürze des Lebens, aber auch daran, wie schwer es reduzierbar ist. Es ist nicht so einfach zu sterben. Es ist nicht so leicht, einen Menschen zu töten, hat er irgendwann einmal gehört. In den Filmen wird die Widerstandskraft des Körpers durch Schüsse und Messerstiche heruntergespielt. In Wirklichkeit klammern die Zellen sich solange es geht an den Sauerstoff, um noch ein wenig länger zu überdauern.

Er steht aus dem Stuhl auf, und das Korbgeflecht ächzt ein letztes Mal. Er geht ins Wohnzimmer und sieht sich die Buchrücken an. Larousse-Enzyklopädie, Premios Ateneo de Sevilla, Colección Austral. Der Lesestoff des Buchhändlers ist auf diesen wenigen Regalbrettern verkörpert. Juan fragt sich, wie er seinen Vater wohl davon überzeugt hat, das alles zu brauchen. Die Enzyklopädie kann er verstehen. Sowohl Isabel wie er selbst haben sie in der Schulzeit viel benutzt. Aber die Reihe mit preisgekrönten

Romanen, alle in der Gestaltung mehr schlecht als recht auf alt gemacht, noch unberührt, für wen waren die? Er fährt mit dem Finger über die Buchrücken der Colección Austral. Seneca, *Dialoge*. Der Band mit dem Titel »Von der Kürze des Lebens« hat eine angestoßene Ecke. Ein Stückchen dahinter ragt eine Pappmappe zwischen den Büchern hervor. Er nimmt sie, schlägt sie auf, Papiere. Zweite Phase der Siedlung für geförderte Reihenhäuser in Maqueda. Zwölf Wohnungen. 87.325,19 Euro.

25

Der Linienbus setzt sie an einer Tankstelle am Ortseingang von Toledo ab. Die Mutter zeigt Juan, wie man zur Praxis des Kardiologen kommt, fünf Minuten Fußweg von dort. Es ist neun Uhr morgens, und das Thermometer an der Tankstelle steht schon auf vierundzwanzig Grad. Sie laufen über den Bürgersteig, suchen den Schatten der Götterbäume und der Falschen Akazien. Juan hat die Mappe mit den Papieren in der einen Hand. Das ist ihr ganzes Gepäck für den Tag. Arzt, Sozialversicherung, und zurück nach Cruces mit dem Bus um Viertel nach zwei.

Das Ärztezentrum ist in einem Backsteingebäude am Tajo. Sie gehen durch eine Tür hinein, auf der PRAXEN steht. Hinter einem Fensterchen sitzt ein Empfangsmitarbeiter im blauen Overall, ein Schlüsselbund baumelt an seinem Gürtel. Er ist so mit seinem Telefon beschäftigt, dass er nicht mal zu ihnen aufblickt. Unmerklich, selbst für Juan, wandelt sich der matte Tonus der Mutter in einen dynamischeren. Wenn sie ein Jagdhund wäre, würde man sagen, dass Ohren und Rute aufgestellt sind. Drinnen ist es dunkel. Die Mutter sucht etwas in der Tasche, ein Papiertaschentuch. Juan nutzt diese kurze Unterbrechung, um sich in Richtung des Empfangsfensterchens umzudrehen, aber er hat keine Zeit, irgendwas zu fragen, weil seine Mutter schon wieder losgelaufen ist.

Zum ersten Mal ist sie es, die die Kontrolle über die Situation übernimmt und ihren Sohn durch die schwach erleuchteten Gänge führt. Für Juan sieht alles gleich aus: dieselbe Holzleiste am unteren Abschnitt der Wände, dieselben Schutzkappen an den Ecken, dieselben Bilder mit Stadtansichten von Toledo, dieselben künstlichen Pflanzen. Die Mutter scheint jedoch ganz genau zu wissen, wo sie hinmuss. Sie ist auf ihr vertrautem Gebiet, über das Juan überhaupt nichts weiß. Sie laufen an den Türen zu verschiedenen Sprechzimmern vorbei. Die Schilder, die verkünden, welcher Fachbereich hinter jeder davon liegt, bestehen aus zwischen Aluminiumschienen geschobenen Buchstaben. Wenn ein Onkologe in Rente geht, stirbt oder durch einen verbesserten Tumormarker ein Vermögen macht, schraubt irgendwer die Schienen ab und setzt die Buchstaben neu zusammen, damit dort dann Zahnarzt oder Stomatologe steht. Die Mutter läuft weiter, bis sie vor einer Tür stehen bleibt, auf deren Schild steht: SPRECHZIMMER VIERZEHN. DOKTOR GARCÍA COLCHERO, KARDIOLOGE. Die Frau öffnet die Tür, ohne anzuklopfen, und sie gehen direkt in ein Wartezimmer, in dem zwei Männer sitzen: Einer blättert in einer Klatschzeitschrift, und der andere tippt etwas in sein Handy. Guten Morgen, sagt die Mutter, und sie setzen sich. Es riecht nach einem Raumduft, es gibt keine Fenster, die Stühle sind blau; die Zeitschriften sind zur Unterhaltung für alle Arten von Herzkranken gedacht, ohne sie irgendwie in Aufregung zu versetzen: Aufnahmen an den Stränden von Ibiza; der beste Geländewagen am Markt, wenn du Familie hast; wie man Smoothies aus Gemüse mit Trockenobst macht; Solarzellen, lohnt sich das?; »Modernisierung im Dorf: vom alten Milchladen zur romantischen Zuflucht«. Nichts über die aktuelle politische Lage, die in Spanien, als gutes Mittelmeerland, den Puls in die Höhe treibt. Juan bemerkt, wie still seine Mutter neben ihm sitzt. Wenn er Isabel wäre, wüsste er, dass diese Stille im Wartezimmer einer Mischung aus Angst vor der Diagnose und Ehrfurcht vor dem Arztberuf entspricht. Die Frau geht in die Praxis wie Gläubige in die Messe. Der Arzt ist ein Priester, der Interpret eines Arkanums, der Übersetzer des schwer Verständlichen. Sie ist immer pingelig genau mit seinen Anweisungen gewesen, und vor allem mit den Medikamenten. Wenn Doktor Colchero sagt, dass sie jeden Nachmittag eine halbe Stunde laufen soll, dann läuft sie. Wenn es eine Stunde sein soll, dann eben eine Stunde. Wenn sie zu dem Tablettencocktail, den sie jeden Tag schluckt, ein weiteres Viertel Tromalyt für den Kreislauf hinzufügen soll, setzt sich die Frau mit der Spitze eines Küchenmessers hin, um eine ohnehin schon kleine Pille in vier Stücke zu teilen. Wenn Juan Isabel wäre, wüsste er auch, dass seine Mutter in diese Sprechstunde kommt, um eine Salbung zu erhalten. Wenn dieser Mann ihre Untersuchungsdaten durchsieht, den Kopf von den Blättern hebt und ihr sagt, dass alles in bester Ordnung ist, dann atmet sie auf. Aber wenn er ihr dazu noch sagt, dass es außergewöhnlich ist, dass eine Frau ihres Alters eine derartige Disziplin hat, dann schwillt sie vor Stolz. Und das tut sie völlig zu Recht, denn dieser Frau sagt – abgesehen von ihrem Kardiologen und Guadalupe, seiner Arzthelferin – niemand, wie gut sie alles macht. Sie erinnert sich nicht an das letzte Mal – falls es das überhaupt je gegeben hat –, dass ihr Mann oder eins ihrer Kinder kommentiert hätte, wie gut der Reis mit Rebhuhn schmeckt. Mutter, so cremig, wirklich wunderbar. Das Fleisch zerschmilzt einem ja im Mund, und dieser Karamellpudding, göttlich! Und wie selbstlos du bist, meine Liebste, hätte ihr Mann irgendwann einmal zu ihr sagen müssen. Und wie treu, und welches Durchhaltevermögen, du hast dich nie beklagt. Weder als du unter Schmerzen Kinder zur Welt gebracht hast, noch als du dein Dorf verlassen musstest und in dieses Loch in Getafe zogst, wo du die Kinder, meinen Vater und mich gut versorgt hast. Du hast uns alle mitgezogen, wie ein Maultier, ohne Klagen, und wir haben dich nie weinen gesehen. Ich bin stolz auf dich, Frau. Und dankbar. Aber nichts davon hat sie in ihrem Leben je gehört. Wenn der Arzt sie also zu ihren Hämakrotit- oder ihren Ferritinwerten beglückwünscht, klammert sich die Mutter an das Molekulare, weil sie auf diesem Gebiet die einzige Souveränin ist, wo sich weder der wohlgemeinte Protektionismus von Isabel noch der Autoritarismus desjenigen einschalten, der ihr Mann war. Auch in diesem Punkt ergreift Juan nicht Partei, er hat sich an seinem bequemen Platz als jüngster Sohn nicht angesprochen gefühlt, zuständig weder für das emotionale Wohlbefinden seiner Mutter und erst recht nicht für das molekulare. Isabel schon. Er nicht. Sie ist abrupt von der Bühne abgetreten, ist durch eine Mauer gesprengt, wie es Figuren in Zeichentrickfilmen tun, und in der Wand ist ein Loch in der Form ihres Umrisses zurückgeblieben, inklusive Haaren, Hüften und verkrampften Fingern. Und jetzt muss Juan eilig durch dieses Loch klettern und die Silhouette so gut er kann ausfüllen, was bedeutet, die Arztbesuche mit seiner Mutter nicht wie ein Ärgernis oder eine unausweichliche Pflicht zu erleben, sondern als seine Verantwortung als Sohn, in der auch Zuneigung spürbar sein sollte. Die Silhouette in der

Wand sagt es klar und deutlich: Du wirst dich um Mama kümmern, und du wirst das anständig machen. Aber nicht nur das. Es wird nicht reichen, dass du dich um die Verpflichtungen und Dringlichkeiten des Moments kümmerst. Du wirst den noch in der Zukunft liegenden Bedürfnissen zuvorkommen müssen. Damit zu Hause nie die vom Arzt verschriebenen Medikamente fehlen. Damit immer ihre Lieblingsmilch im Kühlschrank ist. Damit sie sich bei der Arbeit mit den Pflanzen nicht schneidet, und falls das doch mal passiert, dass die Wunde versorgt und die Blutung gestoppt wird. Wenn möglich, beschaff dir ein Auto. Belaste sie nicht mit dem Warten an Bushaltestellen, unter freiem Himmel, und auch nicht mit Wanderungen durch die steilen Straßen von Toledo. Damit die Art, *wie* sie irgendwohin gelangt, kein weiterer Kieselstein in ihrem Schuh ist. Du kümmerst dich darum, das Auto bereit zu haben, egal welches, damit die Dinge im Fall einer Notsituation oder beim Wocheneinkauf nicht noch komplizierter werden. Kümmer dich darum, dass die Telefonnummern der Ärzte klar und deutlich sichtbar sind, dass ihre Kleidung angemessen ist, dass es nicht an neuen Samen fehlt, die sie eigenhändig großziehen und sich an den daraus sprießenden Blüten erfreuen kann. Und darum, dass Mama deine Entscheidung zu bleiben oder zu gehen – bei dir halte ich nichts für unmöglich – mit ausreichend Vorlauf erfährt.

Juan fragt sich, ob seine Mutter wohl wusste, dass Isabel direkt nach dem Begräbnis des Vaters abreisen würde. So wie er seine Schwester kennt, hat sie sie sicherlich irgendwie vorbereitet. Sie wird sie nach und nach eingewickelt haben mit einer gut einstudierten Rede, in der das Versprechen von Stabilität und Sicherheit einen zentralen Platz einnimmt. Mutter, wenn wir aus Amerika zurückkommen, wird BioKapsid ein Vermögen wert sein. Bio was? Unser Unternehmen, Mama. Ach ja, das Unternehmen mit Andreu. Genau, das. Wir haben viel gearbeitet, und unser Patent ist sehr vielversprechend. Ich weiß nicht, wovon du redest, Tochter. Ich rede davon, dass wir für ein Jahr in die USA ziehen müssen, um den Transfer des Unternehmens an die Amerikaner abzuschließen. Und wie werdet ihr das machen? Nun, wir müssen sie ausbilden und gemeinsam neue Vorgehensweisen entwickeln und Skalierungsformeln beschließen und ... Schon gut, schon gut. Wenn alles gut geht, haben wir für unser halbes Leben ausgesorgt, wenn wir nach Spanien zurückkommen. Eher für den Rest unseres Lebens. Du wirst dich in der Zukunft um nichts sorgen müssen. Gott sei Dank, Tochter. Fürs Leben ausgesorgt. Als wärst du Beamtin. Ja, Mutter, als wäre ich Beamtin. Ich habe immer gewollt, dass ihr als Beamte unterkommt, habe ich dir das mal gesagt? Ja, das eine oder andere Mal. Es gibt nichts Besseres. Weder du noch dein Bruder haben verstanden, was es heißt, Beamter zu sein. Vierzehn Monatsgehälter Jahr für Jahr. Lohnzulagen inklusive. Und nicht irgendwo irgend so einen Job machen. Der Sohn von Angustias hat eine Stelle beim Amt. Mutter, ich habe dir schon gesagt, dass es für uns mit unserem Unternehmen sehr gut läuft und dass wir viel mehr Geld verdienen als jeder Beamte. Ja, schon gut, meinetwegen, aber ein Beamter ist jeden Tag um vier Uhr nachmittags zu Hause. Und du musst nach Amerika fahren. Du fährst doch nach Amerika, oder? Ja, nach Virginia. Wohin auch immer, Tochter, jedenfalls sehr weit weg von deinem Haus und deiner Familie. Meine Familie fährt mit, und zu der Vereinbarung gehört auch, dass sie uns dort ein Haus zur Verfügung stellen. Ich meinte diese Familie und dieses Haus hier. Ich meinte mich, Tochter, du lässt mich allein.

Guadalupe erscheint in der Tür und sagt den Namen eines der wartenden Patienten. Der Mann, der gelesen hat, legt die Zeitschrift auf den Tisch und steht auf, um der Arzthelferin zu folgen, da sieht diese Juans Mutter. Sie bittet den Patienten, schon einmal ins Sprechzimmer zu gehen, und geht auf die Frau zu. Juan würdigt sie keines Blickes. Sie fasst sie an den Händen, die Mutter steht auf und Guadalupe umarmt sie herzlich. Juan erhebt sich und beobachtet sie. Diese Frau muss seine Mutter sehr mögen, denkt er. Von Seiten der Mutter kann man nicht sagen, dass sie die Umarmung voll erwidert, auf die verschmelzende Art.

Plötzlich wird Juan klar, dass diese Umarmung von Guadelupe vielleicht nicht mit der – mehr oder minder speziellen – Beziehung zu tun hat, die sie zu seiner Mutter hat, sondern mit ihrem eigenen Wesen. Dass die Helferin des Kardiologen eine von diesen Personen ist, die man als *warmherzig* bezeichnet. Und die außerdem so trainiert in der Ausübung von Zuneigung ist, so spirituell entwickelt, dass sie die Last der Scham abgelegt hat und es ihr nichts ausmacht, wen auch immer in aller Öffentlichkeit so zu umarmen. Wenn das die Natur der Frau ist, könnte er der Nächste sein, der umarmt wird. Ihn schreckt die Vorstellung, dass sich diese unbekannte Frau, wenn sie mit seiner Mutter fertig ist, auf ihn stürzt und ihn in ihre universelle Liebe hüllt. Mit winzigen Schritten weicht er zurück, so weit es ihm in dem kleinen Warteraum möglich ist, bis seine Kniekehlen an den Rand eines der blauen

Stühle stoßen. Wenn es nach ihm ginge, würde er noch weiter zurückweichen, würde sich setzen, sich hinter der Zeitschrift verschanzen, sie auf Augenhöhe heben, wie ein Spion, und sich ganz von dem Artikel mit dem Titel »Modernisierung im Dorf« gefangen nehmen lassen. Ein aus einer umgedrehten Dreschmaschine gebauter Tisch, auf den eine dicke Glasscheibe gelegt worden ist, darauf einige Architekturbücher und eine Monographie über Mapplethorpe. Ein Waschbecken aus Messing, eingelassen in einen Granitblock, der von einem Mühlstein stammt. Sträußchen aus Kräutern der Provence, getrocknete Ähren, bunte Blumen hier und da. Die alte Melkmaschine ist zu einer Garderobe umgebaut. Dort könnte auch die alte Schleifmaschine einmal landen, neben einem Klavier an einem zweiten Wohnsitz.

Er denkt, dass die Frau, die seine Mutter umarmt, das tun kann, weil sie nicht die Mauern überwinden muss, die die Familie aufbaut, denn es ist ein von außen kommender Körper und daher nicht den Begrenzungen des Häuslichen unterworfen. Noch nie in seinem Leben hat er gesehen, dass seine Mutter auf eine solche Weise behandelt wurde. Das Bild der beiden Frauen erinnert an die Rückkehr des verlorenen Sohnes von Rembrandt. Sie haben etwas Biblisches. Eine geschwisterliche Liebe, die Juan ein bisschen beschämt. Er hat das Gefühl, dass diese Frau sich einen Platz anmaßt, den er einnehmen müsste. Dass die Wolke, in der die beiden schweben, ihm gebühren würde. Er müsste so von seiner Mutter behandelt werden. Er denkt nicht daran, dass auch er seine Mutter so behandeln müsste. Er, der aus dem Nest ausgeflogen und zurückgekehrt ist. Er, der etwas von der Welt gesehen und andere Arten der Liebe kennengelernt hat. Er, der Junge, ist es, der über die Mauern springen oder sie vielleicht einreißen und auf seine Mutter zulaufen sollte, um mit ihr zusammenzukommen.

Guadalupe löst die Umarmung so sanft, wie sie sie begonnen hat. Jetzt stehen die beiden sich gegenüber, an den Händen gefasst, und blicken sich in die Augen. Das mit deinem Mann tut mir sehr leid, sagt sie zu ihr. Es tut mir wirklich leid. Und dann dreht sie sich zu Juan, das hier muss sicher dein Sohn sein. Die Mutter nickt. Der, der in England lebt. Juan streckt ihr, ohne sie zu korrigieren, die Hand hin, und sie fasst sie an den Fingern und hält sie so einige Sekunden lang. Das mit deinem Vater tut mir leid, sagt sie und lässt seine Finger los. Der Doktor und ich haben ihn beide sehr geschätzt. Juan nickt schweigend, dankt ihr für ihre Worte. Die gefürchtete Umarmung hat er nicht bekommen, und jetzt fehlt sie ihm.

Während sie auf den Bus ins Stadtzentrum warten, die Mutter auf dem Sitz der Haltestelle, er im Stehen, spürt Juan immer noch die Unruhe, die die Umarmung der beiden Frauen in ihm ausgelöst hat. Noch nie hat er seine Mutter in den Armen einer fremden Person gesehen. Tatsächlich erinnert er sich überhaupt nicht, sie je in den Armen von irgendwem gesehen zu haben. Seine Mutter, hat er gerade entdeckt, hat ein Leben, in dem Platz ist für diese Art von Gefühlen. Was hat sie getan, um die Zuneigung von Guadalupe und Doktor Colchero zu verdienen? Wo war er, während diese Umarmung geformt wurde?

26

Sie sitzen in dem Linienbus, der zum Altstadtkern hinauffährt, wo sie ihren Termin bei der Sozialversicherung haben. Auf den Gehwegen laufen die Fußgänger von Schatten zu Schatten. Weder Juan noch seine Mutter geben irgendeinen Kommentar zu dem ab, was in der Praxis geschehen ist. Sie ist eine schweigsame Frau, und er redet lieber nicht. Er beruft sich auf die Bestimmungen einer Beziehung, in der keine Höflichkeit nötig ist. Er kann nach Hause kommen und muss sich nicht einmal die Mühe machen zu grüßen. Sie kann ihn wie einen kleinen Jungen ausschimpfen. Man muss weder Danke sagen noch um Entschuldigung bitten. Man kann zu spät kommen, kann den anderen selbst dann ignorieren, wenn sonst niemand im Raum ist.

Juan denkt an das zurück, was im Sprechzimmer des Kardiologen passiert ist. Der Arzt hat gesagt, dass die Untersuchungsergebnisse der Mutter perfekt sind und sie erst in sechs Monaten wiederkommen müssen. Er hat ihr jedoch empfohlen, einen Termin beim Neurologen zu machen. Anscheinend ist Alzheimer eine Krankheit, die langsam oder sehr schnell voranschreiten kann. Er hat aus der Tür des Sprechzimmers geschaut und Guadalupe ein Zeichen gegeben, die sich schnell darum gekümmert hat, mit der Mutter zu plaudern, während sie sich hinter einem Wandschirm im Nebenraum wieder anzog. Du musst auf ihre Bewegungen achten, hat er leise zu Juan gesagt. Ob sie stolpert oder fällt. Auch auf andere Sachen. Typischerweise wird sie irgendwann teilnahmslos. Aber das erklärt dir der Neurologe genauer, wenn ihr zu ihm geht. Juan hat mit einer gewissen Zufriedenheit registriert, dass der Arzt seiner Mutter ganz selbstverständlich davon ausgegangen ist, dass er es sein wird, der sich um ihre gesundheitlichen Angelegenheiten kümmert. In der Zeit, die sie dort gewesen sind, ist alles ganz harmonisch verlaufen: Die Eltern werden alt, und die Kinder kümmern sich um sie. Zumindest in Spanien. Dass der Arzt das Ganze aus dieser Perspektive behandelt hat, hat ihn beruhigt, denn jetzt schwimmt er nicht mehr gegen den Strom. Er macht, was von ihm erwartet wird. Und bekommt dafür weder Lob noch das Gegenteil. Beim Abschied hat der Doktor ihm die Hand gedrückt und mit der anderen seinen Ellbogen gefasst und so den Eindruck einer besonderen Verbundenheit betont. Ich bin Arzt, ich richte mich nach dem hippokratischen Eid, ich erledige meine Arbeit so gut ich kann, ohne einen Unterschied zwischen meinen Patienten zu machen. Ich diene ihnen allen und gebe ihnen mein Bestes. Das ist die ärztliche Berufung. Aber das schließt nicht aus, dass man manche Patienten besonders ins Herz schließt. Man ist ja nicht aus Stein. Deine Eltern kommen schon seit zwanzig Jahren in diese Praxis, das ist eine lange Zeit. Und in diesem doppelten Druck, Hand und Ellenbogen, liegt die Zuneigung, die der Arzt und seine Sprechstundenhilfe – Juan weiß immer noch nicht so genau, warum – für sie empfinden.

Aber so beruhigend das Urteil des Kardiologen ist, so besorgniserregend ist das des Beamten von der Sozialversicherung. Obwohl sie den Termin für 11.35 Uhr vereinbart haben, kommen sie erst um zwölf Uhr dran. Wieder sitzen beide auf Plastikstühlen. Die Mutter hat die Hände im Schoß gefaltet, und er beobachtet das Kommen und Gehen von Steuerzahlern und Beamten. Juan achtet die ganze Zeit auf die Bildschirme, wann wohl ihre Nummer aufgerufen wird. Die Verspätung wächst, und er quält sich mit dem Gedanken, dass der nächste Bus, falls sie den um Viertel nach zwei nicht erwischen, erst um sieben Uhr fährt. Fünf Stunden mit seiner Mutter in Toledo. Sie könnten ein Museum oder die Kathedrale besuchen, aber es ist August und über Mittag hat alles zu. Der Wartebereich ist voller Leute wie sie. Viele halten das Ticket mit ihrer Nummer in der Hand. Ein alter Herr kommt in Begleitung seiner Tochter. Juan ist ihnen mit dem Blick gefolgt, seit sie durch das Tor mit dem Metalldetektor gelaufen sind. Die Tochter vorneweg, sie hat die Prüfung durch den Sicherheitsscanner schon bewältigt und wartet, bis der Vater alle Metallgegenstände abgelegt hat, die er bei sich trägt. Während er die vielen Taschen an Hose, Hemd und Jacke durchsucht, bildet sich hinter ihm eine Schlange von Wartenden. Die Tochter wird ungeduldig. Von seinem Platz aus hört Juan nicht, was sie sagt, aber ihre Gesten und die Art, wie sie sich umsieht, deuten auf Scham hin. Als das Lichtsignal, nachdem der Mann drei Mal durch das Tor gegangen ist, endlich auf grün umspringt, nimmt er seine Besitztümer aus der Plastikwanne und folgt seiner Tochter. Sie setzen sich in dieselbe Stuhlreihe wie sie, in einer Entfernung, aus der man nun doch hört, was sie sagen. Während die Tochter mit ihm schimpft, versucht der Mann sich richtig hinzusetzen, rutscht aber an der gewölbten Plastikschale ab. Er lehnt sich ungeschickt zurück, bis er es aufgibt und sein Körper schließlich die Form des Sitzes annimmt: Beine ausgestreckt, Pobacken an dem Plastikrand, vorgestreckter Hals, hängender Kopf. Er hat einen Dreitagebart, einer der Hemdzipfel hängt über der Hose; die Jacke ist an einer Seite hochgerutscht. Sie schimpft mit ihm, weil er so viele Schlüssel und kleine Münzen dabeihat, und dann auch noch einen Flaschenöffner. Sie faucht und sieht dabei abwechselnd auf den Zettel mit der Nummer und die Bildschirme. Die Tochter fragt den Vater, ob er das Formular ausgefüllt hat, und bevor der Mann überhaupt richtig versteht, welches Formular sie meint, beschwert sie sich schon darüber, was für eine Katastrophe er ist und wie spät sie zur Arbeit zurückkommen wird, weil der Beamte jetzt alle Daten neu eingeben muss und ihr vereinbarter Termin damit draufgehen wird, und all das sagt sie, ohne den Mann anzusehen, der weiter halb runtergerutscht auf seinem Stuhl sitzt. Es ist eine vertrauliche Szene in einem öffentlichen Raum. Die Frau scheint die übrigen Anwesenden völlig vergessen zu haben und behandelt ihren Vater auf eine Weise, die Juan unangenehm ist. Der kleine Monitor mit den Nummern nimmt die Aufmerksamkeit der Anwesenden völlig gefangen, und nur er scheint die Spannung zwischen den beiden mitzubekommen. Juan stellt sich die vorangehende Situation vor. Der Mann lebt allein, das verrät sein ungepflegtes Äußeres. Die Szene von heute hat eine lange Vorgeschichte. Seine Ungeschicklichkeit beim Leerräumen der Taschen rechtfertigt keine derart feindselige Behandlung. Juan wundert sich vor allem über die Ergebenheit des Mannes.

Juans Wut wird größer: das Warten, die Angst, den Bus zu verpassen, die Unverschämtheit der Tochter, der offensichtlich wenig ausgeprägte Arbeitseifer eines der Beamten, die mit Akten in den Händen von einer Seite zur anderen laufen, in einem Tempo, das im Kontrast zu der Dringlichkeit steht, die er selbst empfindet.

Die Mutter holt zwei Bananen aus der Tasche, eine für jeden. Juan fragt sie, ob sie Hunger hat. Sie bejaht, für sie ist es schon spät. Isabel hätte diesen Augenblick vorausgesehen und eine Tüte mit geschälten Nüssen aufgemacht. Juans Blut kocht, als er sieht, wie die Minuten verstreichen, die Nummern sich aber nicht weiterdrehen. Mit der Banane in der Hand steht er von seinem Platz auf und geht zur Information. Er beginnt in normalem Tonfall, schlecht gelaunt und mit gemäßigter Entrüstung, aber noch in angemessener Lautstärke, wenngleich es nicht lang dauert, bis er lauter wird und mit seiner Banane vor dem Beamten herumfuchtelt. Der Mann vom Sicherheitsdienst kommt und fragt den Beamten, ohne Juan direkt anzusehen, ob mit diesem Herrn alles in Ordnung ist. Der Informationsmensch bejaht, versucht den Krieger im Zaum zu halten, den der eingeschworene Wächter in sich hat. Aber Juan verneint, es ist nicht alles gut. Sie warten schon seit vierzig Minuten, übertreibt er, und seine Mutter kommt um vor Hunger da auf ihrem Plastikstuhl, während die Beamten zur Arbeitszeit Kreuzfahrtreisen für sich raussuchen. Der Wachmann bittet ihn, sich zu beruhigen, und nimmt ihn beiseite, dabei sagt er ihm, dass die Angestellten dort während ihrer Arbeitszeit keine Kreuzfahrtreisen raussuchen und dass es, falls sich Wartezeiten ergeben, nicht Schuld der Beamten ist, sondern an der Verwaltung liegt, die nicht genügend Mittel zur Verfügung stellt. Juan wettert weiter, bis der Wachmann ihn warnt, dass laut Gesetz ein Bußgeldverfahren mit administrativen und sogar strafrechtlichen Konsequenzen gegen ihn eingeleitet werden kann. Juan will ihm schon sagen, er soll sich die Strafe sonst wohin stecken. Oder besser noch, er wird selbst dafür sorgen, dass sie jedem einzelnen der Faulpelze im Saal sonst wohin gesteckt wird. Doch dann beginnen die Zahlen auf dem Monitor sich zu drehen, und er denkt sich, dass sie, wenn sie die Sache heute nicht erledigen, an einem anderen Tag noch einmal mit dem Bus nach Toledo kommen müssen. Daher lässt er mal stecken und geht zu seinem Platz zurück, zu seiner Mutter, genau in dem Moment, als ihre Zahl auf dem Bildschirm erscheint.

Der Beamte, der sie berät, widerlegt alles, was Juan in der Wartezeit gedacht hat. Er ist ein sehr gewissenhafter Kenner der Rechtsprechung bezüglich Renten und Sozialversicherung. Seine Erklärungen sind präzise und pädagogisch. Sobald er Juan die Hand gedrückt und guten Tag gewünscht hat, hat er begriffen, dass dieser Mann imstande ist zu verstehen, was er ihm zu erklären hat. Die Mutter hingegen nicht. Er findet daher eine Art, beiden die Situation darzulegen, ohne auf die gesetzliche Genauigkeit zu verzichten, zu der er verpflichtet ist. Die ganze Zeit über spricht er die Mutter respektvoll an, nicht wie ein dreijähriges Mädchen und auch nicht wie ein Wesen aus einer anderen Zeit. Als Erstes spricht er ihr sein Beileid für ihren Verlust aus. Ein protokollarisches Beileid, ja, aber sowohl Juan wie seine Mutter danken es ihm. Machen Sie sich keine Sorgen, sagt er ihr. Wir sehen nach, welche Informationen wir von Ihrem Mann haben, und finden dann eine Lösung, wie wir alles gut regeln können. Sie werden schon sehen.

Nachdem er die Unterlagen des Vaters auf dem Bildschirm eingesehen hat, informiert er sie, dass die letzte Beitragszahlung vom 31. Juli 1982 ist, seinem letzten Arbeitstag in der Fabrik für Faserzement. In dieser Übersicht stehen nur die dreizehn Jahre Beitragszahlungen aus der Fabrik in Getafe. Nichts davor und nichts danach. Die Arbeit auf dem Feld, vor Getafe, bedarf anscheinend keines gesetzlichen Rahmens, weil es eine private und der Tradition verhaftete Tätigkeit ist. Das muss der Vater wohl gedacht haben. Wozu sollte er sich da schon zur Sozialversicherung anmelden? Das Ergebnis der Arbeitszeit in Getafe, informiert sie der Beamte, war die Anerkennung des Rechts, eine Leistung wegen dauerhafter Arbeitsunfähigkeit zu beziehen, in Höhe von 632 Euro bei der letzten Zahlung. Juan fragt ihn nach der Rente, die seiner Mutter bleiben wird, und der Beamte sagt ihm, die Dame habe ein Anrecht auf eine Witwenrente, für deren Höhe die Rente des Verstorbenen die Bemessungsgrundlage ist, das heißt, eine Summe geringer als 632 Euro. Doch dafür muss sie neben dem Formular für die Hinterbliebenenversorgung den Identitätsnachweis der Antragstellerin, das Familienbuch und die Beglaubigung der Sterbeurkunde des Auslösers des Todesfalls vorlegen. Juan sieht seine Mutter an, die den Blick fest auf das Haar des Beamten gerichtet hat und nichts von ihrer eigenen Natur als Antragstellerin und ihrer finanziellen Situation weiß. Sie weiß nichts von den Tricksereien des Auslösers des Todesfalls. Und dann sieht er sich selbst als das Gewebe, das abfedert. Was hätte seine Mutter allein gemacht, einem freundlichen Mann gegenüber, der von ihr aber als Antragstellerin spricht und von ihrem gerade verstorbenen Mann als Auslöser des Todesfalls?

27

Sie kommen fünf Minuten, bevor der Bus nach Cruces abfährt, an der Haltestelle an. Juan setzt seine Mutter ans Fenster und lässt sich auf den Platz daneben fallen. In seinem Magen mischt sich wie schlecht verdaut die Erinnerung daran, wie die junge Frau ihren Vater angesehen hat, während er seine Taschen leerte, mit der an sich selbst im Wartezimmer beim Zahnarzt vor ein paar Tagen. Guadalupes Umarmung für seine Mutter hat ihn dermaßen unerwartet getroffen, dass er immer noch nicht weiß, was er damit anstellen soll. Er hatte nicht damit gerechnet, dass seine Mutter ein unabhängiges Gefühlsleben haben könnte. Hatte nie darüber nachgedacht, ob sie Beziehungen jenseits der Familie pflegte. Darin liegt etwas Schönes, das weiß er. Trotzdem fühlt er sich - wieder einmal - lächerlich, weil ihm aufgeht, dass er eine kindliche Vorstellung von der Art, wie seine Mutter liebt, bis ins Erwachsenenleben ausgedehnt hat: der Familie zugewandt, ausschließlich auf die Kinder ausgerichtet. Der Mann, das war ihr bald aufgegangen, ein unvermeidbarer Bestandteil, wenn man es schaffen wollte, das blendende Licht der Nachkommenschaft ins Haus zu holen.

Gegen den Sitz gelehnt, den Blick zur Decke gewandt, bläst Juan die Backen auf und stößt die Luft aus. Der

Seufzer ist so laut, dass er einem anderen Passagier in der Nähe auffällt. Ganz schön heiß heute, sagt der Mann. Juan sieht ihn an und nickt schweigend. So eine Hitze, ja. Und wer weiß, was noch vor ihm liegt. Formulare müssen eingereicht werden, er muss einen Termin beim Neurologen machen, wieder nach Toledo kommen, die Medikamente besorgen, die Fabrik in Ordnung bringen, darauf achten, ob seine Mutter teilnahmslos wird, die Trägheit zügeln, die er selbst mitgebracht hat, auf den Boden kommen, wie Fermín ihm schroff geraten hatte. Diese Masse zu erledigender Aufgaben ist vor allem zähflüssig und klebrig. Kein Weg, davon loszukommen. Er muss Entscheidungen treffen, die zwangsläufig den Lauf seines Lebens verändern werden. Er weiß, dass er auf einiges wird verzichten müssen, und sträubt sich.

Der Bus gleitet durch die Ebene. Die Klimaanlage ermöglicht einen unbeschwerten Blick nach draußen. Das Gestrüpp klammert sich trotz der Augustsonne an den rissigen Lehmboden. Die Wurzeln kümmern sich nicht darum, was oben geschieht, sie wandern in die Tiefen, bis dorthin, wo die alten Ungeheuer schnauben, auf der Suche nach der nötigen Feuchtigkeit. Hauptsache überleben. Auf der Brücke über den Río Guadarrama spürt er, wie sich sein Körper entspannt. Etwas in ihm, nicht sein Wille, hat eine Entscheidung getroffen, die seinen Widerstand beendet. Er wird im Botanischen Garten anrufen und Mr Cochrane seine Situation erklären, was gleichbedeutend damit ist, seine Stellung zu verlieren. Er wird mit seinem Vermieter sprechen, damit der seine Sachen zusammenpackt und über das Apartment verfügt. Er wird sein Leben auf unbestimmte Zeit in den Winterschlaf schicken.

Er holt Luft und dreht sich zu seiner Mutter um, die durch die Scheibe in die Landschaft guckt. Sie wendet ihm das Gesicht zu. Mama, sagt er. Mach dir keine Sorgen, es wird alles gut werden. Der Ausdruck der Frau ist unbewegt, als gelte der Ausbruch von Ehrlichkeit ihres Sohns gar nicht ihr. Und zum Teil ist das so, weil die von Juan ausgedrückte Überzeugung weniger an sie gerichtet ist als an sich selbst.

28

Einige Wochen nachdem er ihn einen Vollidioten genannt hat, kommt Fermín um die Mittagszeit in der Werkstatt vorbei. Er parkt den Lieferwagen mit der Aufschrift des Wi-Fi-Unternehmens und steigt aus, in Arbeitskleidung, mit seiner Tolle und ein paar Sandwiches und kalten Getränkedosen. Sie setzen sich in den Schatten und essen schweigend. Sie haben sich seither nicht mehr gesehen. Fermíns Bemerkung hat die ganze Zeit an Juan genagt, denn er wusste, dass sein Freund recht hatte. Er hat sich auf verschiedene Arten sich selbst gegenüber gerechtfertigt. Die plötzliche Veränderung in seinem Leben, die Schwere dessen, womit er konfrontiert war. Juan entschuldigt sich nicht und Fermín auch nicht. Sie reden über belangloses Zeug, und irgendwann steht Fermín auf, geht zu seinem Auto und macht den Kofferraum auf. Er kommt mit einem Werkzeugkoffer zurück und geht an Juan vorbei, der den letzten Schluck von seinem Bier austrinkt.

Germán kommt von seiner Siesta zur Nachmittagsschicht zurück und sieht Fermíns Wagen neben dem Renault 4 stehen, beide mit offenen Motorhauben. Ein paar dicke Kabel verbinden die Motoren. Der R4 steht eine Weile mit laufendem Motor, lädt die Batterie neu auf. Sie haben Muffen und Riemen kontrolliert, Teile geölt und

Flüssigkeiten nachgefüllt. Ich glaube, mit ein bisschen Geld kommt er sogar durch den TÜV, sagt Fermín. Du musst nur die Lämpchen ersetzen, die bei den Blinkern fehlen, und wenn möglich den Keilriemen austauschen. Der ist am Ende. Und am wichtigsten ist, dass du ihm eine neue Batterie kaufst. Sobald du den Wagen ein paar Tage stehen lässt, wird er sich wieder entladen. Germán hat die Mütze abgenommen, es ist nicht ganz klar, ob als Zeichen des Erstaunens oder aus Respekt dem Mann gegenüber, der den Wagen wieder zum Laufen gebracht hat. Der steht hier schon seit Monaten rum, sagt er, und wird so allmählich von den Pflanzen überwuchert. Ich hab schon gar nicht mehr gemerkt, dass er da ist.

Bevor er zum Weiterarbeiten in die Halle geht, hilft Juan Fermín das Werkzeug wegzupacken. Er gibt es zu, ja, bei ihrem Treffen war er zu aufgedreht, und bedankt sich bei Fermín, dass er ihn wieder auf den Boden geholt hat. Du warst der Erste, der mir den Marsch geblasen hat, seit meine Schwester nach Amerika gegangen ist. Apropos Marsch, sagt Fermín, was hältst du davon, wenn wir uns dieses Jahr an Weihnachten für den Silvesterlauf in Toledo eintragen? Das ist ein machbares Rennen und ein guter Vorwand für uns, um uns ab und zu zum Trainieren zu treffen. Juan dankt ihm für die Einladung, aber er hat kein Verlangen nach einem Wettkampf und glaubt auch nicht, Lust zum Laufen zu haben, nachdem er den ganzen Tag in der Fabrik gearbeitet hat. Auf einmal ist er zu einem verantwortungsbewussten Mann geworden. Er muss sich um sein in Trümmern liegendes Reich kümmern, auf dessen gepolsterten Thron abends seine Mutter Platz nimmt, zu Füßen eine alte Hündin, und den Rosenkranz betet.

29

Isabel ruft ihn ein paar Mal pro Woche an. Anfangs sind es hastige Gespräche, wie von zwei Berufskollegen zum Informationsaustausch. Später sind sie weniger funktional, aber voller unbehaglicher Pausen. Juan wäre dankbar gewesen, wenn diese Pausen von dem Knistern gefüllt geworden wären, das früher typisch für Gesprächsunterbrechungen am Telefon war. Splitter, hervorgerufen durch die mangelhafte Qualität der Kupferdrähte, die Stoffisolierung, das schlechte Gewissen der Telefonistinnen, die, wie auf dem Kabel hockende Krähen, stets mit dabei waren und auf Vertraulichkeiten lauerten. Wie viele Telefonzentralen wären damals nötig gewesen, um ein Gespräch zwischen Williamsburg und Cruces herzustellen? Wie viele umgelegte Schalter in Schränken aus Nussholz und Bakelit? Wie viele Pfosten aus mit Kreosot behandeltem Holz, wie viele wacklige Verbindungen? Wenn es so gewesen wäre, hätte Juan dutzendweise Gründe gehabt, um die Verbindung zu seiner Schwester in jedem beliebigen Moment zu unterbrechen oder vorzugeben, sie nicht verstanden zu haben. Entschuldige, Isabel [...], Isabel? Knistern wie beim Braten, elektrisches Murmeln. Unterbrochener Anruf. Aber es ist das Jahr 2010, und ihre Stimme wird ihm von einem einwandfrei funktionierenden Satelliten zugespielt, der jenseits der Stratosphäre kreist und ihre Worte von dem schlechten Dunst zu isolieren vermag, der sie begleitet, wenn sie sich gegenüberstehen. Nach und nach, je mehr Details Juan ihr über den Alltag in Cruces erzählt, werden die Gespräche entspannter. Die Isabel, die ihm über die Wange gestreichelt hat, gewinnt mit der Entfernung und der Zeit an Raum. Auch mit der Zufriedenheit darüber, dass ihr Bruder dort an Ort und Stelle ist, dass er vielleicht verstanden hat. Wieder hatte Juan sich getäuscht: Die Liebe erblüht in vollen Kühlschränken, in gebügelten Laken, und es gibt keinen Grund, warum sie durch die Distanz abnehmen sollte. Das Leuchten, mit dem seine Schwester ihm von dem Ort erzählt, wo sie jetzt lebt, ist ein guter Beweis dafür. Wir brauchen alle mal eine Ruhepause. Isabel erzählt, dass das Unternehmen in der Nähe des College of William & Mary ein Haus für sie gefunden hat. Sie erzählt ihm vom historischen Teil von Williamsburg, von den Schauspielern, die als Siedler aus dem siebzehnten Jahrhundert verkleidet sind, von den bunt gestrichenen Holzhäusern, wie gut sie sich mit den Leuten aus dem Unternehmen verstehen, die ihr Patent entwickeln werden. Ihre Stimme klingt begeistert, wie von einem freudig aufgeregten Mädchen. Juan hört die Beschreibungen der Bäume und des Klimas und bemerkt, wie seine Schwester sich auf nebensächliche Aspekte konzentriert, die zugleich sehr aufschlussreich sind. Sie spricht zum Beispiel viel vom Rasen. Und von den wasserreichen Flüssen, der üppigen Natur, mit Holzschindeln gedeckten Dächern. Genau von dem, was Cruces nicht hat, wo es keinen Rasen gibt, außer im öffentlichen Schwimmbad. Wo keine Flüsse vorbeifließen, die Natur zu Ackerland geworden ist und die Häuser mit arabischen Hohlziegeln aus gebranntem Ton wetterfest gemacht werden. Er versteht die von diesen scheinbar trivialen Dingen verzauberte Isabel, denn ihn haben in seinem persönlichen schottischen Paradies dieselben Details gefesselt. Eine Art tropischer Garten Eden, aber im Norden. Ohne Palmen, dafür mit ausgedehnten Laubwäldern. Mit Torf statt feinem Sand. Ohne laue Wärme in der Luft, dafür mit Schnee. Wenn er ans Telefon gegangen wäre, als seine Schwester ihn während seiner Zeit in Edinburgh anrief, hätte er sich über den Schnee ausgelassen, der für ihn dasselbe ist wie die strahlende Sonne für die Nordlichter. Eine Einladung, eine Zeit lang ein anderer zu sein. Er erinnert sich an den Winter 2008 in Edinburgh. Vier Tage lang schneite es unaufhörlich, und er schaute sich den Schnee pausenlos durchs Fenster an. Es ging an einem Mittwochmittag los, einige wenige Flocken trieben im Wind. Er erinnert sich an den Wochentag, weil die Englischstunden in der Sprachakademie abgesagt wurden. Anfangs wirkte es nicht so, als würden diese paar weißen Punkte fähig sein, ihr Gesetz durchzusetzen, wie sie es dann später taten. Als am Donnerstag der Morgen graute, war alles weiß, mit Ausnahme der Radspuren von den Autos, die durch seine Straße hochfuhren. An diesem Tag wurde der öffentliche Nahverkehr eingestellt, der Flughafen sagte alle Flüge ab, und die frischen Produkte in den Supermärkten wurden knapp. Die Arztpraxen arbeiteten in Minimalbesetzung, die Schulen waren geschlossen, und natürlich auch das Restaurant, in dem er damals arbeitete. Ein wohlhabendes, mächtiges Land, lahmgelegt von zerbrechlichen Eiskristallen. Für die Erwachsenen war die Situation vielleicht lästig, aber für die Kinder und für Juan war sie ein Segen. Von seinem Schlafzimmer aus sah er, wie sie auf ihren Schlitten den Bürgersteig hinunterrutschten. Einige hatten im Garten nebenan einen riesigen Schneemann gebaut. Drei aufeinander gestapelte, kleiner werdende Kugeln, eine Mohrrübe als Nase, dunkle Äste als Arme, eine Knopfreihe aus Steinen vom Hals bis zu den Füßen. Von dort gehen Ideen aus, die die Menschen von Patagonien bis zum Baikalsee verinnerlichen. Weihnachten ist weiß, Hexen fliegen auf alten Besen, Kerzen, die das Innere von orangen Kürbisköpfen erleuchten, Schneemänner haben eine lange orange Nase. In seinem Apartment konnte Juan gar nicht anders, als aus dem Fenster zu sehen und zu schauen, wie die Flocken in jedem Moment gerade aussahen. Es gab große und langsame, wie die feine Asche, die das Feuer aufwirbelt. Es gab kleine und schnelle, ähnlich wie Sand vom Strand, den der Wind in den Ecken und auf der Außenkante der Fensterrahmen zusammenweht. Am Abend blickte er zu der nahen Straßenlaterne und versuchte, die Flocken im Lichtschein zu erspähen. Nie in seinem Leben hatte er es schneien gesehen, und während jener Tage wünschte er sich, dass der Sturm nie enden würde. Dass die Autos nicht auf die Straßen zurückkehrten, dass er nicht den Qualm ihrer Motoren einatmen und das Quietschen ihrer Reifen auf den Pflastersteinen hören müsste. Diese paar Flocken hatten die Prioritäten umgekehrt. Es war Zeit, bergab zu schlittern und Schneemänner zu bauen und Schneeballschlachten zu machen. Juan nahm auch am Fest der Kinder teil. Er ging um jede Uhrzeit raus und lief mitten auf der Fahrbahn. An den Straßenrändern wirkten die Autos eher gefangen als geparkt. Er hörte den Schnee knirschen, wenn er unter seinen Schuhsohlen zusammengepresst wurde. Er suchte nach den Stellen, wo noch keiner hingetreten hatte, und steckte dort die Füße rein. Den Ort, den alle mieden. Er ging sogar nachts raus und versuchte, in seinem Geist das Bild der leeren Straßen zu verankern, in denen das Schneetreiben die Wolken herumwirbelte, die sich zusammendrängten und auflösten wie Wasserdampf. Am dritten Tag marschierte er zu Fuß von zu Hause los, bewunderte die frischen Lichter, die dem Weiß bläuliche Nuancen entlockten. Er kam bis zu dem großen Park The Meadows, seinem Lieblingsort in der Stadt, und stieg von dort in die Bruntsfield Links hinauf. In einer Mulde des Parks rodelten Kinder und Erwachsene einen Hang mit plattgewalztem, glattem Schnee hinab. Flecken matschigen Rasens blinkten an den Stellen hervor, wo die Schlitten besonders hartnäckig drübergesaust waren. Juan beobachtete sie eine ganze Weile. Sie lachten, während sie anderen beim Runterrodeln zusahen. Sie wirkten wie elektrisiert, wenn sie an der Reihe waren, sich den Hang hinabzustürzen. Und sie waren ganz versunken, wie Kinder es beim Spielen sind, denn in dem Moment gab es nur das Spiel und nichts anderes. Es war ein reines Erleben der Gegenwart. Wenn sie fielen, lachten sie. Wenn drei Erwachsene zusammen auf eine Plastikscheibe kletterten, lachten sie. Wenn Schlitten zusammenstießen, lachten sie. Wenn jemand ein Backblech als Schlitten benutzte, lachten sie. Wie kann etwas so Einfaches so viel Freude hervorrufen?, fragt Juan sich jetzt, in der Hitze des südlichen Morgens. Damals, in jenem weißen Winter, hat er sich sicher nicht allzu viel gedacht. Er wurde einfach einer von denen, die sich den Hang hinabstürzten, von denen, die er nicht kannte, nahm zuerst ein Stück Karton und später die Utensilien, die ihm mit der Zeit die einen oder anderen liehen. Eine Gruppe Spanier mit Kindern trank zusammen eine Flasche Rotwein. Sie boten ihm in einem Plastikbecher davon an, und Juan akzeptierte. Auch sie lachten. Zurück zu Hause, die Füße eiskalt, hatte er das Gefühl, einen außergewöhnlichen Moment erlebt zu haben. Dass er sich ganz dem Spiel hingeben konnte, wie es nur Kinder tun. Er hat versucht, sich diese Erfahrung so lange wie möglich zu erhalten. Bis ihm Isabel zu verstehen gegeben hat, dass das Leben ernst ist und er das zu spät begriffen hat.

30

Es ist ein Glück, dass das Auto nach den paar kleinen Reparaturen von Fermín wieder läuft, und ein Wunder, dass es durch den TÜV gekommen ist, denkt Juan. Seit sie es haben, ist alles einfacher. Er braucht weniger lang bis zur Fabrik, obwohl er andererseits keine Gelegenheit mehr hat, durch die Felder zu spazieren. Dafür kann er seine Mutter von einem Ort zum anderen fahren, ohne von den Fahrtzeiten der Busse abhängig zu sein. Eines Tages, als sie zu einem Arzttermin in Toledo unterwegs sind, geschieht etwas Unerwartetes. Wenn man aus der Ortschaft Rielves herauskommt, steigt die Straße an bis zum höchsten Punkt des breiten Tals des Río Guadarrama. Von dieser Anhöhe aus erstreckt sich der Blick kilometerweit. Gerade als sie diese Steigung überwunden haben, macht die Mutter den Mund auf und erinnert Juan an eine Anekdote aus der Zeit, als er ein kleiner Junge war und sie in Getafe lebten. Etwas, das genau auf dieser Straße passiert ist, über die sie gerade fahren. Es war ein Freitag im Spätherbst, und die Familie wartete zu Hause, dass der Vater von der Arbeit kam, um dann übers Wochenende nach Cruces zu fahren. Die Mutter erzählt, dass es an jenem Freitag, als es die Schnellstraße noch nicht gab, sehr dunkel war und heftig zu schütten begann. Es war kalt im Auto, sagt sie und zeigt mit dem

Finger auf die groben Lüftungsschlitze über dem Armaturenbrett. Einfache Löcher, angebracht in primitivem Plastik. Sie erzählt ihm etwas, woran Juan sich augenblicklich erinnert, nämlich dass sein Vater beim Fahren das Lenkrad gern am oberen Rand fasste und sich darauf abstützte, wenn er nach längerer Zeit am Steuer müde wurde. An jenem Freitag, nach einer vollen Arbeitswoche, fuhr der Vater in dieser Position, als es zu regnen anfing. Die Frau zeigt auf die Windschutzscheibe und sagt, da floss so viel Wasser, dass die Wischer, diese Gummidinger, sagt sie und deutet auf die Scheibenwischer, nicht mehr hinterherkamen. Der Vater reduzierte die Geschwindigkeit sehr, denn ganz abgesehen vom Regen gaben die Autoscheinwerfer wenig Licht, man sah nur ein paar Meter weit. Damals hatte die Straße viel mehr Kurven als heute, erklärt sie. Und viele Schlaglöcher, denen man ausweichen musste, um die Reifen nicht zu ruinieren, die viele *perras* kosteten. *Perras*, denkt Juan, »Hündinnen« als umgangssprachlicher Ausdruck für Geld, noch so ein Wort, das er nur in seiner Familie gehört hat. Noch eine private Verbindung, die er jetzt nur noch mit zwei anderen Menschen teilt. *Perras gordas* für alte 10-Cent-Münzen, *perras chicas* für 5-Cent-Münzen, *duros* für 5-Peseten-Münzen, Wörter aus der Generation seiner Eltern, die in ihrer gemeinsamen Erinnerung treiben und nicht in die nächste übergehen werden. Juan hört der Erzählung stumm zu. Ab und zu verliert seine Mutter den Faden oder findet ein Wort nicht. Es ist das erste Mal, seit er aus Schottland zurück ist, dass er sie so lange am Stück reden hört. Juans Vater, erzählt die Frau weiter, war nervös wegen des Unwetters. Isabel und er fingen an zu weinen, und der Großvater sagte nichts.

Und, fährt sie fort, wegen der ganzen Arbeit blieben die Dinger stehen. Die Scheibenwischer, souffliert ihr Sohn. Sie blieben mitten auf der Scheibe stehen, und dann sah man wirklich gar nichts mehr. Die Frau verstummt und sagt einige Kilometer lang nichts mehr, bis Juan es nicht länger aushält und beschließt, von der Straße herunterzufahren und zu parken. Vor einigen Wochen hätte Juan dem Wunsch nachzufragen noch widerstanden, weil eine Unterhaltung mit seiner Mutter für ihn bedeutet hätte, seine Niederlage einzugestehen. Sprechen war, wie eine Tür zu öffnen, und Fragen wie einen Fluss zu überqueren. Auf der anderen Seite stand sie, wartete darauf, ihm ein Päckchen aufzuladen, das er sich zu tragen weigerte. Sich nicht einzulassen war seine Art, den Traum von einer Rückkehr nach Schottland am Leben zu halten. Er macht den Motor aus, dreht sich zu ihr um und fragt, was danach passiert ist. Die Mutter sagt, der Vater sei vorsichtig rechts rangefahren, und dort blieben sie inmitten der großen Sintflut. Sie schweigt, als erwarte sie, dass ihr Sohn ihr alles aus der Nase zieht. Sie schaut durch das Seitenfenster. Und?, fragt Juan. Und dass es damals keine Mobiltelefone gab und dass auch niemand vorbeikam, der ihnen hätte helfen können, denn zu der Zeit gab es nur sehr wenige Autos. Deshalb bat der Vater sie, ihm eine Plastiktüte zu geben, und sie leerte eine von den Galerías Preciados mit Lebensmitteln aus, die zwischen ihren Füßen stand, und reichte sie ihrem Mann, der die Tür aufmachte und in die dunkle Nacht trat. Sie sahen ihn auf der anderen Seite der Windschutzscheibe mit etwas hantieren, und kurz darauf stieg er wieder ein, tropfnass. Er hatte einen der Scheibenwischer mitgebracht. Die linke Hand steckte er in die Tüte, griff damit den Wischer, öffnete das Seitenfenster und den Rest des Weges nach Cruces legten sie im Schneckentempo zurück – der Vater fuhr mit der rechten Hand und wischte mit der linken von außen die Scheibe frei.

31

Ende Oktober sind die Stapel mit Brettern und Sperrholz so weit abgetragen, dass die Paletten zu sehen sind, auf denen sie gelagert hatten, und auch die sie zusammenhaltenden Bandeisen. Es sind zehn Wochen intensiver Arbeit gewesen, aber sie haben es rechtzeitig geschafft. Die achtzigtausend Euro und ein paar Zerquetschte sind in Reichweite, und ihnen fehlt ein geeigneter Wagen für die Auslieferung, denn den alten hat der Vater einige Zeit, bevor er den Auftrag für die Reihenhäuser bekam, verscherbelt. Weder Juan noch Germán haben überdies den richtigen Führerschein, um das Fahrzeug zu fahren, das sie zum Transport der Ware benötigen. Da sie zudem kein Geld haben, beschließen sie, den alten Hänger für die Weinlese zu verwenden und ihn mit dem Traktor eines Nachbarn zu ziehen. Nachdem sie den Hänger beladen haben, klettern sie in die alte Kiste und begeben sich auf die zehn Kilometer lange Reise nach Maqueda. Der Traktor hat kein Fahrerhäuschen. Germán sitzt am Steuer und Juan seitlich neben ihm auf einem der Schutzbleche über den Hinterrädern. Beide kennen die Feldwege gut, über die sie fahren. Germán ist als Jäger hier entlanggelaufen und Juan als Kind aus dem Dorf. Sie kommen dicht an einer prächtigen Steineiche vorbei, bekannt in der Gegend für den Durchmesser ihrer Baumkrone. Der Himmel ist klar, es weht ein Lüftchen, die Burg von Maqueda erhebt sich imposant vor dem Hintergrund der Sierra de Gredos. Juan möchte seine Begeisterung nicht zeigen, bis er das Geld hat, aber er kann den Glanz in den Augen nicht verbergen. Germán, sagt er über das Knattern des Motors hinweg, es hat mir Spaß gemacht, mit dir zu arbeiten. Germán blickt zu ihm, lächelt ihn an und richtet seine Aufmerksamkeit wieder auf die Schlaglöcher auf dem Weg. Der Hänger ist nicht dazu gedacht, eine solche Last zu transportieren. Die Achsen sind schmal, die Federung sehr simpel, und jedes Schlagloch auf dem Weg muss mit größter Sorgfalt umfahren werden, um die Ladung nicht zu beschädigen. Juan lenkt den Blick ebenfalls wieder aufs Feld und schluckt Spucke. Germán hat nicht verstanden, dass die Perfektform »es hat mir Spaß gemacht« deshalb *perfekt* heißt, weil sie darauf hinweist, dass die Handlung zu einem Ende gekommen ist. Seit Juan sich vor ein paar Wochen klar geworden ist, dass sie die Lieferung rechtzeitig schaffen würden, hat er darüber nachgedacht, wie er Germán sagen kann, dass er mit dem Auftrag in Maqueda die Fabrik aufgibt. Zuerst dachte er, Verkaufen sei die einzige Lösung. Den Bestand des Unternehmens verflüssigen, die Schulden bezahlen und dieses Kapitel schließen, ohne Angst haben zu müssen, dass seine Mutter in der Zukunft von einem Gläubiger überrascht wird. Aber als Germán ihm von der Verpflichtung in Maqueda erzählte, kam ihm eine bessere Idee als die, die Firma zu schließen und ihn entlassen zu müssen. Bei der Gelegenheit hatte Germán ihm gesagt, dass der Vater seit seiner Diagnose kaum mehr physische Arbeit verrichtet habe. Er hatte die Fabrik also quasi ganz allein geführt. Wenn sie das Material übergeben und das Geld erhalten haben werden, hat Juan vor, ihn mit in die Gaststätte El Cazador zu nehmen, gleich dort in Maqueda, und ihn zum Essen einzuladen, um den Abschluss der Baustelle und den Anfang einer neuen Ära für das Unternehmen zu feiern. Er wird zu ihm sagen: Germán, du bist nicht nur ein Freund, du bist ein tadelloser Arbeiter. Ehrlich und engagiert. Du hast bewiesen, dass du die Seele des Unternehmens bist. Wenn es in den letzten Jahren funktioniert hat, dann dank dir. Du weißt, dass ich, sobald ich kann, weggehen werde und dass ich nicht vorhabe, meinen Lebensunterhalt mit dem Türengeschäft zu verdienen, aber du kannst das sehr wohl weitermachen. Ich schenke dir das ganze Unternehmen, mit allem Drum und Dran, inklusive der *India*, damit du weiter die Arbeit machen kannst, von der du etwas verstehst. Mehr noch, damit du das Geschäft fortan auf deine Art führen kannst, nicht wie mein Vater. Du wirst die Bücher sorgfältig führen, wirst die Aufträge annehmen, die dir zusagen, du wirst das Geschäft weiterentwickeln oder auch nicht, wie es dir am besten scheint. In seiner Milchmädchenrechnung sieht er sich selbst als den großherzigen König. Fähig, gerecht über seine Länder und Untertanen zu herrschen. Ja wirklich, dem Bauleiter in Maqueda wird er den krummen Rest der 87.325,19 Euro erlassen. Wenn er ihm im Baustellenbüro gegenübersitzt, wird Juan, während der andere das Scheckheft oder die Bankdaten für die Überweisung heraussucht, ihn bei seinem Vornamen ansprechen und sagen, es sei nicht nötig, den überhängenden Betrag einzugeben. Dass es mit glatt 87.000 Euro gut ist. Er schließt auch nicht aus, in bar bezahlt zu werden. Für diesen Fall hat er einstudiert, wie er sich ganz natürlich verhalten kann. Er wird ihn wissen lassen, dass er nicht der Frischling ist, nach dem er aussieht. Er weiß, wie diese Dinge funktionieren. Wenn man schwarz kassieren muss, dann macht man das. Auch wenn der Betrag dadurch geringer ausfällt. Der Bauherr würde sich Steuern sparen und sie auch. Ein rundes Geschäft.

Sie brauchen zwei Stunden, bis sie an der Baustelle ankommen, wo der Bauleiter sie erwartet und sie in seinen Container einlädt. Germán sagt, dass er draußen bleibt und beim Abladen hilft, und nur Juan tritt ein. Der Ort ähnelt sehr dem Büro seines Vaters. Es gibt Musterkataloge für Industriematerialien, einen Archivschrank mit Schubladen, den Kalender eines Zementherstellers, viel Staub. Der einzige Unterschied ist der, dass es dort einen Computer, einen Drucker und einen kleinen Kühlschrank gibt. Der Bauleiter bietet ihm etwas zu trinken an, und Juan nimmt ein Bier. Es gibt etwas zu feiern. Der Mann holt zwei Dosen aus dem Kühlschrank. Auf dem Stuhl dem Bauleiter gegenüber denkt Juan, dass sie nach einer Weile, in der sie über den Alten und über seine Beziehung zu ihm, die vielleicht schon seit vielen Jahren besteht, geredet haben, das Geschäft mit einer Unterschrift abschließen werden, und er dort mit 87.000 Euro rauskommt. Aber der Bauleiter scheint keine Eile zu haben und erzählt ihm ausgiebig von seinem Vater. Wie er arbeitete und wie gern er ein gutes Essen im El Cazador genoss, an der Bundesstraße. Und von den schönen Zeiten, die sie miteinander verbracht haben, an manchem Freitag nach einer Lieferung, in Maqueda oder in anderen Dörfern in der Gegend. Dein Vater hat sich ganz schön viele Whisky-Cola hinter die Binde gegossen. Und Juan nickt, ohne so recht zu wissen, wie er dem Geplauder ein Ende machen und dort mit dem Geld rauskommen soll.

Als der Mann beschließt, dass es genug der Vorreden ist, setzt er sich auf seinem Stuhl sehr gerade auf, nimmt eine aufrechte Haltung ein und fordert Juan auf zu sagen, was er zu sagen hat. Juan holt die Auftragsbestätigung heraus, die er in der Mappe neben der Colección Austral gefunden hat, und streckt sie dem Bauleiter hin. Was haben wir denn da, sagt der und setzt sich die Brille auf, die er an einem Band um den Hals hängen hat.

Juans Herz schlägt heftig. Er nimmt einen langen Schluck Bier, das ihm zu warm dafür scheint, dass es direkt aus dem Kühlschrank eines Bauarbeiters kommt. Als der Blick des Manns den unteren Teil des Blatts erreicht, ändert sich sein Gesichtsausdruck. Er fasst sich ans Kinn, legt das Papier auf den Tisch, zieht eine der Schubladen vom Aktenschrank auf und holt seine eigene Mappe hervor. Er blättert die darin enthaltenen Dokumente durch und zieht ein Blatt heraus, das er Juan hinhält. Ein handgeschriebener und von seinem Vater unterzeichneter Text, in dem es heißt, dass der Gesamtbetrag für die Baustelle die 87.000 Euro und ein paar Zerquetschte sind, Mehrwertsteuer inbegriffen, netto also etwas über 70.000. Juan sagt, dass das nicht das ist, was in dem Dokument steht, das er mitgebracht hat. Dort steht ganz klar, dass die 87.000 für die restlichen zwölf Reihenhäuser sind. Welches der beiden Papiere trägt die Unterschrift deines Vaters?, antwortet der Bauleiter und erklärt ihm dann das handgeschriebene Dokument, in dem steht, dass vom Netto-Gesamtbetrag seinerzeit bereits 30.000 Euro als Vorschuss für den Kauf von Materialien gezahlt wurden und die Zahlung von weiteren 30.000 bei der Übergabe der ersten Phase von zehn Reihenhäusern vereinbart wurde, was so auch geschehen ist. Neben diesen Beträgen steht jeweils eine Unterschrift seines Vaters. Unter jeder dieser Unterschriften dasselbe Wort: Betrag erhalten.

Juan kommt aus dem Container mit einem Schuldschein ohne Fälligkeitsdatum über einen Betrag knapp unter zehntausend Euro. Beschwer dich nicht, hat der Bauleiter zu ihm gesagt, denn aufgrund der Krise, in der die Wirtschaft nach der Sache mit den *lemanbroders* steckt, sind viele der Reservierungen für Reihenhäuser, die wir hatten, rückgängig gemacht worden. Die Leute haben kalte Füße bekommen und beschlossen, ihr Geld lieber zu behalten. Wenn wir es schaffen, zwei Häuser zu verkaufen, für die wir schon die Anzahlung bekommen haben, zahlen wir dich aus, aber mit einem Erlass von fünfzig Prozent. Der Rest sind diese elenden zehntausend. Um genau zu sein, das Zahlungsversprechen, *sine die*, über die zehntausend Euro, eine Summe, die weder die Probleme seiner Mutter noch seine eigenen oder die der Fabrik löst. Auf dem Rückweg vermischt sich das Knattern des Traktors mit der Erinnerung an die letzten Worte des Bauleiters. Du hast Glück, dass dein Vater und ich gut befreundet waren. Wenn du an einen anderen gerätst, müsstest du jetzt mit allem, was du gebracht hast, nach Cruces zurückfahren und würdest darauf sitzen bleiben.

32

Im November ist die Temperatur noch angenehm. Jedes Jahr braucht der Sommer länger, um sich zurückzuziehen. Der September ist schon wie August, der Oktober so, wie früher der September war, und so weiter. Aber trotz des guten Wetters ist der Mutter immer kalt. An manchen Morgen hat Juan beim Bettenmachen zwei oder drei zerwühlte Decken vorgefunden, die das Bett aussehen ließen wie einen Sumpf. Juan kauft ihr ein Federbett und säubert den Kamin im Wohnzimmer. Mit Hilfe von Germán und Fermín macht er an einem Samstag Brennholz aus einem toten Olivenbaum, der neben dem Wasserbecken steht, und anschließend transportieren sie es zum Haus und stapeln es hinter dem Hühnerstall. Mit diesem Holz werden sie durch den Winter kommen und sogar noch etwas übrighaben.

Nachdem sie das Brennholz fertig verstaut haben, beschließen Fermín und Juan, den Tag in Ángelas Bar ausklingen zu lassen. Im Fernsehen hat Atlético Madrid gerade das dritte Tor gegen Osasuna Pamplona geschossen. Die Alten starren gleichgültig auf den Bildschirm, als liefe dort ein Spiel aus der litauischen Eishockeyliga. Diego Forlán stürmt zu den Rängen, um sein Tor mit den Fans zu feiern. Fermín, der mit dem Rücken zum Bildschirm sitzt, erzählt schon seit über einer halben Stunde von den Zeiten, als sie mit dem Leichtathletikteam die Wettkampfsaison für Crosslauf liefen. Seine Tendenz, in die Vergangenheit zu blicken, sagt Juan etwas über sein eigenes Leben. Er, so sagt er sich, kehrt nicht in diese Vergangenheit zurück, weil er sich eine vielversprechende Zukunft erarbeitet hat. Auch wenn ihm diese Zukunft gerade wie Sand zwischen den Fingern zerrinnt. Er muss nicht immer wieder an die kleinen Schlachten aus der Kindheit zurückdenken, weil er es geschafft hat, das Gewicht seiner Existenz nach vorn zu verlagern, so wie Erwachsene es tun. Mit dem dritten oder vierten Bier in der Hand beobachtet er Fermín beim Sprechen und kommt sich vor wie in einer dieser Filmszenen, bei denen die Stimme der Nebenfigur immer leiser wird und das Bewusstsein des Protagonisten hervortritt. Fermín sitzt weiter da, bewegt die Lippen und begleitet seine stummen Worte mit ausladenden Gesten. Osasuna stößt von der Mittellinie an. Das Atlético-Stadion ist ebenfalls stumm. Fermín ist ein geisterhaftes Bild seiner selbst, ein stiller Schatten, auf die Wand gedruckt wie von den Folgen einer Atomexplosion. Wenn er nicht aus dem Dorf weggegangen wäre, wären sie jetzt zwei Atomschatten, die sich auf eine Resopaltheke stützen. Ihn davon reden zu hören, wie sie damals Kohle am Bahnhof von Torrijos klauten, oder von jenem Rennen, bei dem jemand ihm die Spikes seiner Laufschuhe ins Bein versenkt hatte, ruft in ihm ein zärtliches Gefühl hervor. Ein heliumgefülltes Gefühl, das Juan leicht zu Kopf steigt und sich, ohne dass er es überhaupt merkt, zu moralischer Überlegenheit wandelt. Ich habe es geschafft, von dieser Insel inmitten der großen Meseta wegzukommen, sagt er sich. Ich habe Klarsicht und Mut gehabt. Heroische Eigenschaften, die man weder suchen noch finden kann, sondern die man sich verdient. Juan versteht, dass Fermín im Dorf glücklich ist, dass er keine Ambitionen außerhalb seiner Gemeinde hat. Natürlich ist er das. Irgendwer musste ja bleiben, um den Staffelstab von Generation zu Generation weiterzugeben. Jemand muss dafür sorgen, dass es weiterhin Leben außerhalb von Madrid und Barcelona gibt. So haben die Sommergäste aus diesen Städten die Gelegenheit, ihre verlorenen Paradiese zu entdecken und mit dem Gedanken zu spielen, ihr Sklavenleben aufzugeben und zu nachhaltigen Bürgern zu werden. Der Konsumdrang aufgelöst in langen Sommerabenden ohne Einkaufsmöglichkeiten. Nach und nach steigt die Lautstärke von Fermíns Stimme wieder, und mit ihr die Umweltgeräusche, die klirrenden Gläser, das Klacken der Dominosteine bei den Alten, die Stimme des Sportreporters. »Silvesterlauf« ist das Erste, was Juan von Fermíns Worten versteht. Komm schon, Mann, das sind nur acht Kilometer, und durch Toledo. Am letzten Tag des Jahres hoch in die Altstadt. Sag mir nicht, dass du keinen Spaß daran hattest, als wir jung waren. Und als wäre er nicht in Gedanken versunken gewesen, sondern hätte seinem Freund aufmerksam zugehört, steigt Juan mit einem kräftigen Klopfen auf die Theke und einem entschlossenen Ja auf das ein, was Fermín da sagt. Na gut, einverstanden, sagt er, du bist eine Nervensäge. Ich trage mich ein und laufe dieses Jahr den Silvesterlauf mit dir, aber nur, damit du mir nicht länger mit dem verdammten Rennen in den Ohren liegst. Ángela, bring uns noch zwei.

Und so fangen sie an, sich zu treffen, und gehen drei Tage pro Woche gemeinsam trainieren. Gewöhnlich ist es Fermín, der mit dem Auto nach Cruces kommt. Er taucht gegen Ende des Arbeitstags in der Fabrik auf, und gleich von dort laufen sie los und joggen über die Feldwege. Fermín hat, was er wollte, sein Freund läuft neben ihm, wie in den alten Zeiten, als alles noch vor ihnen lag. Bevor die Bilderrahmenfabrik seiner Familie schließen musste. Bevor er auf sich allein gestellt war und sich um die Abwicklung des Unternehmens zu kümmern hatte, das der Unterhalt und der Stolz seiner Familie gewesen war. Außerdem musste Fermín seinen Vater beruhigen, weil der überzeugt war, dass diese Maschinen, die sie nun verschleudern würden, vor zwanzig Jahren technisch der letzte Schrei und viel mehr wert waren. Bevor sie nach Auszahlung der Angestellten bankrott gingen. Bevor er als Automechaniker arbeiten und sich um die Übergabe jener verflixten Bar kümmern musste, die er wegen eines Herzinfarkts schließen musste. Juan war für ihn das *vor alledem,* und deshalb wartete er jeden Tag darauf, dass es Zeit wurde, nach Cruces zu fahren, um im Rhythmus eines Herzkranken neben dem verlorenen Sohn her zu joggen, dem Kumpel, der ihm abhandengekommen war und den er jetzt durch eine Kapriole des Schicksals an seinem Ufer gestrandet wiedergefunden hatte.

Fermín führt den Trainingsplan. Er hat ihn sich aus dem Internet runtergeladen und angepasst, damit er die Begriffe enthält, die Raúl, ihr Trainer aus Jugendtagen, verwendete. Dic Übungseinheiten dauern zwischen dreißig und fünfundvierzig Minuten langsamen, aber kontinuierlichen Laufens. Fermín nennt sein Tempo »Diesel«. Eigentlich wird das Training weder von dem aus dem Internet runtergeladenen Plan noch von den Erinnerungen an die Übungseinheiten mit Raúl bestimmt, sondern von der Pulsuhr, die Fermín am Handgelenk trägt. Er darf auf gar keinen Fall über einhundertvierzig Pulsschläge kommen. Wenn das geschieht, werden sie von einem Piepen zurückgepfiffen. Juan braucht nicht lange, um sich an ein so leichtes Arbeitspensum zu gewöhnen. Der Körper hat ein Gedächtnis, kommentieren sie eines Tages nach dem Laufen in der Bar. Das ist die Wiedergutmachung für die Demütigung, den Zurdo immer wieder vor sich wegrennen zu sehen, sosehr sie sich auch beim Training abrackerten. Wenn ich geahnt hätte, dass diese ganzen Jahre hartes Training dafür dienen würden, mit einem alten Mann wie dir mithalten zu können, hätte ich schon als Kind aufgehört. Die Lachsalven prallen von den Flaschen mit spanischem Gin und Whisky ab, dringen aus der Bar und gefrieren auf den leeren Straßen von Cruces.

33

Winter. In ihrem Ohrensessel neben dem Fenster betet seine Mutter den Rosenkranz. Hinter der Scheibe ist die Nacht ein dunkles Rechteck, von weit hinten schimmert schwach das Licht der Laternen vom Platz durch. Das Bild von Andreu, wie er am Ende des Durchgangs neben dem Auto wartet, gehört einer fernen Vergangenheit an. Einer Zeit mit gleißendem Licht. Juan schält am Tisch Kartoffeln. Fernseher und Kamin sind beide an. Die Frau lässt die Perlen durch die Finger gleiten und spricht dabei Gebete, auf deren Bedeutung sie vielleicht nie wirklich geachtet hat. Bitte für uns Sünder, jetzt und in der Stunde unseres Todes. Amen. *Jetztundinderstunde,* so hat er das immer gesagt, alles in einem Wort. *Underlöseunsvondembösen,* auch alles zusammen. Die Kartoffelschalen bilden einen kleinen Haufen auf dem Tisch. Juan betrachtet das auf das Wachstischtuch gedruckte Motiv: blaue Quadrate auf weißem Grund. Sie imitieren eine echte Stofftischdecke, bei der eine weiße und eine farbige Fadenkette sich kreuzen. Juan streicht mit der Hand über das Muster und sucht es in seiner Erinnerung, findet es aber nicht. Dieses Muster ist nicht unter seinen Erinnerungen, wohl aber das Material. Immer lag ein Wachstischtuch auf den Tischen im Haus. Man muss selbst den banalsten Gegenstand vor der Abnutzung schützen. Während er schält, denkt er an die Geschichte von der Panne mit dem Scheibenwischer. Ihn wundert, dass er sie, obwohl sie so einzigartig ist, nie zuvor gehört hat. Dass sie nicht den Weg ins Familienrepertoire gefunden hat. Auch die Gesprächigkeit seiner Mutter wundert ihn.

Im Fernseher taucht das Gesicht eines bärtigen Mannes auf, umgeben von einem Kreis bunt aufleuchtender Buchstaben. Der Showmaster feuert in enormer Geschwindigkeit Fragen ab. Juan hört mit dem Kartoffelschälen auf, wenn er eine hört, auf die er die Antwort weiß. Mit T, eine griechische Stadt im Thermaischen Golf. Thessaloniki. Thessaloniki, wiederholt Juan.

Das fehlende Fälligkeitsdatum auf dem in Maqueda erhaltenen Schuldschein hat ihn gezwungen, den Bauleiter mehrmals anzurufen, sogar bei ihm vorbeizufahren. Noch nichts, sagt er, sie haben es nicht geschafft, die Reihenhäuser zu verkaufen. Es sei eine Katastrophe. Dennoch hat Juan bei seinen Besuchen gesehen, dass seine Türen schon eingebaut sind. Sie haben kein Geld, um uns zu bezahlen, aber genug, um mit dem Bau weiterzumachen, beschwert sich Juan. Letztlich hat er begriffen, dass er nichts tun kann, als diesem Mann zu vertrauen, der sich als Freund seines Vaters bezeichnet. Unterdessen hat er mit Germán weitere kleine Aufträge vorangebracht, um irgendwie über die Runden zu kommen.

Nachdem er nicht mehr an die unverhoffte Zahlung der zehntausend Euro von dem Schuldschein glaubt, vertraut er jede Woche einige Euros dem Zufall an. Wenn er nach Torrijos fährt, tippt er bei der EuroMillions-Lotterie und wünscht sich dann unweigerlich irgendwann, dass das Losglück ihn nicht trifft. Was würde er mit zwanzig Millionen Euro anfangen? Er ahnt, dass er nicht imstande wäre, eine derartige Unwucht zu kontrollieren. Das prekäre Gleichgewicht, das er nach den ersten Monaten in Cruces erlangt hat, könnte dahin sein. Vielleicht hat er sich deshalb angewöhnt, abends, während er das Essen zubereitet, die Sendung *Pasapalabra* anzusehen. Es ist eine Quizshow, bei der das Geld nicht wie ein Wasserfall herabrauscht, ohne dass man weiß, woher, sondern man muss es sich nach und nach, Antwort für Antwort, verdienen. Er wäre gern der Teilnehmer mit dem Bart, der ebenso viel über Literatur wie über Basketball zu wissen scheint. Bei seiner imaginären Teilnahme gibt Juan nie eine falsche Antwort und heimst den Hauptpreis ein. Im echten Leben hingegen beantwortet er nur einige wenige Fragen aus dem »Rad«, wie der Showmaster das nennt, sicher.

Isabels letzte großzügige Tat am Tag ihrer Abreise war gewesen, den Kühlschrank wohlgefüllt zu hinterlassen. Seit Juan selbst genau diesen Kühlschrank zu füllen hat, denkt er viel an jenen Tag. Von Andreu hatte er sich mit einem festen Händedruck verabschiedet. Juan war noch so aus der Fassung von dem Gespräch mit seiner Schwester, von der plötzlichen Nachricht ihrer Abreise, dass er gar nicht daran gedacht hatte, dass er Andreu lange nicht sehen würde. Jetzt kann man auch nicht direkt sagen, dass er ihn vermisst, aber schon, dass der Mann einen Eindruck bei ihm hinterlassen hat, den er gern weiter vertiefen würde. Die Isabel, die Juan zu kennen meinte, ist eine andere Person als die, die einer alten Mutter den Kühlschrank füllt. Ein einziges Fach in einem Kühlschrank kann so viel

Liebe enthalten wie eine Leprastation von Mutter Teresa. Ein Pudding, der nur deshalb dort steht, weil irgendwer im Haus ihn gern mag, nicht weil er gesund ist oder wegen der Kinder. Es gibt eine Art von Joghurt, von Bier, von Butter, die nur in die Kühlschränke der Häuser gelangen, weil irgendwer sie gern isst, und weil irgendjemand an diese Vorliebe denkt. Juan fragt sich, in welchem Moment seine Schwester diesen Einkauf gemacht hat. Als er sich am Tag nach der Beerdigung mit seiner Mutter an den Tisch gesetzt hat, war da der Seehecht, den Isabel im Kühlschrank deponiert hatte. Es hat Monate gedauert, bis er sich gefragt hat, wann seine Schwester wohl den Kühlschrank füllen konnte. Mit all den Fahrten nach Torrijos und dem frühen Aufstehen konnte sie weder die Zeit noch den Kopf dafür gehabt haben. Und doch schaffte sie es trotz der Trauer und der schlechten Atmosphäre, mit Andreu einen Einkauf zu organisieren. Wie konnte sie sich daran erinnern, dass Juan als kleiner Junge gern Karamellpudding gegessen hatte? Aber vor allem, woher nahm sie die Kraft, um in einem solchen Moment für ihren Bruder zu sorgen? Doch als sie wegfuhr, stand er da, im Kühlschrank ihrer Mutter, zwischen dem Seehecht, dem Huhn, dem Gemüse, der Milch, dem Aufschnitt, der Melone und den Tupperdosen mit Eintopf. Ein Karamellpudding in einem bronzefarbenen Aluminiumbecher, als sollte er an den Farbton verbrannten Zuckers im Inneren erinnern. Ein Geschmack, der nicht genau wie der von hausgemachtem Pudding ist, sondern besser.

Im Fernsehen bleibt dem Teilnehmer mit dem Bart nur noch ein Buchstabe. Das R, für den lateinischen Name der botanischen Gattung, zu der die Pflanze gehört, die auch als »Alpenrose« bekannt ist. Juan, ganz darauf konzentriert, mit der Messerspitze einen tiefen Keim aus einer Kartoffel zu schneiden, murmelt unbewusst die richtige Antwort. Dann blickt er auf und sieht zum Fernseher. Alle Buchstaben des Rads sind grün, bis auf das R, das rot leuchtet. Der Showmaster spricht seine Abschiedsworte. Eine blonde Frau kommt ins Bild und umarmt den Spieler. Beide weinen.

34

Juan fährt über Feldwege in Richtung Torrijos, wo sie den Einkauf machen. Die Mutter wollte nicht über die Hauptstraße fahren. Juan hat nicht gefragt, warum. Der Morgen ist durchscheinend. Die Sonne strahlt, fest verankert am blauen, klaren Himmel. Auf dem Weg kommt ihnen der Wagen eines Hundebesitzers entgegen, der seine Windhunde zum Training neben dem Auto laufen lässt, die Leinen hält er mit einer Hand aus dem Fenster. Als sie aneinander vorbeifahren, senken sie zum Gruß den Kopf. Die Mutter nicht, sie blickt geradeaus. Plötzlich legt sie los und sagt, dass sie auch viel geweint hat. Juan bringt ihre Worte nicht mit der Szene vom Vortag zusammen, als der Teilnehmer bei *Pasapalabra* es nicht geschafft hat, die letzte Frage zu beantworten. Er interpretiert es als ein weiteres Symptom der Krankheit. Sie erzählt, dass sie an vielen Tagen geweint hat, wenn er und Isabel in die Schule gingen und sie allein zu Hause blieb. Der Renault 4 lockert Mund und Herz der Mutter. Auch als sie mit siebzehn Jahren Aldeanueva verlassen hat und als Dienstmädchen nach Getafe gegangen ist. Sie spricht von ihrem Vater. Der von der Mühle?, fragt Juan. Seine Mutter achtet nicht auf die Frage. Sie sagt, dass sie geweint hat, als sie geheiratet haben und in diese dunkle kleine Wohnung gezogen sind, in der Pflanzen nicht gedeihen konnten.

Juan erinnert sich an eine Frage, die er sich stellt, seit er hergekommen ist. Warum hat Papa die Türenfabrik gekauft, so schlecht wie es seiner Lunge ging? Sie fahren über ein Stück mit vielen Schlaglöchern. Seit Wochen hat es nicht geregnet, und die Reifenspuren, die die großen Traktoren während der letzten Regenfälle im Schlamm hinterlassen haben, sind zu tief und hart für ein so klappriges Auto. Die Frau schweigt, bis sie wieder über einen Abschnitt ohne Schlaglöcher fahren. Sie erzählt, dass, als Isabel mit dem Vorbereitungskurs für die Uni fertig war, einer der Lehrer zu ihnen nach Hause kam, um ihnen mitzuteilen, was für eine gute Schülerin sie sei, und um sie zu bitten, dass sie sie zum Biologiestudium nach Madrid schickten. Das würde Geld kosten. Und hätte sie nicht in Toledo oder in Talavera studieren können? Ja, sagt die Mutter, sie hätte in Toledo studieren können, aber du siehst ja, Sohn, die Welt ist so undankbar. Wir haben euch großgezogen, nur damit ihr dann beide so weit weggeht, dass es aussieht, als hätten wir euch was getan. Dein Vater war so entsetzt, als du weggegangen bist. Juan hält den Wagen mitten auf dem Weg an. Es ist ein Werktag, mitten im Winter, morgens. Sie sind allein auf dem flachen Feld, wo schon der Weizen sprießt. Von oben sieht es so aus, als wäre dort Rasen gepflanzt. Wie soll er seiner Mutter erklären, dass genau in diesem Kommentar der Grund liegt, warum – zumindest er – weggegangen ist? Dass er sein Leben nicht länger aufschieben konnte, weil es irgendwann vorüber sein würde. Er atmet ruhig und sagt ihr, dass sie nichts falsch gemacht haben. Dass sie ihr Leben gelebt und Kinder bekommen haben, und dass sie verstehen muss, dass die Kinder weggehen, wie sie es ihrerzeit auch getan haben. Die Mutter sagt, ja, natürlich, sie hat mit der Heirat mit seinem Vater eine neue Familie gegründet, aber sie haben ihre Eltern nicht zurückgelassen. Ihr Schwiegervater hat bis zu seinem Tod bei ihnen gelebt, denn so müssen anständige Leute sterben, bei ihrer Familie. Das liegt dem Denken seiner Mutter zugrunde: dass es die Pflicht der Kinder ist, sich um die Eltern zu kümmern, selbst wenn das heißt, dass sie auf ihr eigenes Leben verzichten müssen, so wie sie und ihr Mann es mit ihrem gemacht haben. Und auch, dass die Grenzlinie dieses Verzichts der Tod ist, und es daher nur um einen Aufschub des eigenen Lebens geht. Eine Abmachung, um den Anstand zu wahren, und letzten Endes gebietet es die menschliche Würde, auf dem letzten Wegstück Geborgenheit, Halt und Fürsorge zu schenken und dann das eigene Leben weiterzuführen, mit ruhigem Gewissen und in der Hoffnung, dass die nächste Generation es ebenso halten wird.

Die Mutter blickt weiter nach vorne, die Hände wie üblich im Schoß gefaltet. Eine Haltung, die Schutz bedeutet, denn die Hände schieben sich zwischen die Welt und den Bauch. Den Teil des Körpers, wo die Eingeweide sitzen und uns bestimmen, wo die Kinder entstehen und später, als Erwachsene, hinschlagen.

35

Das Auto ist immer unter den Zürgelbäumen auf dem Platz geparkt, und die Mutter hat sich angewöhnt, sich jeden Tag ein Weilchen auf den Beifahrersitz zu setzen. Sie geht aus dem Haus, schließt das Tor sorgfältig hinter sich und steigt in den Wagen. Normalerweise ist es ihr genug, dort zu sitzen, sie blickt geradeaus, wo sie einzig und allein eine Straße ihres Dorfs sehen kann, mit verschlossenen Häusern, viele davon unbewohnt. An manchen Tagen geht Juan ihr nach und sieht sie ins Auto steigen. Er bleibt im Hof, beobachtet sie vom Tor aus. Der Anblick hat etwas von einem Gemälde von Hopper. Die Einsamkeit einer Frau, die in ihre eigenen Gedanken versunken darauf wartet, dass ihr Mann zurückkehrt. In ihr ist keine Dringlichkeit. Seine Mutter ist zu früh geboren für die Sklaverei der Bildschirme.

Ab und an verlässt Juan das Haus und wartet mit ihr zusammen. Angustias, Dolores und die restlichen Nachbarinnen vom Platz haben sich schon daran gewöhnt, sie so zu sehen, und sagen nichts mehr zu ihnen, aber anfangs stieg die Mutter schließlich immer aus dem Auto aus und ging ins Haus, gefolgt von Angustias, die beharrlich meinte, das mache doch überhaupt keinen Sinn. Juan muss seine Mutter nicht fragen, warum sie das tut. Er begleitet sie einfach und sitzt still da, das Lenkrad in den Händen, und stellt sich vor, dass sie eine Reise machen.

Viele Tage verbringen sie in Stille. An anderen sagt sie irgendein einzelnes Wort, murmelt oder erzählt kleine Geschichten. Es sind fast immer alte Erinnerungen, aber auch kürzlich geschehene Episoden, bei denen die Mutter Orte und Ereignisse durcheinanderbringt. Juan korrigiert sie nicht.

36

Seit Tagen schiebt er einen Anruf in Edinburgh vor sich her. Ein noch zu richtendes loses Ende. Er sucht im Nähkästchen seiner Mutter, bis er eine Stecknadel mit Plastikkopf findet. Er steckt die Spitze der Nadel in das kleine Loch seitlich an seinem Telefon, drückt und nimmt die spanische SIM-Karte raus. Stattdessen legt er eine britische ein und wartet, bis das Gerät das Netz findet. Als er 2006 aus Spanien wegging, hatte er noch kein Mobiltelefon. Am Tag nach der Landung in Edinburgh warf er eine Ein-Pfund-Münze in eine Telefonzelle, wohl wissend, dass ihm das nicht mehr als ein paar Sekunden geben würde. Lang genug, um zu sagen, dass er gut angekommen war, dass es regnete und die Stadt sehr hübsch war. Die Mutter blieb mit dem Hörer am Ohr stehen und hörte den Pieptönen nach Ende des Anrufs zu. Zwei Wochen später, als er sich schon in Brians Apartment eingerichtet hatte, ging er runter ins Pub in der Straße, bestellte ein Pint Bier von einer Sorte, die er in Spanien nie bekommen hätte, und war bereits auf bestem Weg, sich ganz wie ein Einheimischer zu fühlen. Nachdem er das zweite Pint getrunken hatte, war der Lärm in der Bar ausreichend, um die Nummer zu wählen. Er warf Geld in das Telefon an einem Ende der Theke und wartete, dass seine Mutter in Cruces abhob. Das Freizeichen erklang mehrfach, und dann hörte er am anderen Ende die Stimme seines Vaters. Papa?, fragte er. Der Mann war ebenso überrascht wie Juan. Er schwieg einen Moment und sagte dann, dass er ihm die Mutter geben würde. Juan hörte, wie er den Hörer auf den Tisch legte, sich entfernte und laut nach der Mutter rief. Ihr erzählte er, dass es ihm gut ging, dass er schon eine Wohnung hatte, und da er nicht weiterwusste, kam er wieder auf den Gemeinplatz von der hübschen Stadt. Dass es Parks gebe, eine Burg, den Hafen und mittendrin einen Berg. Die Mutter fragte ihn nach dem Stipendium, und erst da erinnerte er sich, dass er vor Monaten diesen Vorwand verwendet hatte, um seinen Weggang zu rechtfertigen. Er sagte ihr, mit dem Stipendium ist alles gut, und behauptete, schon mit dem Englischunterricht angefangen zu haben. Er wollte für sie ein beruhigendes Panorama entwerfen, die Vorstellung stärken, dass er eine verantwortungsbewusste Person und nicht zum Faulenzen dorthin gekommen war. Und um nicht weiter zu lügen, erzählte er seiner Mutter, was ihm gerade mit seinem Vater passiert war. Die Frau spielte es herunter, du weißt ja, wie dein Vater mit dem Telefon ist, und lenkte das Gespräch aufs Wetter und aufs Essen. Und während sie ihm den Wetterbericht aus dem Dorf durchgab, konnte Juan spüren, wie der Ärger des Alten durch die Löcher in der Hörmuschel sickerte.

Als der Name des Netzbetreibers auf dem Handybildschirm auftaucht und alle Signalstriche leuchten, wählt Juan die Nummer von Brian. Zum letzten Mal hat er mit ihm gesprochen, um über einen Mietnachlass zu verhandeln. Damals dachte Juan noch, es wäre eine Sache von

Wochen. Er hat seine Ersparnisse dafür verbraucht, eine leere Wohnung zu bezahlen.

Brians Stimme tröstet ihn. Er spricht die Wörter langsam aus, mit deutlichem, aber gut verständlichem Akzent. Vielleicht deshalb hat sich Juan von Anfang an mit ihm wohlgefühlt. Am Tag ihres Kennenlernens regnete es, und Juan lief durch die Straßen auf der Suche nach einer Wohnung. Er sah das Schild einer Agentur an der Tür, sah Licht durch die Fensterscheiben, und statt anzurufen, klingelte er an der Tür. Das flauschige Handtuch, das Brian ihm reichte, und der Tee, den er ihm gleich bei diesem Treffen servierte, waren nur die Vorboten seiner Wesensart. Jedes Mal, wenn Brian sich an Juan wandte, sprach er langsam Englisch, sparte sich regionale Wendungen und achtete auf eine deutliche Aussprache.

Nachdem sie mit der Begrüßung fertig sind, fragt Brian zuerst nach der Mutter. Juan fasst die Situation und was sie für ihn bedeuten wird zusammen. Er sagt ihm, dass er auf unbestimmte Zeit in Spanien bleiben muss. Es können ein paar wenige Monate sein oder vielleicht viele Monate, aber wie auch immer, er will nicht, dass er von seinen Umständen abhängt. Brian hört still zu, und als Juan fertig ist, fragt er wieder nach dem Gesundheitszustand der Mutter. Nicht nach ihrer Mietvereinbarung oder neuen Fristen oder nach der Auflösung des Vertrags. Juan sagt ihm, dass es ihm leidtut, und bittet ihn, ihm seine Sachen an die Adresse in Cruces zu schicken. Es sind vor allem Bücher. Ziemlich viele. Und auch ein Stuhl aus Nussholz, den Juan eines Tages auf dem Bürgersteig gefunden und mit dessen Restaurierung er sich ein paar Frühlingswochen lang die Zeit vertrieben hat. Das hat er in Brians Hinterhof gemacht, mit dessen Werkzeug. Vor allem auf diesen Tagen beruht die Vertrautheit zwischen ihnen. Am späten Nachmittag klopfte Juan bei seinem Vermieter an die Tür, und bevor er die Arbeit aufnahm, tranken sie einen Tee. Bei diesen Treffen erzählte Brian ihm von den Jahren, die er für die Stadtverwaltung gearbeitet hatte, von seinen drei Kindern, die an den Grenzen des alten britischen Empires verteilt waren, von den Enkeln, die er nie alle zusammen gesehen hatte, von seinem Leben als Rentner, von seiner Hoffnung, bald das Haus und die Wohnung zu verkaufen und in sein Heimatdorf zurückzukehren.

Aber wichtiger als die Bücher oder der Stuhl ist der Rhododendron. Brian empfiehlt, den nicht per Kurier zu schicken. Ich schicke dir, was du willst, aber wenn es dir recht ist, kümmere ich mich darum, dass dein Baum gut versorgt ist, bis du wieder zurückkommst.

37

An einem Dienstag Anfang Dezember ruft Isabel an und sagt, dass sie den Jahreswechsel mit ihnen verbringen wird. Ich hätte nicht erwartet, dass wir um diese Zeit schon so weit vorangekommen sind, kommentiert sie Juan gegenüber am Telefon. Es war eine Plackerei, aber die Mühe wert. Ich komme am neunundzwanzigsten mittags in Madrid an und fliege am dritten abends wieder zurück. Juan hört ihr auf einem der Wohnzimmerstühle sitzend zu, während seine Mutter *Pasapalabra* schaut. Der Anruf hat ihn genau in dem Moment erwischt, als er nach einer Trainingseinheit mit Fermín frisch aus der Dusche kam. Sein Körper fühlt sich gut an, müde und sauber, erneuert. Das Endorphin, das bunte Buchstabenrad auf dem Bildschirm, der wärmende Kamin. Alles scheint auf Kurs gebracht, damit er Isabels Neuigkeiten ohne Streitlust hören kann. Ihn überrascht, wie es ihn freut zu hören, dass seine Schwester über den Jahreswechsel bei ihnen sein wird. Er hat Lust, ihr zu erzählen, wie die Dinge im Dorf laufen, aber sie geht auf keine Details ein und er auch nicht. Er hört ihre Stimme durch den Hörer, als wäre sie komplett neu für ihn. Sauber, ohne irgendeinen Kratzer oder Anspannung. Das ist das Endorphin, sagt ihm sein Körper beim Aufhängen. Du musst mehr davon produzieren.

Er erweitert sein Trainingsprogramm auf sechs Tage pro Woche. Montags, mittwochs und freitags geht er mit Fermín joggen. Dienstags, donnerstags und samstags fliegt er allein über das flache Land. In zwei Monaten hat er die Form zurückgewonnen, die er zu seiner Trainingszeit als Jugendlicher hatte. Ein physischer Zustand, den er nicht in Minuten pro Kilometer misst, und auch nicht anhand der zurückgelegten Entfernung, sondern an einem Gefühl der Erfüllung. Wenn er fünfzig Minuten in gutem Tempo gelaufen ist, gibt er für fünf oder sechs Kilometer richtig Gas, ganz nach Laune, und die Luft dringt in seine Lunge, und nie hat er das Gefühl, dass ihm gleich die Eingeweide aus dem Mund kommen. Im Gegenteil, er erlebt ganz klar die olympische Länge seiner Schritte, seinen stromlinienförmigen Körper, der den Gegenwind durchschneidet. Er läuft über die winterlichen Feldwege im Herzen der Provinz Toledo, zwischen den Olivenbäumen und den noch spärlich bewachsenen Getreidefeldern. Er hat das Gefühl, mit der Anmut eines Kenianers oder Äthiopiers zu laufen. Und er macht es wie sie, augenscheinlich ohne Anstrengung, schwebt über die Traktorfurchen und die Pfützen. Wenn er zurückkommt, läuft er über dunkle Straßen ins Dorf und drosselt das Tempo unter den sanft leuchtenden Laternen, kommt nach Hause, öffnet das Tor, streichelt Laika, begrüßt seine Mutter und duscht lange, wobei er versucht, die chinesische Wasserfolter am Dachfenster zu vermeiden, die sein Vater ihm als Erbe hinterlassen hat.

38

Freitags gehen sie nach ihrem Training auf ein paar Bierchen in Ángelas Bar. Er ist versucht, Fermín sein Doppelleben zu beichten: drei Tage pro Woche Läufer im Ruhestand, den Rest der Zeit abessinischer Pfeil. Aber er tut es nie. Er erzählt ihm, dass er seiner Mutter das Abendessen auf einem Tablett hingestellt hat, damit sie es sich nur warm machen muss und er so eine Weile ruhig in der Bar bleiben kann. Es ist ja schließlich Freitag, verdammt, sagt er zu Fermín. Ich schufte mich die ganze Woche mit Germán zu Tode. Wir fangen jetzt schon um halb acht an, Fermín, daher ist dein Rhythmus genau gut für mich. Sie lachen. Fermín fragt ihn, ob die Mutter es schafft, sich das Essen warm zu machen, worauf Juan nickt und das Handy hochhebt, das auf der Theke liegt. Sie kann mich anrufen, wenn sie irgendetwas braucht. In einer Minute bin ich zu Hause. Juan macht eine Bewegung mit der Hand, und Ángela nimmt zwei eisgekühlte Gläser aus dem Kühlschrank. Eins füllt sie aus dem beleuchteten Hahn, und zum anderen stellt sie eine Flasche Alkoholfreies. Du hast mir nie erzählt, wie das mit dem Infarkt war. Fermín greift nach dem Glas und der Flasche, die Ángela gerade auf die Vitrine mit den Tapas gestellt hat, und gießt sich das Bier ein. Vier Finger hoher Schaum steigt auf. Das eiskalte Glas wird weiß, nur unten ein Bodensatz goldener Flüssigkeit. In der Vitrine ist das Fett an der Portion Schweineohren vom Morgen glasig geworden.

Fermín erzählt, dass er gerade beim Abwaschen war, kurz bevor er zur Schule loswollte, um die Kinder abzuholen. Es war an einem Dienstag. Nicht, dass sich ihm der Tag so sehr ins Gedächtnis gegraben hat, es war einfach der einzige Wochentag, an dem er die Kinder abholte, weil er an den anderen entweder in der Bar oder bis mittags damit beschäftigt war, Lieferanten anzurufen oder die Buchhaltung vom Laden zu machen. Er spürte so etwas wie Nadelstiche in der Brust. Keine sengende Hitze unter der Haut, wie es Leute nach einem Infarkt oft erzählen. Er benutzt das Wort Nadelstiche, weil das eine Empfindung ist, die Juan dank der Verbindung zum Laufen perfekt nachvollziehen kann. Kleine Stiche im Inneren, Milchsäurekristalle, die auf so mikroskopische, intime und wiederholte Weise in die Muskelfasern schneiden, dass es als ein Gefühl großer Müdigkeit durchgehen könnte. Er erzählt, dass er mit Spülen aufhörte und sich auf einen Stuhl setzte, er war verwirrt, weil er so etwas wie das, was er da gerade spürte, noch nie erlebt hatte. Jetzt schon, sagt er, wenn ich das nächste Mal einen Infarkt habe, weiß ich, was es ist. Juan macht sich im Geiste eine Notiz. Vielleicht trifft es auch ihn eines Tages. Vielleicht früher, als er sich vorstellt. Bis zu diesem Moment hat er das Wort Infarkt mit dem Alter und bestimmten schlechten Gewohnheiten verbunden. Eine Kombination aus Alter und selber schuld. Aber Fermín hat seinen mit unter vierzig erlitten, und er hatte gesund gelebt. Er sitzt ihm hier gegenüber und wartet, dass sein alkoholfreies Bier den traurigen Schaum verliert. Er kann nicht genau sagen, wie viel

Zeit verging, bis die Empfindung nachließ. Er dachte, er habe irgendwas nicht gut vertragen, sah auf die Uhr und rannte aus dem Haus, weil er zu spät zur Schule kommen würde. Doch auf dem Weg sagte irgendwas in ihm, dass das, was er da beim Spülen gespürt hatte, nicht an einer Dose Miesmuscheln kurz vor dem Verfallsdatum oder an saurer Milch lag. Während er die Straße entlangging, rief er seine Frau an und gab ihr klare Anweisungen. Sag deinem Bruder, er soll die Kinder abholen und mit zu sich nach Hause nehmen. Komm mit dem Auto und hol mich gegenüber vom Park ab. Du musst mich so schnell wie möglich ins Krankenhaus bringen.

Seine Frau kam gleichzeitig mit dem Krankenwagen, den sie geistesgegenwärtig gerufen hatte, bei der Bank an, wo Fermín saß. Er sagte, das sei nicht nötig, er könne selbst fahren, aber die Rettungssanitäter zwangen ihn, einzusteigen und den Rest der Fahrt im Liegen zurückzulegen, während seine Frau in ihrem eigenen Auto hinterherfuhr. Juan nickt schweigend. Sein noch unberührtes Bier hat ebenfalls den Schaum verloren.

Auf der Fahrt ins Krankenhaus war er bei vollem Bewusstsein. Der Sanitäter, der mit ihm fuhr, stellte ihm ununterbrochen Fragen, manche bezüglich dessen, was ihm passiert war, und andere ohne offensichtlichen Zusammenhang. Irgendwann nahm er das Mikrofon eines Funksprechgeräts und gab dem Krankenhaus die Vitalfunktionen des Patienten durch. Das wenige, was Fermín von dem medizinischen Jargon verstand, gefiel ihm nicht. Und wie schnell der Krankenwagen unterwegs war, merkte er, wenn sie durch eine Kurve schlingerten. Ab und zu schaltete der Fahrer die Sirene ein, um die anderen Fahrzeuge zu warnen. Das Letzte, was der Sanitäter zu ihm sagte, war, dass er James Hetfield ähnlich sehe, dem Sänger von Metallica.

Ins Krankenhaus kamen sie durch die Notaufnahme. Von der Liege aus, erzählt Fermín, sah er die Rücken derer, die in der Schlange vor dem Aufnahmeschalter standen, und die Gesichter der Patienten, die im Wartezimmer saßen und selbst an die Reihe kommen wollten. Das erstaunte ihn mehr als das ganze Geschwafel des Sanitäters im Rettungswagen. Sie fuhren ihn in einen Behandlungsraum, schlossen ihn an Apparate an, und in weniger als fünf Minuten sagte ihm ein Arzt, dass er einen schweren Herzinfarkt erlitten habe und sie eine Notoperation machen würden, um ihm einen Stent einzusetzen. Der Krankenpfleger, der ihn für die Operation vorbereitete, war professionell und sympathisch und schöpfte das volle Repertoire an Witzen aus, das er seit Jahren zur Besänftigung all der Unglücklichen kultivierte, die, ohne recht zu wissen, wie ihnen geschah, gerade noch beim Spülen zu Hause gestanden hatten und nun in ein Hemdchen gesteckt wurden, das ihren Hintern nicht bedeckte. Von all den abgedroschenen Phrasen, mit denen der Pfleger ihn überschüttete, blieb ihm eine in Erinnerung: Es ist Zeit für eine Inspektion in der Werkstatt. Das sagte er zu ihm, während er ihm einen Zugang am Arm legte. Sein Körper hatte, wie alle Motoren, eine Nutzungsdauer, die mit der Geburt begann und mit dem Tod endete. Vor dieser letzten Station musste jeder früher oder später mal das eine oder andere reparieren lassen.

Der Ausdruck *zur Inspektion* weckt die Vorstellung, dass man reinfährt und dann auch wieder rauskommt. Darin deponierte der Pfleger die Ladung Hoffnung, die er mit seinen Witzen den Patienten einzuflößen versuchte, die er für den OP-Saal vorbereitete. Du wirst eingeliefert, wir kleiden dich auf ebenso praktische wie lächerliche Weise, schließen dich an ein paar Apparate an, holen etwas aus dir heraus oder setzen dir etwas ein, machen wieder zu, versichern uns, dass die Naht schön sauber ist, und schicken dich wieder zurück in die Anfangsszene, in der du gerade abgewaschen hast oder mit dem Handy in der Hand auf dem Klo saßt und kräftig gedrückt hast. Für ihn kam die Inspektion in der Werkstatt mit dreiunddreißig Jahren zu früh. Natürlich hätte es schlimmer sein können. Er hätte direkt bei der Endstation landen können, ohne irgendwelche Werkstattaufenthalte dazwischen. Es kommen die Mitarbeiter, die ihn in den OP-Saal fahren sollen. Bevor es losgeht, sagt der Pfleger-Witzbold zu ihm, dass er dem Sänger von Metallica wie aus dem Gesicht geschnitten ist, und dass er schon sehen werde, in ein paar Monaten steht er wieder auf der Bühne.

Nach dem Gehörten weiß Juan genug, um zu verstehen, was Fermín durchgemacht hat. Er würde das Thema wechseln, traut sich aber nicht. Er weiß nicht, ob er seinen Freund besser aus dem Sumpf der Erinnerungen retten oder ihm im Gegenteil als Reinigungskur dienen soll, damit er auch noch den letzten Tropfen Groll ausspucken kann, den er in sich hat.

Der Chirurg erklärte ihm, was er in jedem Moment spüren würde, genau bevor es passierte. Das wird dir ein klein bisschen wehtun. Einstich am Handgelenk. Die Spitze des Katheders ist in seinen Körper eingetreten und beginnt den Arm hinaufzuwandern. Das wird sich anfühlen, als würdest du in die Hose pinkeln. Jetzt wird es dir vorkommen, als würden deine Hodensäcke brennen, so als würde dir jemand ein Feuerzeug darunter halten.

Wir sind in der Achselhöhle, eine sehr enge Kurve. Du wirst spüren, wie ich stochere, damit die Spitze vorbeigeht. Von da an ist es kinderleicht. Er bleibt eine Woche im Krankenhaus. Er ist der Jüngste auf einer Station voller Männer ab fünfzig oder älter, alle mit den Gesichtern von Rauchern oder Speckessern. Jeder der Sünden schuldig, die dich zum glücklichen Gewinner eines Herzinfarkts machen. Jeden Tag läuft er ein bisschen über den Gang, zieht seinen Tropf hinter sich her, wie die anderen Patienten auch. Ein Mann überholt ihn immer. Er hat eine Glatze und einen Buckel und ihm fehlen Zähne. Fermín versucht, zu ihm aufzuschließen, schafft es aber nicht.

Juan weiß nicht, wie spät es ist, als er nach Hause kommt. In der Küche steht das Tablett mit dem Abendessen noch da, wo er es hingestellt hatte. Er hebt den Deckel vom Topf. Die Suppe ist nicht angerührt. Die Schale sauber; der Löffel liegt an einer Seite auf der unbenutzten Papierserviette. Die sieben Abendtabletten liegen auf dem Boden des Becherchens, das sie zum Dosieren der Medikamente verwenden. Im Schlafzimmer schläft seine Mutter unter einer dicken Schicht aus Decken, die sie über das Federbett geworfen hat, das er ihr zu Beginn des Winters gekauft hat. Juan geht zurück in die Küche und macht den Kühlschrank auf. Alles noch so, wie er es hinterlassen hat. Es fehlt nichts, da sind keine Orangenschalen im Mülleimer, und auch keine Brotkrumen oder ein halb ausgetrunkenes Wasserglas. Seine Mutter hat nicht zu Abend gegessen.

39

Er kann nicht schlafen. Er spürt, wie das Bier seinen Bauch aufbläht, und die Bilder vom Infarkt seines Freundes gehen ihm immer wieder durch den Kopf, reiten auf den Alkoholwellen in seinem Schädel. Nachdem er ihm die Details des Zwischenfalls erzählt hatte, ging es um die Dinge, die ihn auf den OP-Tisch gebracht hatten. Nicht dass er es verdient hätte, hat Fermín gesagt, aber wenn er noch einmal von vorn anfangen könnte, würde er einiges anders machen. Ich hätte das voraussehen können. Ich habe die Anzeichen nicht erkannt.

Nie zuvor hat Juan den Atem der Krankheit von so Nahem gespürt wie in den letzten Monaten. Sein Vater, seine Mutter, sein Freund. Alle drei bestimmt von ihren jeweiligen Leiden. Gegen den Vater hat der Krebs den Sieg davongetragen, aber seine Mutter und Fermín leben noch und tun ihr Bestes, um ihrem Leben einen Sinn zu geben. Fermín ist jung und hat ein Blutdruckmessgerät, das ihm sagt, wo die Grenze liegt, die er nicht überschreiten darf. Aber seine Mutter? Wo ist ihre Grenze? Er schaltet die Schreibtischlampe an und steht auf. Schwindel. Er nimmt das Telefon vom Nachttischchen, fünf Uhr fünfunddreißig in der Früh, und tippt »Krankheitsverlauf Alsheimer« ins Suchfenster. Die Suchmaschine schlägt ihm mit einer Höflichkeit made in California vor, dass er vielleicht nach »Krankheitsverlauf Alzheimer« sucht. Juan drückt auf die Korrektur, und in einundvierzig Hundertstelsekunden stehen zwei Millionen achthunderttausend Ergebnisse zur Konsultation zur Verfügung. Er klickt auf den ersten Link, und es öffnet sich eine Seite über kognitive Stimulation, bei der vier Phasen hervorgehoben werden, die von der präklinischen bis zur schweren Demenz reichen. Endlich hat er die Büchse der Pandora geöffnet. Er weiß, dass es kein Zurück gibt. Er liest den Text unter dem ersten Zwischentitel, in der Hoffnung, dass dies das Stadium ist, in dem seine Mutter sich befindet. Er überfliegt Ausdrücke wie »Unaufmerksamkeit«, »Kurzzeitgedächtnis« oder »Wortfindungsschwierigkeiten« und kommt einfach so zu dem Schluss, dass seine Mutter sich in der präklinischen, der leichtesten Phase befindet. Er fühlt sich erleichtert, als hätte ein Nobelpreisträger vom Mount Sinai Hospital die Diagnose gestellt, während er eigentlich einfach nur zwei Worte in die Suchmaschine eingetippt und auf das erstbeste angezeigte Ergebnis geklickt hat. Dem Kurs folgen, den der Algorithmus vorgibt. Genau das Gegenteil von dem, was der gesunde Menschenverstand und die medizinische Sorgfalt gebieten. Juan ist in jedem Fall damit zufrieden. Was seine Empfindlichkeit angeht, durchläuft er ebenfalls wechselhafte Phasen. In der, in der er sich gerade befindet, ist es für ihn wichtig, nur das zu hören, was ihm in den Kram passt. Damit hat er genug und schaltet sein Telefon aus. Das strahlende Weiß des kleinen Bildschirms wird in einem eleganten Übergang, ebenfalls made in California, schwarz. Er hat nichts über die folgenden Phasen gelesen, er hat nicht einmal sonderlich genau auf das geachtet, was da über dieses erste Stadium steht. Er hat nichts verstanden, nicht einmal die Titelüberschrift dieser Phase: präklinisch, das heißt, noch nicht diagnostiziert. Und seine Mutter hat schon eine Diagnose, Medikation und einige Leitlinien, um das Fortschreiten der Krankheit möglichst zu verlangsamen. Nichtsdestotrotz hat Juan das Gefühl, dass er schon einen ersten Schritt unternommen hat, um Fermíns Fehler nicht zu wiederholen. Indem er die ersten Symptome seiner Mutter etikettiert hat, so denkt er, ist er ihnen zuvorgekommen. Er wird nicht im Nachhinein die Anzeichen verstehen müssen, weil er sich der Situation gleich jetzt angenommen hat. Er, der sich bei den zwei Millionen achthunderttausend verfügbaren Ergebnissen, darunter sicher sehr genaue und autorisierte Informationen, mit der Option begnügt hat, die ihm eine Suchmaschine vorgesetzt hat, die für die Interessen von Werweißwem arbeitet. Ein bisschen blinzeln und spähen, das wünscht er sich für sich. Er möchte mehr oder minder wissen, was vor ihm liegt, *grosso modo*, aber ohne sich gleich die Karte des Leidenswegs auf die Brust tätowieren zu müssen, der seine Mutter erwartet. Ein bisschen blinzeln und spähen. Er schläft ein.

40

Am neunundzwanzigsten Dezember, kurz vor drei Uhr nachmittags, hört Juan einen Motor vor dem Haus ausgehen. Laika stürmt zum Tor, um Isabel zu empfangen. Um diese Zeit deckt Juan gerade den Tisch fertig, die Mutter sitzt im Ohrensessel. Die Frau hat sich am späten Vormittag die Haare gewaschen und sie zum Trocknen offen gelassen. Das Licht, das von der Straße hereinscheint, setzt ihre weißen Haare in Flammen. Mama, sagt er, Isabel ist da. Die Frau sieht auf und durchs Fenster. Ihre Tochter ist im Hof, da hockt sie und streichelt die Hündin. Juan hilft der Mutter aus dem Sessel, und als sie steht, bietet er ihr seinen Arm an. Sie nimmt ihn, und sie gehen ihr zusammen entgegen. Isabel kommt auf sie zu, ein müdes Lächeln auf den Lippen. Sie geht zu ihrer Mutter, die auf der Treppe zur Veranda steht, schlingt ihr die Arme um die Hüfte. Juan tritt einen halben Schritt zurück und schaut zu. Die Frau gibt sich ganz in die Umarmung und umfängt ihre Tochter, mischt ihr Haar mit ihrem. Nichts ist geblieben von der Schwärze des vergangenen Sommers, als er sie wegen eines Reißverschlusses, der sich in einem losen Futter verhakt hatte, streiten sah. So hätte er aus seinem schottischen Paradies zurückkehren sollen. Weit die Arme öffnend, statt Schlaf vorzutäuschen. Jetzt ist sie die verlorene Tochter. In dem Gesamtbild liegt nichts

Trauriges, vielleicht ein bisschen Müdigkeit, die Isabel mitschleppt, weil sie ihr Haus auf der anderen Seite des Atlantiks vor so vielen Stunden verlassen hat.

Als sie die Umarmung lösen, hat Isabel feuchte Augen, ihre Mutter nicht. Juan, sagt sie und streckt ihm eine Hand hin, die er entgegennimmt. Zuerst zögerlich, er vermeidet, sie richtig zu drücken, eine Art Ministergruß, doch gleich darauf zieht er sie zu sich heran, um sie auf die Wange zu küssen und kurz, aber merklich, zu umarmen. Sie vermeiden es, sich in die Augen zu sehen. Isabel, damit nicht der Schmerz durchscheint, den sie in Amerika erlebt hat, nachdem sie ihre Mutter wenige Stunden nach dem Tod ihres Mannes verlassen hat. Der Schmerz wegen ihres eigenen Verlusts: der Vater, an den sie sich jeden Tag erinnert hat, wenn sie durch ihr Fenster auf den grünen Campus des College of William & Mary hinausblickte.

Juan seinerseits meidet die Augen seiner Schwester ganz einfach aus Scham. Weil er nicht weiß, was er mit dem anfangen soll, was er jetzt von ihr weiß, nach mehreren Monaten am Steuer, in denen er immer getreuer die Silhouette ausgefüllt hat, die sie bei ihrem Weggang hinterlassen hatte, und verstanden hat, was er vorher nicht zu sehen imstande war. Seine kindlichen Impulse verwirren ihn, und das weiß er. Er würde ihr am liebsten zeigen, was er alles gelernt hat, die Aufmerksamkeit auf sich ziehen wie ein kleines Kind.

Er hat die Präsenz seiner Schwester gespürt, wenn er die Unterwäsche seiner Mutter waschen musste, wenn er das Salz für ihr Essen abgemessen hat, wenn er Zettel ausgefüllt hat im Versuch zu verstehen, welche Tabletten die Frau in welcher Dosierung und zu welchem Zeitpunkt nehmen muss. Scham, oder vielleicht Angst, sich gehen zu lassen, sich die Rührung einzugestehen, die es in ihm hervorruft, sie hier zu sehen, bei ihnen, wie sie von so weit her gekommen ist, um ihrer Mutter für einige wenige Tage beizustehen.

Am einunddreißigsten beschließen sie, gemeinsam nach Toledo zu fahren, um Juan beim Silvesterlauf anzufeuern und gleich auch ein bisschen durch die Stadt zu laufen und die Weihnachtsbeleuchtung zu bewundern. So steigen sie nach dem Essen also in Isabels Auto, holen Germán ab und machen sich auf den Weg in die Provinzhauptstadt, mit einem Zwischenstopp in Torrijos, um Fermín einzusammeln.

Sie parken im unteren Teil der Stadt, neben der ehemaligen Waffenfabrik, und laufen zu Fuß hoch bis zum Rathausplatz in der Altstadt. Dort stehlen die versammelten Läufer und das ganze Drumherum des Rennens dem monumentalen Dreieck aus Kathedrale, Rathaus und Palast des Erzbischofs die Show. Der gemeißelte Stein, die Wasserspeier, die Strebebögen und die Mysterien der Zeit werden an den Rand gedrängt von den grellen Farben der Laufkleidung und der anfeuernden Stimme aus dem Megaphon. Juan und Fermín bleiben gleich da und warten auf den Start, während Germán, Isabel und die Mutter sich irgendwo an die Strecke stellen, um sie anzufeuern.

Fermín läuft mit einer Weihnachtsmannmütze auf dem Kopf. Das ist seine Art, zu vergessen, dass er einen kastrierenden Pulsmesser am Handgelenk trägt. Wenn es nach ihm ginge, hätte er sich mit Juan an die Spitze gesetzt. Hätte ihn auf den ebenen Geraden im neuen Teil herausgefordert. Stattdessen hat er das Rennen damit verbracht, den Bommel seiner Mütze hin- und herzuwerfen und selbst das Publikum anzuheizen. Juan ist die ganze Zeit neben ihm gelaufen, und sie sind zusammen durchs Ziel gekommen. Fermín mit hundertfünfunddreißig Pulsschlägen pro Minute, Juan mit deutlich weniger.

Nach dem Rennen trinken sie etwas in einer Bar in der Nähe. Germán besteht darauf, sie einzuladen. Sie sitzen rund um einen kleinen Tisch, neben einem Heizstrahler. Sie kommentieren das Rennen, jeder aus seiner Perspektive. Sie lachen mit Fermín, der immer noch die Mütze aufhat und zwanzig Jahre später weiterhin von Juan ein Paar Laufschuhe mit Spikes zurückfordert, das er ihm mal für ein Rennen geliehen und nicht zurückbekommen hat. Sie reden darüber, wie hübsch die Stadt aussieht, was für ein Glück sie haben, dass sie nur wenige Kilometer entfernt wohnen, obwohl sie meist nur herkommen, um zum Arzt zu gehen oder den Führerschein zu verlängern. Sie sind zwar langsam gelaufen, trotzdem spürt Juan die Müdigkeit in seinem Körper. Es war sehr kalt, um in kurzer Hose und Trägerhemd herumzulaufen. Da war einmal die Entfernung und dann die Strecke, von der Altstadt nach unten und gegen Ende des Rennens wieder hinauf. Mit dem Bier in der Hand lacht Juan über Germáns Einfälle, der sagt, im nächsten Jahr mitlaufen zu wollen. Und er lässt den Blick über alle schweifen, die um den Tisch sitzen. Seine Schwester, aufmerksam auch den Dingen lauschend, die Germán erzählt, eine Hand der Mutter zwischen den ihren; sein Freund Fermín, der dieses Treffen möglich gemacht hat; seine Mutter, geistesabwesend, aber ruhig. Alle, die hier am Tisch sitzen, mögen mich, sagt sich Juan.

41

Am Neujahrstag nach dem Frühstück bittet Juan Isabel, mit ihm auf die Straße zu kommen. Die Schwester folgt ihm durch den Hof zum Tor, dann über den Platz.

»Kommt dir der bekannt vor?«, sagt er und zeigt auf den Renault 4.

»Ist das unserer?«

»Ja, natürlich. Fermín hat ihn repariert.«

Isabel umrundet den Wagen und sieht durch die Seitenfenster. Sie macht die Fahrertür auf, setzt sich und sieht sich, die Hände am Lenkrad, im Inneren um. Juan öffnet die Beifahrertür und setzt sich neben sie. Isabel fährt mit dem Finger über die wenigen Elemente am Armaturenbrett und bleibt an der Stelle hängen, wo immer das Kruzifix war. Sie deckt das Loch mit einer Fingerspitze zu, streichelt es.

»Erinnerst du dich an den Christus, den Papa da immer hatte?«

Isabel nickt stumm.

»Wo der wohl ist?«, fragt sich Juan laut und erzählt seiner Schwester dann weiter, wie er den quasi vergessenen Wagen bei der Fabrik gefunden hat, und von dem Tag, an dem Fermín auftauchte und fest entschlossen war, ihn wieder flottzumachen. Er leistet uns gute Dienste, sagt er. Isabel erwacht aus ihren Träumereien und fragt, ob er mit diesem Schrotthaufen etwa in der Gegend herumfährt. Nicht ich, wir, korrigiert er und zeigt mit dem Zeigefinger auf den Aufkleber vom TÜV. Möchtest du eine Runde fahren? Der Schlüssel steckt.

Während Isabel fährt, berichtet Juan ihr davon, wie seine Mutter auflebt, wenn sie auf dem Platz sitzt, den er jetzt gerade einnimmt. Sie hat mir alles Mögliche erzählt, sagt er. Manchmal hat sie sogar gelacht.

Die Monate der Trennung und die Telefonate haben die Spannungen aufgelöst. Ein solches Gespräch wäre, als sie sich zuletzt gesehen haben, unmöglich gewesen. Juan spricht und stellt Fragen. Was für Pläne habt ihr in Amerika? Werdet ihr lange bleiben? Ich glaube nicht, antwortet Isabel, den Blick auf die Straße gerichtet. Das habe ich auch gedacht, als ich nach Edinburgh gegangen bin. Dass ich nur ein Jahr bleiben würde, und du hast ja gesehen, dann sind es vier geworden. Juan bereut sofort, was er da gerade gesagt hat. Sosehr seine Schwester auch gerade ihre freundlichste Seite zeigt, es empfiehlt sich nicht, sie aufzuregen. Sie – nicht einmal nebenbei – zu erinnern, wie er seinen Aufenthalt in Schottland verlängert hatte, wie widerspenstig er bei seiner Rückkehr war. Er möchte nicht, dass ihre Laune wieder so wird wie in den Tagen rund um das Begräbnis. Aber sie regt sich über den Kommentar nicht auf. Ihr Blick ruht weiter fest auf den gestrichelten Linien, die das Auto frisst. Der R4 fährt gut, sagt sie. Ja, antwortet Juan. Isabel biegt von der Hauptstraße ab, um eine Umleitung über eine Nebenstraße zu nehmen, und sobald sie eine ausreichend große Ausweichstelle sieht, hält sie den Wagen an und macht den Motor aus.

»Wollt ihr wirklich bald zurückkommen?«, fragt Juan.

»Ja, sobald wie möglich.«

»Mir ist klar geworden, dass ich hätte gehen müssen, als das erste Jahr vorbei war, genau als ich anfing, mich einzugewöhnen. Deshalb habe ich dich gefragt. Vielleicht geht es euch genauso.«

Juan sieht durch sein Seitenfenster auf das freie Feld. Sie stehen mitten auf einer weiten und vertrauten Ebene. Die sie umgebende Stille wird vom Wind bis zum Auto getragen, verleiht ihrem Gespräch eine friedliche Qualität. Dort, wo sie sich jetzt befinden, physisch und emotional, scheint es unmöglich, dass alte offene Rechnungen aufs Tapet gebracht werden könnten. Juan entlässt die Luft aus seiner Lunge mit einem langen Atemzug, dreht den Kopf zu seiner Schwester und sagt: Ich habe viel an diese Tage gedacht. Das ist das Gute am Dorf, man hat Zeit zum Nachdenken, ob man will oder nicht. Isabel lächelt. Sie glaubt, dass sie sich an der Schwelle zur Katharsis ihres Bruders befindet. Dass sie in der Intimität des Autos einer dieser Offenbarungen beiwohnen wird, die imstande sind, neue Leben zu begründen. Aber das geschieht nicht. Juan wird weder zum Protagonisten eines Reueakts, noch verspricht er eine leuchtende Zukunft. Er sagt lediglich, dass er versteht, wie lange sie und ihre Familie warten mussten, bis sie an den Ort gelangen konnten, wo sie jetzt sind. Ein sportlicher Geländewagen fährt an ihnen vorbei und bringt den R4 auf seinen rachitischen Stoßdämpfern zum Beben. Isabel will etwas sagen, aber Juan hält sie mit einer Handbewegung zurück. Ich glaube, wegen Mama kannst du beruhigt sein. Ich würde sagen, ich bekomme das ganz gut hin mit ihr, und du musst nicht eilig zurückkommen, wenn das für euch nicht passt. Eine

Krähe fliegt über die Straße, und ein leichter Wind wiegt einige trockene Disteln, die sich noch aus dem vorherigen Frühling aufrecht halten. Die Kälte von draußen schleicht durch die groben Luftschlitze am Armaturenbrett nach innen. Danke, Juan, sagt Isabel schließlich. Ich danke dir sehr für dieses Angebot, aber sobald wir mit der Übergabe an die Amerikaner fertig sind, kommen wir zurück. Wenn es weiter so gut läuft wie bisher und wir das momentane Arbeitstempo weiter durchhalten, sind wir Ende kommenden Sommers zurück in Barcelona. Juan unterbricht sie. Es ist nicht nötig, sagt er. Wirklich, Isabel, entspannt euch und nutzt die Gelegenheit. Ich sag's dir ja. Ich werde so lange bei Mama sein wie nötig. Das ist ja genau das Problem, Juan. Wie lange Mama noch bleibt.

42

Am nächsten Abend, während Isabel die Mutter ins Bett bringt, räumt Juan das Abendessen ab und spült. Als er fertig ist, geht er zu ihr ins Schlafzimmer, wo sie gerade die letzten Dinge in den Koffer packt. Juan bietet an, sie am nächsten Tag zum Flughafen zu begleiten, aber Isabel lehnt das Angebot ab. Besser die Mutter nicht allein lassen.

Sie unterhalten sich bis spät in die Nacht im Wohnzimmer. Juan nimmt kleine Schlucke von einem Chivas, den der Vater im Barschrank hatte. Sicher das Geschenk irgendeines Lieferanten. Dabei wird Juan übermäßig genau über die anderen drei Phasen der Alzheimer-Erkrankung informiert, die er bei seiner Internetrecherche lieber übergangen hatte. Isabel scheint die zwei Millionen achthunderttausend Einträge gelesen zu haben, die die Suchmaschine anbot. Sie erzählt ihm von der kognitiven Degeneration, die die Krankheit hervorruft, von den neuronalen Veränderungen. Sie erklärt ihm sogar die biochemischen Prozesse. Die Wissenschaftlerin Isabel, die sich für winzige Dinge begeistert, verliert sich in Beschreibungen, die Juan nicht versteht und die ihm auch keine staunende Bewunderung entlocken. Plaques aus Beta-Amyloid-Proteinen, entorhinaler Cortex. Isabels

Augen glänzen, weil sie nun nicht mehr von der Demenz ihrer Mutter spricht, sondern von einem Krankheitsbild. Ihr Blick ist imstande, das Unglück in ein Wunder zu verwandeln. Juan muss sie bitten, wieder auf die Erde zurückzukehren. Nicht nur, weil er ihr nicht folgen kann. Er erkennt sie auch nicht wieder, wenn sie so von ihrer Mutter spricht. Isabel schweigt einen Augenblick und redet dann weiter. Ich nehme an, du erinnerst dich an damals, als du nach der Diagnose von Papa hergekommen bist. Dieses *nach* schmerzt Juan immer noch. Genau wie das nächste *nach*: nach seinem Tod. Juan denkt immer noch, dass die Zeit diese beiden Wunden heilen wird. Das ist seine Art, die Beklemmung zu mildern, die ihn jetzt befällt, wo er allmählich begreift, dass der Tod kein binäres Ereignis ist. Sein Vater war der letzte Repräsentant dieses Modells: Er war da, und dann war er nicht mehr da. Nichts dazwischen – zumindest für ihn, der nicht erschien. Als er Isabel zuhört, wie sie von dem degenerativen Prozess erzählt, den die Krankheit mit sich bringt, begreift er, dass das Licht seiner Mutter nicht wie das seines Vaters verlöschen wird. Juan wird es zukommen, Tag für Tag zu beobachten, wie ihre Identität sich allmählich auflöst.

Im Kamin schlagen die Flammen nicht mehr so hoch, aber das Feuer brennt noch. Juan steht auf und legt ein Stück Holz nach. Er geht zum Barschrank und füllt sein Glas auf. In den Tagen, als du hier warst, nach der Diagnose, hast du vermutlich gemerkt, dass Mama die ganze Zeit über Dinge vergessen hat. Juan bleibt stumm. Etwa um diese Zeit ist mir klar geworden, worauf es für sie hinauslief, und seither habe ich mich gefragt, ob diese Veränderung in ihrem Verhalten etwas damit zu tun hatte, dass sie wusste, dass Papa Krebs hat. Wie du in den letzten Monaten sicher festgestellt hast, ist diese Vergesslichkeit mittlerweile chronisch geworden. Auch dass sie plötzlich so misstrauisch ist und den ganzen Tag denkt, dass ihr jemand ihre Sachen wegnimmt. Du hast die Schubladen gesehen, richtig? Sie ist orientierungslos, verliert das Gleichgewicht, zieht sich die Anziehsachen verkehrt herum an. Juan kommt die Nacht in den Sinn, als er ein Geräusch hörte. Er stand auf und sah seine Mutter aus der Haustür gehen. Er zog sich schnell an und lief ihr hinterher. Es musste gegen vier Uhr nachts sein, niemand war auf der Straße. Er beschloss, sie laufen zu lassen und zu sehen, wo sie hinging. Sie lief an Ángelas Bar vorbei, über die Straße und Richtung Kirche. Als sie dort ankam, blickte sie eine Weile die Tür an und setzte sich dann auf eine Bank in der Nähe. Juan ging zu ihr, und sie erzählte ihm, dass sie zum Gottesdienst hatte gehen wollen, aber niemand da war. Juan erklärte ihr die Situation und stand auf, um sie mit nach Hause zu nehmen, aber sie wurde wütend und warf ihm vor, sie zu beklauen und nicht zu wollen, dass sie zur Beichte ging. Sie lief weg, und Juan musste ihr eine Weile folgen, bis er das Gefühl hatte, dass sie sich wieder beruhigt hatte. Er ging wieder zu ihr, und sie empfing ihn, als wäre nichts gewesen. Er nahm sie am Arm, führte sie nach Haus, zog sie aus, steckte sie ins Bett und legte sich ebenfalls hin, um auf den Morgen zu warten.

Juan erzählt Isabel von der Episode, sie hört ihm zu und nickt. Der orangene Schein des Feuers umhüllt sie beide. Das ist erst der Anfang, sagt Isabel. Was jetzt kommt, ist viel schlimmer, Juan. Irgendwann wird sie uns nicht mehr erkennen, sie wird sich nicht allein anziehen können und auch keine Gabel mehr von einem Schraubenzieher unterscheiden können. Sie wird immer schlechter essen, wird ihre Gewohnheiten aufgeben, wir werden nicht mehr verstehen, was sie sagt.

Juans Blick geht verloren ins Feuer. Der Alkohol lässt seine Augen seltsam glänzen. Er fährt sich mit der Hand über den Nacken und schnauft. Die Flammen färben seine Haut rötlich. Isabel kommt zu ihm und hockt sich vor ihn. Sie legt ihm den Handrücken an die Wange und streichelt ihn.

43

Juans Katharsis kommt mitten in der Nacht. Es ist kein stürmisches Klagen. Er windet sich nicht, und auch die Bettfedern quietschen nicht. Nicht einmal Tränen fließen. Es ist ein Albtraum. Darin erscheinen weder seine Mutter noch sein Vater. Keine grausame oder traurige Szene. Als er aufwacht, ist er erleichtert, dass es nur ein Traum war. Er setzt sich auf der Matratze auf und schüttelt den Kopf, um wach zu werden, und lässt zu, dass eine Begebenheit wieder in seine Erinnerung aufsteigt, die seine Schwester erst wenige Stunden zuvor bei Feuerschein und Whisky mit ihm geteilt hat.

Am Vorabend des Todes des Vaters war sie allein mit ihm im Zimmer gewesen, hat Isabel erzählt. Die Mutter war in die Cafeteria heruntergegangen, um eine Kleinigkeit zu essen und ihre Tabletten nehmen zu können. Isabel sah aus dem Fenster, als sie hinter sich die Stimme ihres Vaters hörte. Sie beugte sich über ihn, weil seine Stimme in dem Zustand, in dem er sich damals befand, ein Flüstern war. Der Vater nahm ihre Hand und zog sie zu sich. »Bring mir das Kruzifix«, waren seine Worte. Der letzte Wunsch eines Mannes.

Sie ging zitternd aus dem Zimmer und erzählte der diensthabenden Krankenschwester, was gerade vorgefallen war. Die Frau bat sie, kurz zu warten, ging weg und kam wenige Minuten später mit einem kleinen Kreuz aus Caravaca zurück. Isabel brachte es ihrem Vater und legte es ihm in die Hand. Er betastete es und gab es ihr zurück. Das nicht, sagte er. Bring mir das aus dem Auto.

Als sie mit dem Gewünschten aus Cruces zurückkam, war es schon Nacht. Die Mutter und Germán waren im Zimmer. Sie erzählte ihnen, dass sie nach Hause gefahren war, um zu duschen, sich umzuziehen und dann die Nacht im Krankenhaus zu verbringen. Die Mutter protestierte, aber mit Germáns Hilfe überzeugte sie sie, dass sie sich ausruhen fuhr und früh am nächsten Morgen zurückkam. Kommt zeitig, sagte sie Germán unter vier Augen. Sie erwähnte die Bitte nach dem Kreuz nicht. Sie wollte ihnen keine Angst machen.

Vor dem Fahren wollte die Mutter dem Vater mit einem Kuss auf die Wange gute Nacht sagen. Isabel war auf den Flur rausgegangen, aber als sie merkte, dass ihre Mutter nicht kam, ging sie ins Zimmer, um nachzusehen, ob alles in Ordnung war. Sie fand die beiden zusammengekauert auf dem Bett, einander gegenüber auf den Krankenhauslaken, zwischen sich die Schläuche, Sauerstoff und EKG. Sie hatten dem anderen die Hand an die Wange gelegt.

In der Nacht konnte Isabel kaum schlafen. Einmal schrak sie auf, weil sie seinen Atem nicht mehr hörte. Es war sehr dunkel. Sie legte ihm die Hand auf die Stirn und fühlte seine Wärme. Sie streckte sich auf dem Sessel aus, aber fünf Minuten später spürte sie etwas Seltsames und stand erneut auf. Sie berührte seine Stirn wieder, und jetzt war sie kaum mehr warm.

Auf seinem Bett sitzend spürt Juan dieselbe schwindende Wärme an seinen Fingerspitzen, als wäre er es gewesen, der dort gewesen war, bei seinem Vater, und seinen Tod feststellte. Der Albtraum, aus dem er gerade erwacht ist, stammt von einer Traurigkeit groß wie ein Bergwerk unter freiem Himmel, wie ein eiterndes Auge, das in eine Schicht grauer Wolken blickt. In seinem Traum ist er der einzige Mensch, und das Einzige, was geschieht, die einzige nennenswerte Handlung, ist sein untröstliches Weinen, eingeschlossen in den tiefsten Mauern seiner selbst. Es ist eine primitive, eine abgesonderte Trauer. Ein Feuer wie das im Herzen der Erde: nutzlos, es löschen zu wollen.

44

An einem Sonntag im März kommt Juan nach einem langen Spaziergang mit Laika durch die Felder zurück nach Hause. Er hatte vergessen, wie schön die Landschaft in dieser Jahreszeit ist. Der Himmel aufgewühlt, der noch frische Wind bringt Gerüche, die er seit langer Zeit nicht mehr erschnuppert hat. Im vorderen Hof findet er die Gartengeräte seiner Mutter am Boden verstreut, neben einer halb umgetopften Geranie. Auf dem Zementboden ist Humus verschüttet, das hat Juan noch nie gesehen, es ist untypisch für die Mutter. Vielleicht ist ihr das Essen angebrannt, oder vielleicht ist auch der Moment gekommen, vor dem Doktor Colchero ihn gewarnt hat, in dem sie das Interesse für die alltäglichen Verrichtungen verliert. Wenn er am Abend mit Isabel spricht, wird er dieses Detail aussparen. Ihr bleibt nur noch kurze Zeit in Virginia, und es hilft keinem, wenn sie die sorgenvoll verbringt.

Am selben Abend nach dem Essen passiert etwas, das sich von da an immer häufiger wiederholen wird. Seine Mutter sagt ihm, dass es schon spät ist und Zeit, nach Hause zu gehen. Juan antwortet ihr, dass sie schon zu Hause sind, wogegen sie sich sträubt. Das ist nicht ihr Haus. Sie lebt in Aldeanueva. Und sie erzählt ihm von der Mühle, in der sie aufgewachsen ist, ganz hinten in einer

Schlucht. Sie erwähnt irgendeine Anekdote und lässt Details mit solcher Genauigkeit aufleben, dass es erst gestern geschehen zu sein scheint.

45

Das mit der Dose passiert auf völlig triviale Weise. Juan und seine Mutter sitzen im Renault 4, mit offenen Fenstern. Die Mutter blickt abwesend zu Angustias, die auf der anderen Seite des Platzes vor ihrer Tür kehrt. Morgen muss ich nach Torrijos fahren und dem Zahnarzt die letzte Rate für dein Implantat bezahlen, ich muss vom Sparbuch abheben. Das wird dann fast bei null sein. Die Mutter kehrt von dort zurück, wo auch immer sie gerade war, wer weiß, welche Streitereien sie mit Angustias hat oder auch welche angenehmen Erinnerungen an die Zeit, als sie beide noch jung waren. Sie blickt zu Juan und sagt ihm, wenn er Geld für den Zahnarzt braucht, soll er es aus der Dose nehmen. Juan bleibt stumm. Er dreht sich zu seiner Mutter um, die wieder dazu übergegangen ist, ihre Nachbarin zu beobachten, und fragt sie, welche Dose denn, und sie sagt, als sei das die normalste Sache der Welt, die mit dem Schwarzgeld. Juan fragt ungläubig noch einmal nach und möchte wissen, von welcher Dose sie spricht, und da erzählt die Mutter ihm, dass der Vater für viele Aufträge schwarz kassierte, denn das ist ja Geld, das sonst die Steuerbehörde oder die Politiker einsacken, was für die Mutter beides dasselbe ist. Juan wirft sich nach vorn, schließt die Augen und legt die Stirn an die Fäuste, die das Lenkrad umklammern. Wie kann er nur so dämlich gewesen sein?, fragt er sich. Krise, Bausektor, Grillferkel, gute Ribero-del-Duero-Weine, auch Likör und eine Zigarre und ein Briefumschlag in die eine Richtung und einer in die andere, ganz egal ob am Tisch zwei Unternehmer oder ein Unternehmer und ein Politiker sitzen. Er hebt das Gesicht vom Lenkrad und fragt seine Mutter, ob sie weiß, wo die Dose ist, und sie sagt, da, wo sie immer ist, im Hühnerstall. Juan springt aus dem Auto, drückt das Tor auf und durchquert den vorderen Hof mit wenigen langen Schritten. Er öffnet die Tür zum Hühnerstall, den er, seit er das Fahrrad rausgeholt hat, nie mehr richtig abgeschlossen hat. Er wirft einen schnellen Blick über das Gerümpel, bis er, da, wo er sie hingestellt hat, die beiden Farbdosen findet. Die neue würdigt er keines Blickes. Titan-Farbe, steht auf der angebrochenen. Die getrockneten Farbspritzer laufen in vertikalen Linien über die Metallwand. Schwarzgeld in einer Dose für weiße Farbe. Sie ist gut verschlossen mit einem Deckel mit sorgfältig umgeklappten Metallzähnen. Er sucht einen Schraubenzieher und hebelt sie einen nach dem anderen auf, bis das Gefäß aufspringt und ein zarter Lichtschein sein Gesicht erhellt.

46

Mitte eines verregneten Aprils. Er spaziert mit Fermín über einen Weg zwischen Olivenbäumen. Die Luft riecht nach feuchter Erde. Es ist ein intensiver Geruch mit einer fruchtbaren, flüchtigen Note, der in die Lunge und sogar bis ins Blut dringt. Wenn sie vorübergehen, hoppeln die Kaninchen erschrocken aus den Büschen weg, die am Wegrand, wo weder die Reifen noch die Pflüge der Traktoren hinkommen, üppig gedeihen. Juan hat ihn angerufen. Er muss ihm von den Veränderungen erzählen, die er an seiner Mutter beobachtet. Sie weiß nicht, was sie gefrühstückt hat, erzählt er ihm, kann aber im Detail eine Episode aus ihrer Kindheit rekonstruieren, die vor über fünfzig Jahren geschehen ist. Immer häufiger wiederholt sie, dass das Haus, in dem sie lebt, nicht ihres ist. Dass sie in der Mühle von Aldeanueva de la Vera lebt. Und sie ist völlig davon überzeugt, Fermín. Heute Morgen nach dem Frühstück hat sie mich wieder gebeten, sie nach Hause zu bringen. Juans Stimme klingt trocken, als würde sein Mund nicht genug Speichel produzieren, um seine Worte zu befeuchten. Er hält inne und atmet die frische Luft ein. Jetzt weiß ich wirklich nicht, was ich tun soll, gesteht er. Er erzählt es seinem Freund nicht, aber ihm ist wieder die Idee mit dem Heim in den Sinn gekommen. Jetzt hat er das Gefühl, dass der Ort, auf den seine Mutter sich zubewegt, ihm verschlossen ist. Dass sie die Hilfe von Menschen braucht, die wissen, was man mit so jemandem macht. Er hat gelernt, mit den leichten Symptomen der Krankheit umzugehen. Ein verlegter Gegenstand, ein Wort, das sie nicht herausbringt. Aber was soll er jetzt tun, wo sie anfängt, ihre Umgebung infrage zu stellen? Sie sagt »das ist nicht mein Haus«, und sie sieht es genauso vor sich wie ich, Fermín. Wir sind zusammen in demselben Wohnzimmer, in dem sie die letzten achtundzwanzig Jahre ihres Lebens verbracht hat, und der Kamin oder der Fernseher kommen ihr wie fremde Objekte vor. Das ist nicht mein Haus, wiederholt sie.

Fermín bedenkt seine Worte eine Sekunde. Wenn ihr Haus das in der Schlucht ist, sagt er, dann bring sie dorthin.

47

Sie fahren mit sechzig Stundenkilometern über die A5. Der Wind ist nicht sehr stark, es gibt aber Böen, und von Zeit zu Zeit spüren sie, wie der Renault 4 seitlich durchgeschüttelt wird. Deshalb wurde er auch *cuatro latas*, vier Blechbüchsen, genannt, sagt Juan zu seiner Mutter, die die ganze Fahrt über die Tasche auf ihrem Schoß umklammert hält. Laika vergnügt sich im Kofferraum damit, den sie überholenden Autos nachzusehen, die Leute darin blicken aus den Seitenfenstern zu ihnen hinüber. Ihre Mienen sind überrascht, und viele machen beifällige Gesten, heben den Daumen oder die Faust, als wollten sie angestrengte Sportler anfeuern.

Die Autobahn verläuft parallel zur Sierra de Gredos rechts von ihnen. In der Ferne erheben die Berge sich so kontinuierlich über der Ebene wie eine große Welle. Auf dem Gipfel des Almanzor liegt viel Schnee. Die Frau zeigt mit dem Finger auf diesen weißen Fleck. Und auch auf einen Lastwagen, der sie langsam überholt, beladen mit dem langen Flügel eines Windrads. Ab Talavera tauchen die ersten Viehweiden auf. Zwischen den Steineichen sind Teiche und kleine Seen. Die Sonne glitzert auf dem stehenden Wasser. Es wird ein gutes Jahr für das Vieh werden. Es wird Spargel und Pilze geben.

Sie fahren weiter nach Südwesten, in entgegengesetzter Richtung von Edinburgh. Erst jetzt, auf dem Weg in den Geburtsort seiner Mutter, fällt ihm auf, wie wenig er sich im Lauf seines Lebens dafür interessiert hat zu erfahren, woher sie kommt. Das letzte Mal muss er mit etwa zehn oder zwölf Jahren in Aldeanueva gewesen sein. Jetzt, wo die Zeit und das Gedächtnis gegen die Mutter spielen, drängt es ihn, mehr zu erfahren.

Auf der Höhe von Navalmoral de la Mata fahren sie von der Autobahn ab auf das Netz der Kreisstraßen. Sie fahren jetzt nicht mehr parallel zur Sierra, sondern direkt darauf zu. Tabakfelder, Steinbauten, in denen Paprika getrocknet werden, verschiedene Eichen, Kurven aus sauberem, gut markiertem Asphalt. Seine Mutter lebte hier in der Gegend von Cáceres, bis sie mit siebzehn Jahren nach Madrid ging. Sie müsste diese Landschaft erkennen. Falls sie das tut, zeigt sie es nicht. Sie blickt durch das Fenster, hält die Tasche fest umklammert. Juan fragt sie, ob ihr etwas von dem, was sie sieht, bekannt vorkommt, und sie zeigt auf einen Pappelhain neben einem Bach, noch weit weg von ihrem Dorf. Juan weiß nicht, ob sie den Ort oder die Art der Landschaft wiedererkennt, oder ob ihr einfach die stattliche Erscheinung dieser Bäume aufgefallen ist.

Sie halten zum Essen in Jarandilla de la Vera, dem Dorf vor Aldeanueva. Es ist spät, und Juan möchte die Schlucht in Ruhe suchen, ohne die Dringlichkeit, sich noch irgendwo verköstigen zu müssen. Sie gehen in den Parador Nacional. Der Moment ist gekommen, denkt Juan, sich mit dem Geld aus der Dose etwas zu gönnen. Auf der Karte stehen lauter leckere Gerichte.

Juan muss seine Mutter unaufhörlich ansehen, während sie die Paprika genießt. Der Duft des Holzfeuers, auf dem sie gegart worden sind, mischt sich mit dem vom

Öl, in das die Mutter die Brotkrumen tunkt. Ihm fällt auf, dass er niemanden kennt, der sich derart vollständig dem Essen hingibt. Da ist keine Gier in ihr. Genuss und Verspieltheit. Zum Nachtisch ermuntert Juan sie, sich ein Eis zu bestellen. Zuerst will sie nicht, weil Doktor Colchero ihr das verboten hat, worauf er erwidert, dass einmal keinmal ist und er sie vor dem Arzt entschuldigen wird, falls bei den Untersuchungen irgendwas rauskommen sollte. Die Frau stimmt zu und gibt sich auch ihrem Nachtisch hin.

48

Am Ortseingang von Aldeanueva fährt er mit dem Auto rechts ran und fragt nach der Schlucht und der Mühle. Ein Mann, der auf der Terrasse einer Bar sitzt, erklärt ihm, wie er fahren muss. Es ist nicht weit. Die Straße führt hinab ins Tal, zwischen Feldern mit Kirschbäumen und Landstücken, auf denen abwechselnd Bauten zum Trocknen der Paprika und Wohnhäuser stehen. Am Tor eines dieser Landstücke gibt ihnen ein älterer Herr die letzten Anweisungen.

Sie lassen das Auto vor einer kleinen Steinbrücke stehen, die über den Bach führt. Laika ist dankbar, befreit zu werden, und stürmt hierhin und dorthin. Sie stöbert durch die Büsche und kommt dann schwanzwedelnd wieder zu ihnen, um sich streicheln zu lassen. Sie nehmen den Weg, der tiefer ins Tal führt, am linken Ufer entlang. Die Abhänge sind an diesem Stück schon sehr steil und von dichtem Grün bewachsen. Nadelbäume, die eine oder andere Eiche. Sie laufen durch das schmale Flusstal, bis sie zu dem Gemüsegarten kommen, der, wie ihnen gesagt wurde, vor dem Haus liegt. Die Erde ist dunkel und feucht. Dem Garten fehlen noch ein paar Monate bis zur vollen Pracht, aber Juan kann sie anhand der Farbe und Frische der bereits wachsenden Blätter schon erahnen. Am Ende des Gartens stehen sie direkt vor der alten

Mühle, halb verborgen durch die Erlen, die ihre Zweige über das Dach strecken. Es ist eine robuste Steinkonstruktion, sehr gut erhalten. Juan hatte erwartet, auf etwas Ruinenartiges zu stoßen. Es ist niemand zu sehen, aber es gibt Anzeichen, dass das Gebäude bewohnt ist. Seitlich parkt ein Lieferwagen, auf den Stufen zur Veranda stehen sorgfältig aufgereiht zwei Paar Stiefel.

Die Mutter lässt den Arm ihres Sohnes los und läuft auf das Haus zu. Die Tür steht halb offen. Drinnen ist es dunkel. Juan lässt seine Mutter einige Schritte vor sich laufen. Seine Intuition sagt ihm, dass sie in ihrem Gedächtnis das finden muss, was vertraut für sie ist. Dass es den Versuch stören könnte, wenn er sich einmischt. Die Mutter legt eine Hand an einen der Holzpfeiler der Veranda. Juan sieht sie dort stillstehen. Welche Verbindungen, welche Funken werden gerade im Inneren ihres Hirns aktiviert? Die Szene dauert. Juan erwartet ein Zusammenzucken. Einen neuronalen Peitschenhieb, einen Blitz der Erkenntnis, das Auge eines kosmischen Wirbelsturms, das auf seine Mutter niedersinkt. Etwas von wer weiß wo Kommendes, um die Frau wieder mit ihrer Kindheit zu verbinden und außerdem das Beschädigte zu reparieren. Das wünscht er sich ganz tief in seinem Inneren: ein Wunder, das die Zeit zurückdreht und auch alle Schritte von Edinburgh bis zu dieser Mühle hier.

Die Mutter verändert ihre Position nicht. Juan geht näher. Er möchte sie auffordern, an die Tür zu klopfen, damit, wer auch immer jetzt der Besitzer des Hauses ist, sie hereinbittet und das Innere ansehen lässt. Laika kommt von einer ihrer schnellen Runden zurück und setzt sich neben die Mutter. Drinnen sind Geräusche zu hören. Jemand klappert mit Töpfen, wäscht vielleicht ab. Mama, sagt Juan, und in diesem Moment erscheint ein Mann in der Tür und trocknet sich die Hände an einem Handtuch ab. Plötzlich, so nah, hat Juan das Gefühl, dass er in einen Privatbereich eingedrungen ist. Er will schon um Entschuldigung bitten, aber der Ausdruck des Mannes verlangt nicht danach. Kommt ihr zum Wasserloch?, fragt er. Die Mutter ist still. Juan zögert. Es fällt ihm schwer, den Grund ihres Besuchs in Worte zu fassen: dass sie dort sind auf der Suche nach irgendetwas, das die Mutter erkennen könnte. Welches Wasserloch?, fragt Juan. Der Mann erklärt ihnen, dass der Bach sich hinter dem Haus staut und im Sommer viele Leute zum Baden dorthin kommen. Um diese Zeit ist das Wasser noch kalt, warnt er. Bitte passt nur mit den Hühnern auf, die ich da hinten halte, sagt er mit einem Blick auf Laika. Wir kommen nicht zum Baden, sagt Juan. Wir sind gekommen, um die Mühle zu sehen.

49

Sie haben das Gebäude und das Drumherum angesehen, und jetzt sitzen sie zu dritt an einem Tisch auf der Veranda. Der Mann hat frische Limonade, ein paar Dosen Bier und eingelegten Käse rausgebracht. Das Wasser fließt einige Meter von ihnen entfernt zwischen den Steinen herab und verschwindet zwischen den Erlen zum Eingang des Tals. Sie hören das Sprudeln der kleinen Wasserfälle und das lautere Rauschen hinter der Mühle, wo das Wasser früher zum Mühlrad floss.

Der Mann heißt Alejandro, ist etwa fünfundvierzig Jahre alt, kommt aus dem Dorf und hat ihnen erzählt, dass seine Eltern die alte Mühle gekauft haben, als sie schon viele Jahre lang leer stand. Sie war in schlechtem Zustand, aber keine Ruine. Sie wollten ein Haus in der Schlucht, vor allem wegen des Gartens, um dort die Sommermonate zu verbringen. Die Erde hier ist sehr gut, sagt er. Jetzt lebt er das ganze Jahr über hier, und seine Mutter kommt jeden Nachmittag, um die im Garten gereiften Früchte zu ernten.

Bevor ihr geht, gebe ich euch ein paar Mohrrüben, sagt er zu Juan. Er erzählt ihnen auch, dass er viele Jahre lang nicht im Dorf gelebt hat und der Nachname der Mutter ihm nichts sagt, dass seine Mutter, die bald kommt, sie aber sicher kennt, wenn sie ursprünglich aus Aldeanueva kommt. Sie müssen etwa im selben Alter sein, fügt er hinzu. Alejandro interessiert sich für Juans Tätigkeit, und plötzlich haben sie Themen, über die sie reden können. Die Eingangstür hat er selbst gebaut, mit Holz aus der Gegend. Juan ist der Boden in der Mühle aufgefallen, der mit großen Steinplatten ausgelegt ist. Alejandro erzählt ihm, dass dieser Boden von Anfang an in dem Gebäude war, und ruft ihm die abgetretenen und eingesunkenen Fliesen an den am häufigsten genutzten Stellen in Erinnerung. Sie trinken ihr Bier unter den rauschenden Erlen. Der Mann redet von Samen und Stürmen, von Vieh und ausgestorbenen Berufen. Einen Moment lang vergisst Juan den Grund ihres Besuchs, bis Alejandro ihn daran erinnert. Es tut mir leid, dass sie nicht gefunden hat, wonach sie gesucht hat, sagt er mit einem Blick zur Mutter und nimmt einen Schluck aus seiner Dose. Juan würde ihm gern erklären, dass die Reise gar nicht ihre Idee war, sondern seine. Dass sie nicht darum gebeten hat, irgendwas zu suchen, aber er sagt es nicht, weil er sich irgendwie ein bisschen lächerlich vorkommt. In der medizinischen Literatur gibt es keinen Platz für Offenbarungen und auch nicht für Funkenschläge, die das Hirn der Leute wieder in Ordnung bringen. Juan streicht mit der Hand über die runde Glasplatte des Tisches, die auf einem Metallrad mit etwas wie Flügel daran liegt. Das war von der alten Mühle, erklärt der Mann. Das Wasser hat diese Flügel bewegt. Die Mutter streicht ebenfalls mit der Hand über das Glas. Ihr Blick ist fest auf das zerfressene Metall geheftet. Juan beobachtet sie erwartungsvoll. Vielleicht geschieht endlich etwas im Inneren ihres Hirns. Eine Illusion, die sich auflöst, als die Frau den Mund aufmacht. Wo ist mein Vater?, fragt sie. Welcher Vater?, antwortet

Alejandro. Die Frau taucht aus ihrer Versunkenheit auf, sie wirkt entrüstet. Na, welcher Vater schon? Meiner. Er arbeitet hier. Alejandro blickt zu Juan, als erwarte er eine Erklärung. Wenn er nicht in der Mühle ist, sagt die Frau, ist er sicher ins Dorf gegangen und trinkt dort seinen Wein. Wir gehen ihn holen, Juan. Die Mutter steht auf, steigt die Treppen der Veranda hinunter und geht ohne ein Wort des Abschieds. Juan rappelt sich ebenfalls eilig auf, bedankt sich bei Alejandro für die Erfrischungen und sie verabschieden sich mit einem Händedruck. Mutter und Sohn entfernen sich, bis sie hinter den Rohrgestellen verschwinden, an denen sich schon die Bohnenpflanzen hochranken.

Ihre Bewegungen sind nicht mehr wie die, die er bei seiner Ankunft gesehen hat, als sie Blumentöpfe von einem Ort zum anderen schleppte. Es sind ihre Gesten, aber es ist wenig von jener stolzen Haltung geblieben. Eine Frau taucht am Ende des Weges auf, wo sie den Renault 4 geparkt haben. Das muss Alejandros Mutter sein, denkt Juan. Sie hat einen leeren Weidenkorb am Arm. Als sie an Juans Mutter vorbeigeht, wirft sie ihr einen kurzen Blick zu und wünscht Guten Tag. Als sie an ihm vorbeikommt, wiederholt sie den Gruß. Das Auto ist schon ganz nah. Sie werden ins Dorf hochfahren, in irgendeiner Bar nach seinem toten Großvater fragen und anschließend nach Cruces zurückfahren, als wenn nichts geschehen wäre. Als wenn sie die Reise gar nicht gemacht hätten.

Isabel, sagt plötzlich eine Stimme hinter ihnen. Juan dreht sich um. Die Frau, an der sie gerade vorbeigegangen sind, ist mitten auf dem Weg stehen geblieben und blickt zu ihnen. Im Licht der durch die Baumkronen dringenden Strahlen sieht man die Insekten tanzen. Bald wird keine Sonne mehr ins Tal scheinen. Isabel, wiederholt die Frau lauter, und ihre Stimme hallt in dem engen Flusstal wider, in dem sie stehen. Juan dreht sich zu seiner Mutter um und sieht, wie sie sich in der Abendsonne entfernt.

Dank

Raquel Torres, Juan María Jiménez Limones, Fermín Sánchez Cañedo, Francisco José Álvarez García, Ana Oña Blanco, Paco Rodríguez Aguirre, Juan Luís Torres O'Valle, Carmen Carrasco Jaramillo, Icíar Bollaín, Paul Laverty, Alejandro Luque, Nicolás Carrasco Jaramillo, Javier Espada, Margaret Jull Costa, Juan Luis Marrero, Nationalbibliothek von Schottland, Bibliothek vom Western General Hospital und Bibliothek der Universität Edinburgh.

Der Autor möchte gern die Fundación BBVA speziell erwähnen. Dieser Roman ist die direkte Konsequenz eines Buchs, das seinerzeit durch eines ihrer Leonardo-Stipendien gefördert wurde. Ohne dieses erste Buch hätte es dieses zweite nicht gegeben.